ZHONGGUO XIAOSHUO
100 QIANG

中国小说 100 强（1978—2022）

牛 皮

何立伟 著

北京联合出版公司
Beijing United Publishing Co.,Ltd.

图书在版编目（CIP）数据

牛皮 / 何立伟著. -- 北京：北京联合出版公司，2023.9

（中国小说100强）

ISBN 978-7-5596-7027-4

Ⅰ.①牛… Ⅱ.①何… Ⅲ.①小说集－中国－当代②散文集－中国－当代 Ⅳ.①I217.2

中国国家版本馆CIP数据核字(2023)第106794号

牛　皮

作　　者：何立伟
出 品 人：赵红仕
出版监制：张晓冬　范晓潮
责任编辑：徐　樟
特约编辑：和庚方　郭　漫
封面设计：武　一

北京联合出版公司出版
（北京市西城区德外大街83号楼9层　100088）
北京兴星伟业印刷有限公司印刷　　新华书店经销
字数181千字　650毫米×920毫米　1/16　20印张
2023年9月第1版　2023年9月第1次印刷
ISBN 978-7-5596-7027-4
定价：58.00元

版权所有，侵权必究
未经书面许可，不得以任何方式转载、复制、翻印本书部分或全部内容。
本书若有质量问题，请与本公司图书销售中心联系调换。
电话：010-65868687

中国小说100强（1978—2022）丛书

编委会

丛书总策划

张　明　著名出版人
张　英　资深媒体人

编委主任

吴义勤　中国作协副主席
　　　　中国小说学会会长

编　委

吴义勤　中国作协副主席、中国小说学会会长
宗仁发　《作家》杂志主编
谢有顺　中山大学教授、中国小说学会副会长
顾建平　《小说选刊》副主编
张　英　资深媒体人
文　欢　作家、出版人

总　序

"中国小说100强"（1978—2022）是资深出版人张明先生和腾讯读书知名记者张英先生共同策划发起的一套大型文学丛书。他们邀请我和宗仁发、谢有顺、顾建平、文欢一起组成编委会，并特邀徐晨亮参与，经过认真研讨和多轮投票最终评定了100人的入选小说家目录。由于编委们大多都是长期在中国文学现场与中国文学一路同行的一线编辑、出版家、评论家和文学记者，可以说都是最专业的文学读者，因此，本套书对专业性的追求是理所当然的，编委们的个人趣味、审美爱好虽有不同，但对作家和文学本身的尊重、对小说艺术的尊重、对文学史和阅读史的尊重，决定了丛书编选的原则、方向和基本逻辑。

从文学史的角度来说，1978年以后开启的新时期文学是中国当代文学的黄金时代，不仅涌现了一批至今享誉世界的优秀作家，而且创造了许多脍炙人口的文学经典，并某种程度上改写了20世纪中国文学史的版图。而在中国新时期文学的经典家族中，小说和小说家无疑是艺术成就最高、影响力最大的部分。"中国小说100强"（1978—2022）就是试图将这个时期的具有经典性的小说家和中国小说的经典之作完整、系统地筛选和呈现出来，并以此构成对新时期文学史的某种回顾与重读、观察与评判。呈现在读者面前的这套丛书是对1978—2022年间中国当代小说发展历程的一次全面、系统的整体性回顾与检阅，是中国当代文学经典化的重要成果，从特定的角度集中展示了中国新时期文学在小说创作方面的巨大成就。需要说明的是，与1978—2022年新时期文学繁荣兴盛的局面相比，100位作家和100本书还远远不能涵盖中国当代小说的全貌，很多堪称经典的小说也许因为各种原因并未能进入。莫言、苏童、余华等作家本来都在编委投票评定的名单里，但因为他们已与某些出版社签下了专有出版合同，不允许其他出版社另出小说集，因而只能因不可抗原因而割爱，遗珠之憾实难避免，而且文学的审美本身也是多元的，我们的判断、评价、选择也许与有些读者的认知和判断是冲突的，但我们绝无把自己的标准强加于别人的意思。我们呈现的只是我们观察中国这个时期当代小说的一个角度、一种标准，我们坚持文学性、学术性、专业性、民间性，注重作家个体的生活体验、叙事能力和艺术功力，我们突破代际局限，老、中、青小说家都平等对待，王蒙、冯骥才、梁晓声、铁凝、阿来等名家名作蔚为大观，徐则臣、阿乙、弋舟、鲁敏、林森等新人新作也是目不暇接，我们特别关注文学的新生力量，尤其是近10年作品多次获国家大奖、市场人气爆棚的新生代小说家，我们禀持包容、开放、多元的审美立场，无论是专注用现实题材传达个人迥异驳杂人生经验、用心用情书写和表现时代精神的现实主义作家，还是执着于艺术探索和个体风格的实验性作家，在丛书里都是一视同仁。我们坚信我们是忠实于自己的艺术理想、艺术原则和艺术良心的，但我们并不认为自己的角度和标准是唯一的，我们期待并尊重各种各样的观察角度和文学判断。

当然，编选和出版"中国小说100强"（1978—2022）这套大型丛书，除了上述对文学史、小说史成就的整体呈现这一追求之外，我们还有更深远、更宏大的学术目标，那就是全力推进中国当代文学"经典化"的历程和"全民阅读·书香中国"建设。

　　从1949年发端的中国当代文学已经有了70多年的发展历程，但对这70多年文学的评价一直存在巨大的分歧，"极端的否定"与"极端的肯定"常常让我们看不到当代文学的真相。有人认为中国当代文学达到了前所未有的高度和水平。王蒙先生在法兰克福书展上就说：中国当代文学现在是有史以来最繁荣的时期。余秋雨、刘再复甚至认为中国当代文学的成就远远超过了现代文学。也有人极端否定中国当代文学，认为中国当代文学都是垃圾。他们认为现代文学要远远超过当代文学，中国当代文学连与现代文学比较的资格都没有。比如说，相对于鲁（迅）、郭（沫若）、茅（盾）、巴（金）、老（舍）、曹（禺）这样大师级的人物，中国当代作家都是渺小的侏儒，根本不能相提并论，两者比较就是对大师的亵渎。应该说，与对中国当代文学的肯定之声相比，对当代文学的否定和轻视显然更成气候、更为普遍也更有市场。尽管否定者各自的角度和出发点不同，但中国当代作家、作品与中外文学大师、文学经典之间不可比拟的巨大距离却是唱衰中国当代文学者的主要论据。这种判断通常沿着两个逻辑展开：一是对中外文学大师精神价值、道德价值和人格价值的夸大与拔高，对文学大师的不证自明的宗教化、神性化的崇拜。二是对文学经典的神秘化、神圣化、绝对化、空洞化的理解与阐释。在此，我们看到了一个非常有趣的悖论：当谈论经典作家和文学大师时我们总是仰视而崇拜，他们的局限我们要么视而不见要么宽容原谅，但当我们谈论身边作家和身边作品时，我们总是专注于其弱点和局限，反而对其优点视而不见。问题还不在于这种姿态本身的厚此薄彼与伦理偏见，而是这种姿态背后所蕴含的"当代虚无主义"。这种"虚无主义"的最大后果就是对当代作家作品"经典化"的阻滞，对当代文学经典化历程的阻隔与拖延。一方面，我们视当下作家作品为"无物",拒绝对其进行"经典化"的工作,另一方面又以早就完全"经典化"了的大师和经典来作为贬低当下泥沙俱下的文学现实的依据。这种不在同一个层面上的比较,不仅毫无意义,而且只能使得文学评价上的不公正以及各种偏激的怪论愈演愈烈。

其实,说中国当代文学如何不堪或如何优秀都没有说服力。关键是要进行"经典化"的工作,只有"经典化"的工作完成了才有可能比较客观地对当代的作家作品形成文学史的判断。对当代的"经典化"不是对过往经典、大师的否定,也不是对当代文学唱赞歌,而是要建立一个既立足文学史又与时俱进并与当代文学发展同步的认识评价体系和筛选体系。当然,我们也要承认,"经典化"问题是一个非常复杂的问题,并不是凭热情和冲动一下子就能完成的,但我们至少应该完成认识论上的"转变"并真正启动这样一个"过程"。

现在媒体上流行一些对于中国当代文学经典化冷嘲热讽的稀奇古怪的言论,其核心一是否定中国当代文学有经典、有大师,其二是否定批评界、学术界有关"经典化"的主张,认为在一个无经典的时代,"经典"是怎么"化"也"化"不出来的,"经典化"是一个实实在在的"伪命题"。其实,对于文学,每个人有不同的判断、不同的理解这很正常,每一种观点也都值得尊重。但是,在"经典"和"经典化"这个问题上,我却不能不说,上述观点存在对"经典"和"经典化"的双重误解,因而具有严重的误导性和危害性。

首先,就"经典"而言,否定中国当代文学早就不是什么新鲜事,对当代文学的虚无主义态度在很多人那里早已根深蒂固。我不想争论这背后的是与非,也不想分析这种观点背后的社会基础与人性基础。我只想指出,这种观点单从学理层面上看就已陷入了三个巨大误区:

第一个误区,是对经典的神圣化和神秘化的误区。很多人把经典想象为一个绝对的、神圣的、遥远的文学存在,觉得文学经典就是一个绝对的、乌托邦化的、十全十美的、所有人都喜欢的东西。这其实是为了阻隔当代文学和"经典"这个词发生关系。因为经典既然是绝对的、神圣的、乌托邦的、十全十美的,那我们今天哪一部作品会有这样的特性呢?如果回顾一下人类文学史,有这样特性的作品好像也没有。事实上,没有一部作品可以十全十美,也没有一部作品能让所有人喜欢。在这个问题上,我们应该明确的是,"经典"不是十全十美、无可挑剔的代名词,在人类文学史上似乎并不存在毫无缺点并能被任何人所认同的"经典"。因此,对每一个时代来说,"经典"并不是指那些高不可攀的神圣的、神秘的存在,只不过是那些比较优秀、能被比较多的人喜爱的作品而已。从这个意义上说,当今中国文坛谈论"经典"时那种神圣化、莫测高深的乌托邦姿态,不过是遮蔽和否定当代文学的一种不自觉的方式,他们假定了一种遥远、神秘、绝对、完美的"经典形象",并以对此一本正经的信仰、崇拜和无限拔高,建立了一整套关于中国当代文学的伦理话语体系与道德话语体系,从而充满正义感地宣判着中国当代文学的死刑。

第二个误区,是经典会自动呈现的误区。很多人会说,是金子总是会发光的。但对文学来说,文学经典的产生有着特殊性,即,它不是一个"标签",它一定是在阅读的意义上才会产生意义和价值的,也只有在阅读的意义上才能够实现价值,没有被阅读的作品没有被发现的作品就没有价值,就不会发光。而且经典的价值本身也不是固定不变的。如果一个作品的价值一开始就是固定不变的,那这个作品的价值就一定是有限的。经典一定会在不同的时代面对不同的读者呈现出完全不同的价值。这也是所谓文学永恒性的来源。也就是说,文学的永恒性不是指它的某一个意义、某一个价值的永恒,而是指它具有意义、价值的永恒再生性,它可以不断地延伸价值,可以不断地被创造、不断地被发现,这才是经典价值的根本。所以说,经典不但不会自动呈现,而且一定要在读者的阅读或者阐释、评价中才会呈现其价值。

第三个误区,是经典命名权的误区。很多人把经典的命名视为一种特殊权力。这有两个层面的问题:一,是现代人还是后代人具有命名权;二,是权威还是普通人具有命名权。说一个时代的作品是经典,是当代人说了算还是后代人说了算?从理论上来说当然是后代人说了算。我们宁愿把一切交给时间。但是,时间本身是不可信的,它不是客观的,是意识形态化的。某种意义上,时间确会消除文学的很多污染包括意识形态的污染,时间会让我们更清楚地看清模糊的、被掩盖的真相,但是时间同时也会使文学的现场感和鲜活性受到磨损与侵蚀,甚至时间本身也难逃意识形态的污染。此外,如果把一切交给时间,还有一个前提,那就是对后代的读者要有足够的信任,要相信他们能够完成对我们这个时代文学的经典化使命。但我们对后代的读者,其实是没有信心的。我们今天已经陷入了严重的阅读危机,我们怎么能寄希望后代人有更大的阅读热情呢?幻想后代的人用考古的方式对我们这个时代的文学进行经典命名,这现实吗?我不相信后人对我们身处时代"考古"式的阐释会比我们亲历的"经验"更可靠,也不相信,后人对我们身处时代文学的理解会比我们亲历者更准确。我觉得,一部被后代命名为"经典"的作品,在它所处的时代也一定会是被认可为"经典"的作品,我不相信,在当代默默无闻的作品在后代会被"考古"挖掘"经典"。也许有人会举张爱玲、钱钟书、沈从文的例子,但我要说的是,他们的文学价值早在他们生活的时代就已被认可了,只不过很长时间由于意识形态的原因我们的文学史不谈及他们罢了。此外,在经典命名的问题上,我们还要回答的是当代作家究竟为谁写作的问题。当代作家是为同代人写作还是为后代人写作?幻想同代人不阅读、不接受的作品后代人会接受,这本身就是非常乌托邦的。更何况,当代作家所表现的经验以及对世界的认识,是当代人更能理解还是后代人更能理解?当然是当代人更能理解当代作家所表达的生活和经验,更能够产生共鸣。因此,从这个角度来说,当代人对一个时代经典的命名显然比后代人更重要。第二个层面，就是普通人、普通读者和权威的关系。理论上，我们都相信文学权威对一个时代文学经典命名的重要性，权威当然更有价值。但我们又不能够迷信文学权威。如果把一个时代文学经典的命名权仅仅交给几个权威，那也是非常危险的。这个危险表现在什么地方呢？就是几个人的错误会放大为整个时代的错误，几个人的偏见会放大为整个时代的偏见。我们有很多这样的文学史教训。在这个问题上，我们既要相信权威又不能迷信权威，我们要追求文学经典评价的民主化、民主性。对一个时代文学的判断应该是全体阅读者共同参与的民主化的过程，各种文学声音都应该能够有效地发出。这个时代的文学阅读，最理想的状态应该是一种互补性的阅读。为什么叫"互补性的阅读"？因为一个批评家再敬业，再劳动模范，一个人也读不过来所有的作品。举个例子：现在我们一年有5000部以上的长篇小说，一个批评家如果很敬业，每天在家读二十四小时，他能读多少部？一天读一部，一年也只能读三百部。但他一个人读不完，不等于我们整个时代的读者都读不完。这就需要互补性阅读。所有的读者互补性地读完所有作品。在所有作品都被阅读过的情况下，所有的声音都能发出来的情况下，各种声音的碰撞、妥协、对话，就会形成对这个时代文学比较客观、科学的判断。因此，文学的经典不是由某一个"权威"命名的，而是由一个时代所有的阅读者共同命名的，可以说，每一个阅读者都是一个命名者，他都有对经典进行命名的使命、责任和"权力"。而作为一个文学研究者或一个文学出版者，参与当代文学的进程，参与当代文学经典的筛选、淘洗和确立过程，更是一种义不容辞的责任和使命。说到底，"经典"是主观的，"经典"的确立是一个持续不断的"过程"，"经典"的价值是逐步呈现的，对于一部经典作品来说，它的当代认可、当代评价是不可或缺的。尽管这种认可和评价也许有偏颇，但是没有这种认可和评价，它就无法从浩如烟海的文本世界中突围而出，它就会永久地被埋没。从这个意义上说，在当代任何一部能够被阅读、谈论的文本都是幸运的，这是它变成"经典"的必要洗礼和必然路径。

总之，我们所提倡的"经典化"不是要简单地呈现一种结果，不是要简单地对一个时代的文学作品排座次，不是要武断地指出某部作品是"经典"，某部作品不是"经典"，不是要颁发一个"谁是经典"的荣誉证书，而是要进入一个发现文学价值、感受文学价值、呈现文学价值的过程。所谓"经典化"的"化"实际上就是文学价值影响人的精神生活的过程，就是通过文学阅读发现和呈现文学价值的过程。可以说，文学的经典化过程，既是一个历史化的过程，更是一个当代化的过程。文学的经典化时时刻刻都在进行着，它需要当代人的积极参与和实践。因此，哪怕你是一个对当代文学的虚无主义者，你可以不承认当代文学有经典，但只要你还承认有文学，你还需要和相信文学，还承认当代文学对人的精神生活具有影响力，你就不应该否定当代文学经典化的重要性。没有这个"经典化"，当代文学就不会进入和影响当代人的生活，就失去了存在的意义。每一个人，哪怕你是权威，你也不能以自己的好恶剥夺他人阅读文学和享受文学的权利。

从这个意义上说，当代文学的经典化当然是一个真命题而不是一个伪命题。在一个资讯泛滥的时代，给读者以经典的指引是文学界、出版界共同的责任，而这也是我们编辑出版这套书的意义所在。

最后，感谢张明和张英先生为本套书付出的辛劳，感谢北京立丰天文化传播有限公司、北京金圣典文化有限公司的资金支持，感谢全体编委和北京联合出版公司各位编辑，感谢所有对本套丛书的出版给予大力支持的作家和他们的家人。

是为序。

吴义勤

2022年冬于北京

目 录
Contents

白色鸟____1

小城无故事____8

淘金人____15

明月明月____26

牛　皮____35

关于刀的故事____48

到西藏找狗____59

谁是凶手____69

龙岩坡____78

马小丁从前很单纯____182

南方落雪　北方落雪____275

白色鸟

夏天到来,

令我回忆。

——外国民歌《夏天的回忆》

设若七月的太阳并非如此热辣,那片河滩就不会这么苍凉这么空旷。唯嘶嘶的蝉鸣充实那天空,因此就有了晴朗的寂寞。又何况还是正午,云和风,统不知踅到哪个角弯里去了。

然而长长河滩上,不久即有了小小两个黑点;又慢慢晃动慢慢放大。在那黑点移动过的地方,迤逦了两行深深浅浅歪歪趔趔的足印,酒盅似的,盈满了阳光,盈满了从堤上飘逸过来的野花的芳香。

还咯咯咯咯盈满清亮如葡萄的笑音。

却是两个少年!一个白皙,一个黝黑,疯疯癫癫走拢来。那白皙的，瘦，着了西装的短裤，和短袖海魂衫，皮带上斜斜插得有一把树丫做好的弹弓。那黝黑的呢，缺了一颗门牙，偏生却喜欢咧开嘴巴打哈哈；而且赤膊。夏天的太阳，连他脚趾缝都晒黑了，独晒不黑他那剩下的一颗门牙。同时脑壳上还长了一包疖子，红肿如柿子的疖子。

少年边走边弯腰，汗粒晶晶莹莹种在了河滩上。

"唉呀累。晒死人呐！"

"那就歇歇憩。城里人没得用。"

在高高的河堤旁，少年坐下来歇憩，鼻翅一扇一扇。河堤上或红或黄野花开遍了，一盏一盏如歌的灿烂！就把两只竹篮懒懒扔在了脚旁。紫色的马齿苋，各各有了大半篮。这马齿苋，乡下人拿来摊在门板上晾晒干了，就炒通红通红的辣椒，嫩得很，爽口得很，城里人大约是难得一尝的。故而那白皙的少年，也就极喜欢外婆喷喷香香炒的马齿苋干菜，咽绿豆稀饭。外婆呢自然淡淡一笑："这伢崽！"

"扯霸王草不？"黝黑的少年提议道。

"要得。要得！"

"输了打手板心？"

"打手板心就打手板心。"

便一来一去扯霸王草。输赢并不要紧的，所要的是快活。蝉声嘶嘶嘶嘶叫得紧。太阳好大。

待这游戏玩得腻了，又采马齿苋。满满的一篮子了，再也盛不下一点点了。就又坐下来歇憩。那白皙的少年解下弹弓，捡了颗石子努力一射，咚地在那河心地方，就起了小小一朵洁白水花。

"哎呀好远！"

"我要射过河去。"

"吹牛皮。"

"我才不吹呐。"

而那河水，似乎有了伤痛，就很匆遽地流，粼粼闪闪。这是南方有名的一条河，日夜的流去流来无数美丽抑或忧伤的故事，古老而新鲜。间常一页白帆，日历一样翻过去了，在陡然剩下的寂寥里，细浪于是轻轻腾起，湿津津地舔着天空舔着岸。有小鱼小虾蹦蹦跳跳，卵石好洁净。

"我现在要考一考你。"白皙的少年说。

"考么子？最不喜欢考试！"

"你看出来左边的岸和右边的岸，有哪样不同？"

"左边有苞谷地。右边没有。"

"不是问这个呐！"

"左边……有个排灌站。右边没有。"

"不是问这个呐！"

到后来那黝黑少年终于摇脑壳了。

"唉呀你，看呐，左岸要平一些，右岸要高一些。还没看出来？"

"咃，咃，真的咧！"

"这里头有道理。你晓得啵？"

又把那生了疖子的脑壳摇来摇去：

"讲哟，晓得就讲哟。"

"我表哥，他讲这是地球自己转动造成的！"

"啧，啧，你晓得好多道理。"

白皙的少年于是笑了，乌黑眼瞳熠熠地亮。然而忘记了，采马齿苋却是那乡下少年教会了他的；还教会了他如何烧苞谷吃，如何钓麻拐（田鸡）……人各有自己的聪明与骄傲，奈何不得的。

蝉声稍稍有了歇止。

"好安静。"

"是咧。"

"采了这样多马齿苋,回去外婆会高兴咧!"

"当然啰。表扬你做得事啰。"

那白皙少年,于默想中便望到外婆高兴的样子了,银发在眼前一闪一闪。怪不得,他是外婆带大的。童年浪漫如月船,泊在了外婆的臂弯里。臂弯是宁静又温暖。

却忽然一天,外婆就打起包袱到乡下来了,竟不晓得为什么。

方才吃午饭时候,有人隔了田塍喊外婆,声音好大。待外婆回来,就带了这黝黑的少年——他的朋友,叫他们一起去玩,远远地到河边上去玩。采马齿苋,划水,随便,总之要痛快玩它一下午。"听话,莫出事,没断黑不要回来。"一人给了一只大竹篮。其时头上太阳,正如烧红的一柄烙铁。白皙的少年好高兴,同时又讶异。因为平日的下午,外婆一定逼他睡午觉,一定不许他出来玩。然而今日全变了。外婆你几多好!

蝉声又抑扬了起来。一只两只野蜂在头上转,嗡嗡嘤嘤。

黝黑的少年于是说:"划水好啵?划到对岸去。"

"好的。"眯了眼睛望对面绿色的岸,和远远淡青的山。

"好的,好的。"

"比赛?"

"比赛。"

"输了是狗变的?"

"狗变的就狗变的。"

黝黑的少年便笑了。缺了门牙的笑很羞涩很动人。

因此扑通地一齐扎到河里头去。河水清凉又温柔,轻轻托起一黑一白赤条条两个少年；轻轻忽开忽谢着一朵一朵漂亮水花。那城里来的少年，几乎呛水了。因为他想要笑，因为他看到他的朋友，游泳的姿势应当叫做"狗爬式"，几多滑稽。又还从那缺了牙的口里，噗噗地朝他喷水。远处一页白帆，正慢慢慢慢移过来。真好玩，真快活。

并且这边的岸，景致又不同，是泱泱的一片水草咧。水草好葳蕤。后面呢则是芦苇林，汪汪的绿着，无涯的绿着，恰如了少年的梦想。

"哎呀！这地方，几多好看。"

"城里人就是稀奇。"

赤条条的少年站在岸上，一个白皙，一个黝黑，头发湿漉漉的，情绪倒比天空还要晴朗。

然而那白皙的少年，陡然闷声一喊，就朝后面倒退数步，踉踉跄跄。

——水草里头有条蛇！

"莫怕，"黝黑少年说，"莫怕，水蛇。"

同时猫腰下去，极快地捉住蛇尾随手一扬，那蛇便如闪电，倏忽落在了河里头。好吓人。白皙的少年出了大半身汗，立即对他的朋友生出了景仰。

朋友就又问他："你眼睛好不好？"

"左边一点五，右边是一点二。"

"莫怕。明日我捉了金环蛇银环蛇，取了胆来给你吃，包你眼睛就好！"

自然又平添了若干的景仰。看到那缺了的门牙像小小一眼鼠洞，便觉得又亲切，又好笑。

刚刚的还要讲几句话，朋友忽然竖起食指止住了，耳语道："莫做声。快看。"

"什么?"

"那边。"

"——咦呀!"

在那边,白皙的少年看见了两只水鸟。雪白雪白的两只水鸟,在绿生生的水草边,轻轻梳理那晃眼耀目的羽毛。美丽,安详,而且自由自在。

什么时候落下来的呢?

白皙的少年想:唉呢,要是把弹弓带过河来,几多好!然而立即又自行取消了这法西斯主义。因为那美丽和平自由生命,实在整个的征服了他,便连气也不敢大声地喘了。

四野好静。唯河水与岸呢呢喃喃。软泥上有硬壳的甲虫在爬动,闪闪的亮。水草的绿与水鸟的白,于是叫人感动。

"要捉住就好咧。养起它来天天看个饱。"黝黑的少年悄声道。

"嗯——"

"你不喜欢?"

"比你喜欢得多咧!"

黝黑的一笑,也就哑默无语了。疖子隐隐地痛。

那鸟恩恩爱爱,在浅水里照自己影子。而且交喙,而且相互地摩擦着长长的颈子。便同这天同这水,同这汪汪一片静静的绿,浑然的简直如一画图了。

赤条条的少年,于是伏到草里头觑。草好痒人,却不敢动,不敢稍稍对这画图有破坏。天蓝蓝地贴在光脊的背。

空气呢在燃烧。无声无息,无边无际。

忽然传来了锣声,哐哐哐哐,从河那边。

"做什么敲锣?"

"呵呀,忘呐,"黝黑的少年,立即皮球似的弹起来,满肚皮都是泥巴。"开斗争会!今天下午开斗争会!"

啪啦啪啦,这锣声这喊声,惊飞了那两只水鸟。从那绿汪汪里,雪白地滑起来,悠悠然悠悠然远逝了。

天好空阔。夏日的太阳陡然一片辉煌。

1984 年 7 月

小城无故事

　　护城河绕那棋盘似的小小古城一周，静静蜿蜒。即或是夜黑风紧，也不惊乍一叠浪响，因此就同古城中人的日子一样，平平淡淡流逝，没有故事。

　　好多年前，天一断黑，就要把那无数座青山，关在城门外头。夜里隐隐听得有狗吠，有更鼓；与那月色溶在一起，沿青青石板路四处流。梦呢？或有或无，可有可无。某年，守城门兼打更鼓的老人死了，孑遗下不足岁的一个细孙女。

　　如果硬说有故事，这就是唯一的一个。

　　城中人有许多贩小吃为生计的，那冷的热的硬的软的酸的辣的各样各类，怕是居在都市里的人，难得一尝的吧；若尝了，又怕是都要称颂到好的吧。

　　城门口吴婆婆，毕生专做一种荷叶粑粑。将糯米黄豆与苞谷，磨成粉，和在一起又加些糖，拿荷叶扁扁地包成三角形放在笼里蒸，荷叶的绿香又浸到里面去，因此那粑粑极好吃。又便宜，五分钱即可买得两个。就在门口搭一个凉棚，凉棚里有一木桶凉茶，吃了荷叶粑粑任意喝茶，并不加钱。

"荷叶粑粑吃热的呐——"

能这样尖声锐气喊，自然是年轻时节的事情。如今老了不能喊，兀自弓曲在一张蛤蟆凳上作太公垂钓状，生意难免不有几分冷清。

导致这冷清，还因为街对面，也有一个凉棚。凉棚里，也有同价的荷叶粑粑，茶也不另收钱，且还兼卖葱花米豆腐。这凉棚主人，因为背驼如锅，人就称他萧七罗锅。刨一个精光脑壳同日头比亮，又坐竹围椅；做生意的学问上，点子来得比吴婆婆快，来得比吴婆婆足。

对门对户竟不大打讲。晓事的人练达地说，"同行生妒嫉。"因此这边买两个荷叶粑粑吃，再到对面喝碗葱花米豆腐，饱了肚子，又皆大欢喜。

除红白喜事凑拢去或喜或悲热闹片刻外，小城中人，尽安安稳稳守住自己的本分。正应得一句老话：黄牛角，水牛角，角（各）管角（各）。

唯一不守本分的是那癫子。

癫子是一个女人，三十多岁，并不披头散发。又晓得唱无数新旧歌子，唱到好处时，形容极美丽。且愿意唱就唱，愿意止就止，在这小小世界里，完完全全是一个自由人。

那癫子手捏一枝栀子花满城里晃晃摇摇走。间常要停住足，痴痴闻花香好久好久。抬头随意看见一白脸后生，就走拢去柔声细语招手：

"你来。你莫走。你答应了我你不走。"

后生并不将白脸乍成红脸。只认真摇头道："唉！"

"你莫叹气呐，今晚上你约我到城门外头护城河去，听我唱歌子你听呐——"

"唉,走吧,走吧!"

走的倒是他自己。

"答应我你不走啊。啊?'鸳鸯戏水在河中央'……嘿嘿嘿嘿嘿……"

低头闻那花香,低头落泪湿一片衣衫。那栀子花,香得并不酽,只淡淡有些幽远。

"送你,好香咧!今夜到护城河边上等我。"

又看见了一个白脸后生。又重演出方才的那一幕。满街满巷,到底走得有好多白脸后生?

"唉,前世造了孽!"

吴婆婆每看到那癫子,想起她那已过去的前半世同将要来的后半世,免不了要叹息再三,摸两个冷了的荷叶粑粑走出凉棚喊拢来那癫子。

"莫发癫!快快同我吃了!"

声音好严厉。那癫子全不晓得有什么客气与害怕,极快地抓过来扯散荷叶三两口吞下去,并不细细嚼。复又哈哈脆笑,朝城门口走。头发黑乌乌的梳得好熨帖。栀子花一路地香过去。

萧七罗锅侧边喊:

"癫子,你拢来!"

癫子拢来,收住一脸笑。

"癫子,把碗葱花米豆腐你吃!"

霍霍霍霍喝下肚,将那蓝花瓷碗往地上一撂,啪地碗碎了。

"你回来。你剃半边脑壳,坐班房,吃炮子七七四十九粒!啊哈哈哈哈……"

吴婆婆朝癫子背影望去,重重叹息。萧七罗锅呢也不发火,只摇着那精光的脑壳蹲身下去一片一片拣碎瓷。还有用，回去拿它做得甑片子，刨得芋头同南瓜。

"今天生意不好，怕要赚只碗钱不回来。"

吴婆婆对门搭腔："我呢，一笼粑粑都没卖得完，整个一早晨。"

大家龇牙笑一回，算是什么事情也没得，复坐下来静静候生意。

远远地来了三个年轻陌生男人，从装扮上，一看就晓得是大地方上人。到了这小小县城，发现到处摆得有小吃，几多有味道，拣热的吃罢又喝冷的，且酸的辣的一并来。白净额头上看看吐出了一些晶莹汗粒，一边抹又一边叹惋：

"唉唉，只可惜肚子不能再装了！"

恨不得变一只骆驼一头牛。就坐在一爿酒家歇憩，天上一句地上一句探讨都市固然有都市的意味，小地方也自有小地方的妙处。窃以为这结论好深刻，又好无聊，就哑默下来。

忽然感觉背后站得有人，同时惊闻一股花香；转脑壳即看到极妩媚极灿烂一朵微笑，那上下牙齿又白又细如珍珠。

"到底回来了啊。他们不敢用炮子打你吧？玉皇大帝要你来约我到护城河边去听我唱歌吧？……"

三个陌生客情绪上顿时有些振作，又细细将她看来看去，佩服她居然生得美丽，猜这地方上水土必定好，就高声问：

"她为什么得了神经病啊？啊！"

内中一人悄声正名："精神病。"

酒家李二爹猛可一惊，并不因为这喊声高且又打的官腔，是因为他正欲背过身偷偷将一杯白开水羼到新搬出的一坛苞谷酒中去。

"啊，啊？造孽。造孽。"

结嘴结舌时，神经始有些松弛。

"鸳鸯戏水在河中央,两个龙王——"忽然止住,柔声问,"说,我唱得好么?"

"好!好!一二三——"

"再来一个!"

鼓几片掌声噼里啪啦。陌生客心想,与她玩笑玩笑必定能助消化。就同她逗乐,要她唱完那"鸳鸯",复又鼓掌要她再跳一段舞。街上人远远注目并不拢来。

癫子舞毕将乱发抚熨帖,促声促气道:"我好高兴咧。到底回来了。没吃炮子七七四十九粒?答应我你莫走!啊?啊?"

"不走。不走。今晚上到护城河边上去等你。"

陌生客畅心畅意笑着离开那癫子,就往城里头游去。李二爹说:"造孽。"把那杯白开水泼到青青石板街面上去了。街上人哑默不语。癫子呢,满街满巷同人说,到底回来了呐,约我晚上到老地方去等呐。

满街满巷都是那栀子花淡淡的香,然而用力一闻,竟又并没有。

三个陌生客,交口赞美这小城的古风同土产,用了完完全全诗一般的语言同十二分诚实的夸张,又探讨无论如何明天还是要搭清早那班汽车走。大事议毕各各买了一个鸳鸯织锦袋,带回去礼赠未婚妻。

又回顾各类各样小吃,一致结论到,还是城门口那个婆婆的荷叶粑粑,以及那个驼背的老爹的葱花米豆腐,好吃得很,就提议每人必带几个那荷叶粑粑回去给未婚妻们尝新,正好又可以将那鸳鸯织锦袋利用一回,挂在肩上有彩丝穗子摆动必定风雅。葱花米豆腐呢,自然带不得,那就再去喝它一碗两碗过足瘾吧。

走过那爿小酒家,看见李二爹在门前摆一局棋同一个后生对弈。忽然摆手道:

"不下了不下了。凤儿，凤儿，过来帮爹关板子！"

后生惊讶得很！"吔，二爹，这是搞么子呐？"

二爹早拱到里屋去了，"我输了，我输了，好么？凤儿凤儿喊你你不动？"

三个陌生客并没有意思要再到里头去歇憩，不深不浅一笑，沿青石街面朝前走。看见那个婆婆子了。

"一人再买你十个荷叶粑粑。"

抬头，慢慢认出这三个陌生客，吴婆婆从蛤蟆凳上弓起来，伸手去拿篾笼罩。

"不卖了。"

"咦，怎么不卖了呢？还有这么多！"

"回去自己吃。"

真是好笑的事情，有钱还不晓得赚呢！那好吧，对门喝葱花米豆腐去。

"啊，啊，这豆腐，万万吃不得呐。"

"又怎么不能吃了呢？"

"刚才，跌了一条毛毛虫，在里头，邋里邋遢吃了要泻肚子呐。"

好吓人！自然那黄嫩嫩切成四方小块的米豆腐，那青青的细脆香葱，以及那陶罐里的萝卜丁辣椒粉，就只能馋馋地望几眼了。遗憾。

"到别的摊子上去吃吧，要卫生咧。"

萧七罗锅用细长指甲小心挖耳屎。那脑壳正油油映着黄昏的天光。

而在别的摊子上他们什么也没尝到。

远山淡淡如青烟，月亮正浮起，护城河粼粼闪闪绕城流。

三个陌生客，有几多迷惑，有几多疑云，又有几多怅惘同归思，在河边散步不说话。明天一早即要离别这小小古城了，难得再来。小小古城似乎不是小小谜语。不远不近有虫鸣，有水响，有萤火灯笼在草里头移，找寻那已流逝的岁月同故事。

忽然看到河边蓝幽幽地坐得一个人影如雕塑，有一种幽香迤逦过来。

啊！在什么地方闻到过呢？……

1983 年 7 月

淘金人

> 莫以为是真的
> 也莫以为是假的
> ——一个没有年代的传说

　　如今哪个都不晓得。
　　只晓得那地方曾经有单独一间茅屋,住过娘崽两人。
　　而那些铁一样蛮硬的汉子,后来到哪里去了呢?那片莽莽苍苍,且有鸷兽猛禽奔趸的大山,叫什么名字呢?那座为金子所垒就的长长的坟冢,以及那在山谷中凄凄飘荡的呼喊,在哪里呢?……
　　茅屋后头即是那不晓得名字的大山。
　　到底好大?也不晓得。只在夜晚,只在月白风清时节,松涛起起伏伏,间常一声两声虎啸,应着山脚下那股昼夜不得将息的溪流的喧腾，使人感到雄壮，感到苍茫，感到于峰峰壑壑间必定藏得有好多好多不为人知晓的故事，神秘而古老，美丽又悲凉。就要慨叹良久，抑或落下泪珠子来。

茅屋的下面，即那溪水的上头，一排寮棚傍山而竖，为淘金人所居。

不晓得何年何月始，传说有人在山谷中，在溪边，拣得了金子。

故来了淘金人。

都是些蛮野的汉子，有着铁似的体格与铁似的心；有着斗杀赌盗的不同常人的既往；故额角上颈根上有几寸长的刀疤，断了鼻梁或缺了耳朵，也就算不得什么非常的败相。到这山中来，自然第一是为逃离官府的缉拿，第二即为那生存所激刺起来的生财的欲望。唉，也是茅茨尽空不果饥肠的人，才能如此横生斗胆，铤而走险的。故那欲望就在那些粗大的脉管里汩汩泛滥。为这欲望所驱策，常常为争夺一颗金子而毒毒骂娘，而捋手勒脚，而把刀尖斧刃弄到湿而发红的事，就断乎不会少。这时节必定就不讲情分、仁义与悯心。凡一切为官府法律所不逮的地方，凡一切为道德伦理所莫羁的地方，力与强蛮，即铸成鼎威。哪个奈何得了？故金子罗得最多的人，也就是最强悍、一颗心最为那金黄梦时时所蛊惑的人。唉，也怪他不得，人存在这世上，总归要做一些灿烂至极的梦。

也不晓得有好多淘金人，在黄金之梦的诱引下直目走入永恒；冥冥之中，尚不能悟及人的本分，人之为人的若干信义。这山中散散落落拱一些坟冢，为野草与野花所覆盖。那活着的，即从记性中，将这死者的脸目言语一并永远忘却。唯云把日头遮住时，山风吹来，坟头茂茂的荒草，凄凄作响。鸱鹞厉厉叫它一声，仓皇就要飞去。

同时还不晓得，什么时候起，这山里竟住下了一个女人，及她的崽。

　　女人三十出头，从如今尚十分姣好秀韵这一点考察，想必在娘屋里做妹子时节，是相貌极出众的。声音又十分好听，若绽然一笑，立刻要感动一颗顽强的心。只是要听这一笑，也不易得。毕竟她姓甚名谁，缘何避到此山中来，其男人之有无存殁，一概的不晓得。有人曾麻起胆子且抹角拐弯问及她，不见回答，但见秀眼一垂，淙淙淌出泪来，沿腮及颈，湿了好一片衣衫。故一切问题，尽成秘密。但晓得她唤崽，做秀秀；但晓得汉子们唤她，做大姐。

　　难就难在，一个无依无傍的女人，与一群蛮野汉子之间，竟就没有横生一些意外枝丫，竟就没有干下为生命之火烈烈烧着时，必定就要干下的那些个事情。在这不为人知晓的山中打发长日，他们倒也十分相容，十分相安。女人日日帮那些汉子补衣浆衫，兑得自己一分生活。秀秀怕有五六岁了？可以到山中抱得枯柴回。娘说："秀秀，那山里有大虫，时刻要小心！"崽道："不怕！"抱柴回来即沸沸地烧开一壶茶，让秀秀提着送到汉子们的那里。汉子正焦渴。

　　抑或叫秀秀捧一衣兜酸梅甜果过去。汉子却不吃那个，只逗乐："秀秀，明日你长大了，要做爷子了，送与你婆娘吃，生得一个小秀秀。"秀秀捧了衣兜问娘，婆娘是什么。娘笑一笑："莫听。莫听。"

　　女人早早就搂起那些散发着男人气味的邋遢衣衫，走到山下溪畔，兀自用棒槌杵捣。溪里浮得有大圆石，好杵衣，好蹲在上头照自己的影子。影子极清丽，女人也不时常赏顾。只匆忙洗就，将柳腰斜斜抵住竹篮，急步走上山去，将一些水珠儿滴在乱石间，自去晶莹；将一条好急好长的溪水扔在身后，任它蜿蜒。在溪水的响声里，是否她已经预先感到，一些日后必得流传的故事，当从这里寻到发源呢，不晓得。女人的脸目是端庄的，安谧而沉静。

这时节汉子们才披衣从寮棚里懒懒走出。

"大姐好早哦。"

"你们也早。"

低头走回自己的家,呼秀秀拿竹竿来,要长的。

待夕阳将汉子们额头镀得发亮,将悍实的影子拖得极长,走回寮棚时,远远看见女人在屋前屋后忙碌,抑或在怀中逗那秀秀咻咻笑,心下兀自就生出些朦朦胧胧的想念来。想什么呢?想从女人眼睛里领到一份情意。

如此实属一种慕渴。为哪样而必需它呢?自己也不甚明白。总之除了需要黄金,需要刀子及膂力,还需要一股绵长的,柔和如清风的情意是了。怪就怪在,谁都不敢存得有这样的奢望,要独吞了那女人情分的全部。同时也怪在,纤纤弱弱一个女人,若亘在为金子纠纷成一结的红了眼珠子的汉子之间,那纠纷也就立即解除。各各松了拳头,抑或扔下种种可以击得敌手脑浆横流的利器,如无事人一般散去。哪里看得出他们是些生了狠心,什么手段都做得出来的铁血人?女人也不说话,只拿眼看那些为日光炙成古铜色的宽厚的背。有道是美丽与温柔,即是一种力,为女人所拥。她是否应验了那句箴言呢?蛮野汉子凭什么要对她这般软依,她又因哪样要实心为他们尽女人的用心呢?也是人生一个谜。

女人与秀秀,便以看得出的勤勉与看不出的热忱,滋润着那些人的长日。而汉子们的心船,间常就系住在那茅屋上头了。

"大姐,帮忙补这衣衫。"

旧了,融了,衣衫时刻要补纳。茅屋主人将一颗针从胸襟上抽出,于乌发间荡一两个来回,低眉道:"就只一件衣衫?"

"劳为。就只一件衣衫。"

"看看这鞋。"

"呲——呲。嘀哟!"

阔大鞋头正为趾尖所破,坼成蚌嘴。女人就说:"快快同我脱下。"飞针走线时,姿势极优美。屋后有好鸟相鸣,嘤嘤成韵;屋前有好树相生,酽酽成荫。日光细细斑斑,无声撒一脚底。

这情境谐和如一画图,恬淡清静而成永久。只那一回——仅仅那一回,遭到小小一个破坏,也是独眼龙活该遭孽。

七月里一个夜,汉子中一绰号曰独眼龙的,拱出寮棚小解。月钩似镰,正割断缕缕清风,即是山中也显得有几分燠热。所有树木,凝成剪影一动不动。这时节听得有碎碎的足步,迤逦下山去了。看时正是那茅屋主人往溪边浴洗。也是好奇,独眼龙即尾随相下,藏于一巨树后探头窥去。

那溪流潺潺响动,将月镰揉成散碎,复将它拥送而至遥远。女人并不识水性,只蹲在一块卵石上洗头,洗颈,洗身子。想这情境也必定极美,就难怪独眼龙在一边发痴发木。那女人只如原始山林之女神:丝丝黑发夜一般深长,袅袅裸体月一般耀人。遂使此时此刻此山林,圆满成一瑰丽梦境。

然后,挽了湿湿长发,挽了湿湿衣衫,自去茅屋安睡。月正照她的小窗,亦泊在秀秀那好长的梦里。

说独眼龙活该出事,也并非宿命。这偶一的造次,原本不为那女人与其他汉子晓得,只可秘藏在心底,于回顾时兀自去咂嘴叹绝就是。哪里能够声声色色地吐出去,作一个男人的骄傲与福缘呢?

说毕。那些汉子只如铜人默坐良久,然后,有一种什么热力灼心灼肺,然后,即一个一个无声耸立起来,眼珠子凸凸燃起凶焰。那凶焰唯打赌输了金子及亡命时节所独有。又一步一步围拢来如刀尖逼他至壁脚。虽独眼龙素是鸷猛非常,如今也就明白了自己所犯是何,同时晓得大限已到,无可旋避。只道:"弟兄,莫要绑我在山中任鹰啄蛇咬。让我死得痛快!"即将那只独完的眼睛闭上,且将胸脯放高,不曾有半分赴死的怯弱。

也不答什么话,汉子们就叉开粗硬的虎口,钳住咽喉处,生生将他扼死,没得半点哀音。遂又将他连夜扔进溪流。湍湍急水竟不晓得将尸身冲到哪里。

那一夜,从叶缝间看天上,没得一个星子。

这是淘金人的手段,极索利,亦极残忍,不为那茅屋主人所晓得。第二日捧一叠浆洗好又补纳好的衣衫送到寮棚里来,内中即有独眼龙的一领。只不见他来取,女人奇怪,问。没得回答。穷问,汉子才答道:

"走了。"

"什么时刻?"

"昨夜里。"

"为什么?"

"不晓得。"

女人也就不好逼问,也就真不晓得。匆匆又拣起换下的邋遢衣衫去洗、去晾、去补。若是晓得了,还有心在溪里头照自己的影子么?还有心在树下哼那极动听的歌子么?

从笋盘里扯出线,穿上针,又在秀发间荡几回,低头补衣,忽然想起在娘屋里做妹子时所学过的歌子,抑或想起某一夜自己不再是黄花女子,伏在某一如山起伏的胸脯上时所伤心哼的歌子,轻轻就唱了起来:

郎呀，你好不晓得妹子的心，
…………

若因记性而语塞，那秀眼眨动间即又记起，记起即又唱下去了。无非是男人负了女子的心，无非是女子生成即苦命的人。万象生生息息，唯这歌子不变。这样怨诉，这样哀婉，的的确确也是动人。

这时节必定月亮就圆了，山山壑壑间积着静寂，又气朗天清，猿虎尽偃；这时节汉子们必定就站在寮棚外头，把脑壳仰起装作看云看星，目光就渐渐柔和起来；这时节强蛮的心必定静静浮起几段沉没的记忆：某一时某一会唱同一歌子的人，有着今夜月一样圆一样明的眸子，靠在自己肩膀上无端哭过抑或无端笑过；顿时一股细细情意，即在胸中粼粼淌过，忘却世上许多絮烦，许多凶险。

他们是最喜欢听茅屋主人唱歌子了。其实她并不是唱给别个听的，只轻轻唱给自己听，是这一个月夜同另一个月夜的悄悄对话；是这一片生活同另一片生活的悄悄融和。声音极细，然则只如一缕烟，一缕晨霞及暮云，在树与树之间，石与石之间，心与心之间，静静卷绕，静静萦回。

有汉子即刻将脸目深深埋在茧掌之中，为的不让人看见，有一颗清清亮亮的东西在眼眶子里滚动。其实哪个又留意哪个呢？各各揣了满满一怀心事，若一荡动，即刻就要溢出来。

哎，月亮亮汪汪……

老林深山里，与草莽兽禽为伍，与巉石响泉为伍，与星云雪雨为伍，不知有汉，且无论魏晋，长日打发下去，也自在，也自乐。只于春秋代序寒暑易节时，多多少少感到有些单调及重复。汉子们自去淘金，骂娘抑或赌斗；女人与秀秀自去浆洗、烧煮抑或唱歌子，习性终不得改。看看秀秀又长到七八岁，晓得将木叶放在口中作凤鸣，群鸟也大胆落满脚边岩坎侧头相和，教汉子们好喜欢。

但是人生如草木，生生灭灭即成古今。流连也罢，嗟叹也罢，并不由人意差强。好在生命万古时新，也算得一个不小的安慰。故当发生的即不可旋避，不当发生的有时节亦横生陡落，是为不测。

某一年夏天急雨连绵数日，那条山溪陡然涨大，夹一些泥石落木咆哮奔走。立在峰巅上也可听它哗然喧嚣，兼及虎吼风卷，就生出几分惶惑几分胆战。

那个止雨的时节，汉子中有的尚在枕边，有的业已起床，正是灿烂一日的开端，也正是一个旧梦之终与一个新梦之始。那新梦，无非为黄金之焰所泱泱照耀。

忽然听得山脚下秀秀喊娘，那声音极凄楚，极尖厉，惨惨地撕一片宁静成破碎。又听得有足步凌乱踏来。

但看那秀秀，两目恐怖，到寮棚前已不能说话，只将那小手指住溪边不住抖颤。溪流激石，正訇訇纵响。

汉子们即刻就冲下山去，有的尚赤身露体，也就顾不得许多。在溪边，看见了茅屋主人。

她是被那日日在其中浆汰洗浴的溪水淹死的。若不是为水中一大石所截拦，汉子们必定不能再看到她半眼。那急流匆匆解散她的乌辫，水草一般倒伏飘扬，只如风中一面黑色大旗。卧倒在溪面上，有一只鞋被冲走，有一只手直直伸着。那食指正弯成一勾，将一件欲挣脱逃逸的衣衫勾住。勾得及时，且用力。为这一赴，即付出整个性命。那是岸边竹篮里，众多邋遢衣衫中的一件。

一件邋遢衣衫同一个美丽生命，到底有没有两样不同呢？抑或女人竟不晓得；抑或晓得，则又不及思虑，即于结论前有此果敢一举了。故当汉子将她捞起，抬回谷中仰过来看时，女人的脸目只如睡去。且睡得极香极酣。黑发与睫毛，覆盖有许多永不为人知晓的秘密……

日头从古铜色肩膀后的峰峦间缓慢升起，照着那些蛮野汉子的脸目，是这般沉重，是这般悲戚，或许死亡之云笼在自己头上也不能至此。其中那衣衫勾在女人指头的，竟哀哀欲泣了，只是为隐忍所止，故仰头看苍天，看苍天上一只翻飞的岩鹰……

不晓得过了好久，有人于恍惚间记起了秀秀。低低问："秀秀？秀秀？"没有哪个看见，没有哪个晓得。于是发起急来，预感这灾厄即有了连续。就满山满谷去找。山里是有许多大虫的，有豹及狼。

"秀秀——"

"秀秀——秀秀——秀秀——秀……秀……"

辨不出是哪一个的声音。到处都在喊，亦即包括每一石罅每一树，每一草虫每一云。

双足双手及脸目，为荆棘所划破，为蚊蚋所叮啄，走一步即喊一声。没有听到那个会吹木叶了的小嘴的回应。到哪里寻得到呢？这大山是这般原始，没有路径；参天之树比比相肩，且为藤葛所纠，为粉苔所染；刺蓬石隙落满了果子，正渐渐腐烂成泥。将有无数萤虫从这里飞出，打灯笼寻找轶失的传说么？

"秀秀——秀秀——"

"秀——秀——秀——秀——秀——"

……

群峰轰响。远远近近叫着一个名字。但那已不是一个名字了，抑或说那名字已不代表一个小小生命，而是代表一群蛮野淘金汉子的痛苦与悲怆，代表此时此刻他们作为人的全部。

莽莽山林中，这凄厉的呼喊，这绝望的呼喊，这教英雄与岩石也必定落泪的嘶哑的呼喊，恐是永远永远也不会消散了吧？……

日头也支持不了它自己的伤恸，血红的滑落下去；暮霞业已燃成灰烬。这时节汉子才各各从榛莽中拖着受伤的身子及无望的心，缓缓走回到谷中。溪水任自流去，秀秀终不归来。抑或永将寻他不到了吧。这山中是有大虫的，有豹及狼。

低低山风，催得一切尽在战栗。

女人静静躺着。那些呼喊，也没有唤她醒来。夜色只如一领青纱，轻轻笼住她从头至足。你还有没有记性呢？有没有瞻顾及等待呢？不晓得。哪个都不晓得。

给她掘一个坟吧！给她筑一个亘久的眠床！

坟也掘得怪。不是圆洞是直沿。因为女人那一只僵直的手，哪个也不忍心拗它过来，同时还怪在那坟也不是为一切利器所掘就，而是汉子用那捏紧过刀把与金子，拳头及骰子的茧手，一指一指抠的。抠得指甲松动与脱落，抠得流血。那点点热血，即是日后灿烂一片的无名的小红花吧？

女人就默息在里面。过往的一切，即为这山这夜这静寂，完全所属与。

也没有用土埋她。

汉子们沉沉走回寮棚，各自悉数捧出所藏金子，复至谷中围住那坟。然后单腿跪下，然后缓缓地将金子一颗一颗放进坟洞。唉，为了这些黄灿灿的东西呵！……

轻轻的风拂着粗硬的发，与那哀伤。

月亮又升了起来，且又圈了。凡有生命的与凡无生命的，尽是哑默。唯溪水呜咽远逝。林子里吐出凉气来。每一叶片正酿出如泪的珠露，数不清！往日这时节，女人抑或就轻轻哼那歌子了；往日这时节，汉子们即装成看云看星了。唉，这才有好久呢？如今竟为她垒一座长长的坟冢了！

垒得这般艰难这般累，时不时要停下，无声歇息。而月正在那一双双发木的黑瞳里凝固，且慢慢慢慢有些模糊……

也没有限令文牒，也没有相约相期，第二日一早，汉子们终于诀别守候了整整一夜的女人，走回寮棚即打点行装，兀自离开了这好一片藏金之地。

那走在末尾的一个，到了谷口，忽又停下，从怀中慢慢摸出最后一块金子来。这是所淘金子中最大最重的一块。为攫得它，无犹疑地偿付了血与力。退回到那坟前，他默默凝视那金子良久，然后轻轻叹一口气，然后轻轻押它在坟顶上；转过那古铜色的宽厚的背，即头也不回阔步离去。这时节日头业已升起，长长的影子在他身后晃来错去。

这一去竟没有再回来。

1983年4月—5月

明月明月

1975年4月一天，断黑时分，工作队员小马，一个日头怎么也晒他不黑的青年，夜饭后正蹲在腊子山脚下一条愉快的溪流旁从头到脚洗他白白净净的身子。水很清，当然也很冷。小马听得自己牙齿磕碰着牙齿仿佛害怕着什么一样的声音。但是，小马他晓得，除却冷，他实在什么都懒得怕。反而由于这冷的刺激，小马变得兴奋，变得快活，甚而至于就想唱歌。想唱于是便唱，这正是他这样年轻人一个特点。就轻轻唱了《山楂树》（唱完以后不由得看了看四周），又放喉咙唱了一段《平原作战》："披星、戴——月——下太——行——"（听得回声如鸟影一般飞去飞来）他觉得自己真是很不错一个人物，就自我欣赏响亮地咳一声嗽。仰头一望，望到高高腊子寨头上升起来一轮明月（他想起一句词：明月明月，胡笳一声愁绝），望到夜天是幼儿园玻璃一样幽秘的蓝（他想起幼儿园里那个满荷着慈爱的胖老师）。这时候他把衣服上上下下早穿好了，就一脚高一脚低踏着石板路朝寨子走去，迎面又是家书一样有着悠远亲切的四月夜风。这正是油菜花怒放的时节，小马觉得自己笨重的足音无意间溅起周遭油菜花一派惊恐的芬芳了。

到了山愈走愈矮，月愈走愈大，小马便听得低低一句狗吠。倏忽一条大黄狗尿一样射到他脚边来。小马叫了这狗的名字，狗立即起了感动，努力摇自己尾巴，随了小马进寨子。在歪歪一棵老树下，光头赤脚一山里孩子，牵一条黄牛懒懒踏着月色走近来。这孩子站住了（小马望见他两目如星），仰头问：

"马同志，今夜里教京歌①啵？"

"教咧。"

"新的啵？"

"新的咧。"

孩子得了高兴，汹汹喝牛一声，的的得得便走，回头又喊一声：

"就开始啵？"

"嗯呐！"

孩子与牛就不见了。近山远山寂默，千里万里月明。

吱呀推开门，小马望到房东妇人正坐在火塘边烧开水（小马晓得这是给自己烧的），披着家织布的一件蓝衣。堂屋里没有点亮，火光跳荡在妇人赤裸胸脯上。小马望到妇人的两只干瘪奶子，望到妇人眼窝里深深的阴影。然而妇人并不遮掩，只倦倦着问：

"洗呐？"

小马答："洗呐。"

"冷不？"

---

① 京歌：当地人把京戏唱段叫做京歌。

"不冷。"

妇人就说:"哄鬼哟。"

小马藏住笑意,也在火塘边坐了下来,把手下意识伸到跳跳荡荡火上,取了狮子抱绣球太极姿势,说:

"我自己来烧。"

妇人就递过来长长火钳,又捶捶膝盖,起身进里屋去了。吱呀的一句门响正如歌唱。

过后小马来到山顶队部,油亮板凳上已竖满年轻人影子(小马望到光头孩子坐在了最头排)了。梁柱上吊得有一铁丝的网勺,松明子在里头毕毕剥剥燃得正快活。小马就站到众人跟前,教他们唱京歌。教的是《智取威虎山》里的段子。

小马唱:一心,要砸碎,

众人便唱:一心,要砸碎,

小马又唱:千年的铁锁链。

众人跟起又唱:千年的铁锁链。

就望到松明子火光里一二十黑洞洞的嘴,蒸发出叫做京歌的乱糟糟一团的声音,正如幽幽深谷里蒸发出四月熏人的夜气。小马于是怀了一种说不出来的心情,努力豪唱:为人民开出那万代幸福泉!小马越过那些蛮野里夹着庄严的声音(小马想,这只能叫做声音而不能叫做别的什么),望到门外月下的山岭,望到板栗树的影子和金毯子一样毫光四射的油菜地,发觉自己原来竟也变了调。

教唱完了,众人发一声喊,四下里就散尽了,单剩下前排光头赤脚孩子还坐着。小马就问:

"还不走?"

孩子说:"马同志,明天还教不?"

小马说:"教呢。"

孩子说:"教易得的好啵?"

小马反问:"今日的蛮难啵?"

孩子说:"难!"

小马说:"那,明天就教易得的!"

孩子得了高兴,"嗯!"递给小马一只冰冷煨红薯,转身叭哒叭哒就走。四下里顷刻静极。

小马踩着月光回住屋,记起初来的一日,山中迷了路,四下里也正是这样的静。喊:有——人——啵——?听得自己的声音那么大,又那么远,只觉得有味,并不怕。

小马推开堂屋的门,火塘里只是一团疲倦的火灰了。小马闻到柴烟的味,清新有如谷雨新茶;小马又听到隔壁妇人的鼾声,起伏有如连绵峰峦;想起上山来第一夜,有汉子坐在火塘边打山歌,妇人也正是这么歪头困着了,鼾声如松风。

小马回到自己屋中,横竖没有睡意。他想写一封信,告诉那些千里外生活在水泥屋中的亲友,山中的农事稼穑,风物人情,悲怆或欢乐,但他没有写;他想念一阵子书(他带了好多的书到这山中来),但他没有念;他只是枕着自己的双臂懒懒躺着。月光照进窗来,他想起若干闪闪烁烁的旧事,他于是将一颗年轻心泊在旧事的温馨里。他听到一只夜鸟在什么地方咕咕了一声,过后便是广大无边的静。只有不远地方一泓山泉淙淙流淌,无有穷尽。

又过了片刻,小马听得山腰水碾子房的柴扉吱呀一响,旋听得有轻轻跫音,犹疑里夹着坚决,渐渐拢近过来。不久,小马的门便被一只小心的手敲响了。

小马问:"哪个?"

门外的声音说:"我。"

小马又问:"你是哪个?"

门外的声音说:"守水碾子的。"

旋又说出来自己的名字。

小马"哦"了一下起身点亮,把门开了。

月光里站着一个姑娘,穿紫花的衣裳,手里仿佛还握住什么一样东西。

姑娘问:"马同志,没困着?"

小马说:"没。"

小马说:"找我什么事?"

姑娘不好意思模样,就说:"找你讨点煤油呢——没油呐。"

小马这才看出她手里是一盏没有灯罩的空油灯。

小马于是说:"哦。"

小马又说:"这么晏了,还点亮做什么?"

姑娘说:"做鞋呢。"

小马一面给她倒油一面又问:"做鞋,明天做不得啵?"

姑娘就答:"明天有明天的事。"

小马倒满油,把灯盏揩了揩递给姑娘,仍很好奇,说:"何事要忙成这样子呢?"

姑娘低眉,半晌才羞羞着答:"过几天,要嫁人了呐。"

小马声音高起来:"嫁人?嫁人?要出嫁了?"

姑娘不抬头,说:"嗯呐。"

小马仍很高声:"嫁人,嫁人,嫁到什么地方去?"

姑娘遂说出了一个地名。这地名在小马听来当然陌生。但小马觉得这地名无端地很美丽(小马立即联想起一幅有风车的俄罗斯风景画),而且,无端地就很远,仿佛天边一颗星,一片云。

小马"哦"了一声,这才很注意望了望灯下姑娘的脸。他来了这么久(三个月了),居然从未留意过这么样的一张脸,他一时甚至想不起这张脸给他留下过任何印象。这世界上有一些脸,普通得就像是一棵树,迎面不会留心,回头不会张望。而这姑娘的脸恰好是这样的一张脸。况且小马想起来,这姑娘平素是从来不说话,甚至也不笑的。小马想,这或许就是对她不曾注意过的缘由吧。小马望到姑娘的额头,明净舒展有如雨后晴空。这额头正泛出来一层健康、善良、纯朴、并且幸福的红光。小马还望到姑娘的鬓边,斜斜插得有一枝油菜花。小马倒抽了一口气,立即觉得这月夜熏人的芳香,皆源自姑娘鬓边这一朵奇妙金黄菜花。小马遂有些呆,站着,手脚不晓得如何摆,方始自然。

姑娘就抬头说:"走呐,马同志。"

小马说:"好。"

姑娘又说:"马同志,京歌好听得很呐。"

小马说:"好听得很。"

姑娘说:"我走了呐。"

小马说:"好。"

"多谢。"

"好。"

小马就看见月下一朵金黄菜花梦一样浮走了。

小马,这年轻人,在床上又听得淙淙山泉的响动了。小马觉得,那绵绵水声成了碾子房里要嫁人了的姑娘手中线,一针针是把唯有她自己晓得的心思纳进这辽远静穆山寨长夜了。

过了几天,寨子里一阵闹热,果然是那姑娘出嫁了。

小马想起那地名，仍是觉得美，而且，远。

第二年春上，工作队员小马，要回省城里去了。

这天吃过了早饭，行装打点了，心想下午就到公社集中，明天坐汽车，又转火车，回到省城机关里，成天又与报纸文件会议讨论滚到一处，或许一辈子再也难得到这腊子山来了，不免有几许怅惘，有几许留恋，就把腊子山前前后后看了一遍。山南山北正是青黛，云飞阳雀子也飞，春日暖意微风四面八方吹动小马宽宽的衣襟了。

这时小马望到山腰石板路有一粒人影，愈来愈大，就觉得这人影有些眼熟，一时又想不起来，正犯踌躇，那人影忽然就发惊喜一声喊："马同志！"

拢近来时小马才认出，原来是一年前出嫁的守水碾子那个姑娘。

房东妇人闻声出门，紧紧捉住姑娘一双手，大呼小呼，于是四面草蓬里又拱出来一堆采岩衣的妇人了。妇人们围住出嫁后头一回归娘家的姑娘，问长问短，雀噪一片。小马也在人堆里，望到姑娘差不多是老样子，只是胖了些，又挽了粑粑头，背后竹背篓里东张西望正探出一颗小小脑袋。小马就想，她不是姑娘呐，她做母亲呐，她是地地道道一个妇人呐！便听得做了母亲的地地道道妇人大声说起自己在夫家的日子（小马又一次听到了那个地名），说起柴米油盐，说起崽和猪、出门做工夫的男人，说起婆家、田地和收成，说起自己做梦也想娘，想不懂事的弟妹，想娘家欠队上的谷还未还清。小马从这先前少言寡语的女人说话口气中，听得出来她生活得极艰辛，然而也极快活。他望到日头晒黑的她的一张脸，荡漾的是夹着倦怠的兴奋和夹着忧虑的爽朗。她说话甚至有了一种很惹人喜欢的坚决的响亮和坦真的明快。小马便想：好的，好的，好。小马又想起那个地名，心中响起一支歌：《在那遥远的地方》。小马想：好的，好的，好。

而下午，小马鼻子酸了一阵后，就离开腊子寨了，汽笛一声，从此没有再回来过。

他会记得这个苦乐兼有的地方啵？

当然会。

许多年过去了，小马被人称做了老马。

被人称做老马的人，十五年后的一天，也正是四月夜，坐在自己书房里（多年来他买了很多书），看一本书又看一本书。这情形有如抽一支烟又抽一支烟，过后云消雾散，全记不清书里头说的是什么。他于是明白自己并不是看书，是借了看书来分散郁结的心情。房里很静，是一种空空荡荡的静。自从上一个月同老婆吵了一架，老婆带独生女儿冲出门，这屋里以后就有了这么一种空空荡荡的静，叫人想起芜草丛生的弃园，或黄昏黄昏的荒野。

老马扔掉一本克里斯蒂的侦探书，熄了灯，仰躺在床上（床上的被子没有叠），枕住自己双臂（他一直有这种习惯），抽烟。不知道烟灰掉在胸前白生生一堆。过后觉得屋里的烟味太重，就起身把门拉开，不料一泓月光泻了进来。老马一惊，就踱到阳台上。举头望到高高天上一轮明月（遂想起那句"明月明月"的词），望到四月的夜天是深远亲切的蓝（又于是想起幼儿园的玻璃和胖老师），老马顺理成章记起了十五年前腊子寨那一个月夜，那一个在溪里头洗澡，又给山民们教京歌，还有守水碾子的姑娘对他说她要嫁人了的散发着馥郁油菜花香的月夜。老马就想起了房东妇人，光头孩子，还有鬓边插一朵金黄菜花的山中女子的一张脸。这张绝对容易遭人遗忘的脸，这一时居然那么清晰展现在了老马恍惚的眼前，笼着健康、纯朴、真率、羞涩而又幸福的光芒；老马甚至还清楚记起了一个美丽而遥远的地名。于是老马感到了喉咙里有一股什么东西横横梗着。他想吐出来，他忍了忍，然而忍不住，终于吐了出来。于是这东西成了极粗鲁一句骂人的话。

他骂谁呢，这个老马？

牛　皮

我十六岁高中肄业便去做工。这同那些上山下乡玩泥巴坨的同龄伙计比，自然也还是很占了些便宜的。工人阶级，这个名字非常响亮，非常伟岸。所以一个军代表站在太阳底下，对我们五六十个红头发的新学徒训话时就说："你们，呵，这个这个，是，光荣的！"然后，咳嗽，念名单，把我们懵里懵懂的分到各个车间去光荣。

这工厂叫做肉类联合加工厂，是第一个五年计划时由苏联专家设计建造的，规模很大。厂区里明晃晃地横着几根铁轨，一二十节车皮常常就睡在自己的影子里。锅炉房也很大，把卫子（汽笛）拉响，几里路外都可以听见。整个的厂区气味很怪，很浓，很不好闻。我们这些新学徒第一天由一个屁股非常大的厂党委办的打字员——不久以后我们就晓得了她同军代表的风流艳事——领着去参观，结果纷纷把隔夜的粮食都呕了出来，一个个是浑身的馊臭。好几个月过去，我们渐渐才习惯了这气味，有了正常的饭量，鼻子也不特别累了。

厂子有六个车间，另外还有一个"五·七"车间，即家属车间。六个车间是：饲养车间、屠宰车间、冷冻车间、机修车间、加工车间和生化制药车间。分到饲养车间的，一去才晓得，原来是学喂猪！饲养车间实际上是一个极大的牲猪库。一般库存数在一万至两万头之间。喂猪并不很累，已经是管道化和半机械化了。只是一些青工拿香肥皂洗了澡出去谈爱，不敢亮出自己的工种，这个车间于是很有几个"老大难"，后来委委屈屈的只好将就了附近农村的辫子很长的妹子，倒也小日子平和。牲猪的来源是全省各地调拨，有时也从外省运来一些。猪们坐了火车来，坐了汽车来，甚而至于突突突突坐了轮船来。这些大员似的东西沿途观风景，一阵阵嚎唱出发自肺腑的惊人的欢悦来，神气得不得了。火车和汽车运来的，可直接卸到饲养车间的猪圈里，但从船上来的，却要人从河边赶到厂里来。有四五里路远，特别辛苦。尤其三伏天，沙滩晒得极白而烫，又一无遮拦，工人流遍身的汗，一手哗哗地摇着白铁皮的沙盒，一手提紧一根下端劈裂的竹棍朝滚来滚去的猪屁股猛烈抽打，口中还嗬嗬地吆喝，把嚎叫着的滚滚沙尘朝厂区的水泥猪道里赶。间常有一两只猪，幡然觉悟，忽然就脱了党，不要命地在沙滩上狂奔。于是也须得狂奔出几条粗黑人影来，同猪们爆一场中长跑以及相扑。结局人畜往往都搞得精疲力竭的。猪口中鼓着白沫，赖在地上，须得让比它更倦乏的人一把一把地拖它回去。

　　赶猪的生产组叫做赶运组。这是全厂最辛苦，劳动量最大的一个组。夏天，他们一个个简直认了非洲籍。运动中若有为铁拳或倒肘捅翻的，往往就发配到这个组来。在食堂吃饭，排很长的队，看见前面的背影，工作服上一大圈一大圈都是白花花盐斑的，不用说，这人就是赶运组的！我们一同进厂的一个伢子就分到了这个组。还好，过了一个月，就派他学开三轮摩托，把赖在地上不肯走的猪噗噗噗噗拉着飞跑。他后来干脆便有了若干的神气。我们还坐过他的臭烘烘的三轮摩托扑扑扑扑飞到河里去划水。

分到屠宰车间的学徒人数最多，因为这车间是全厂最主要的生产部门。它的工作一句话，就是：杀猪。屠宰车间的建筑是全厂的主体建筑，上下两层，坐东朝西。猪们从南面的赶猪道赶进来，而从北面朝冷藏库的门出去，就是半边一挂的雪白的肉了。这个流程一般只消半个小时。杀猪是半自动化，有二十多道工序，流水作业。主要的工序是：麻电、刺杀、卫检、除毛（或剥皮）、开膛、取脏、去头蹄，分级盖戳等等。车间里布着流水线，滑轮上倒吊着膘肥体壮的猪们，紧紧挨着慢慢移动。工人衣袖捋得高高的，劈头的劈头，扯肠的扯肠，盖戳的盖戳……这头猪还没完，下头猪又滑了过来；只看见几百双手上下舞动，真是不亦乐乎。凉锅、热锅、松香锅——我们国家牲猪屠宰一般都采用比较落后的松香浇毛术。但在屠宰加工业非常发达的丹麦，六十年代就采用静电拔毛的工艺了。毛拔得非常干净，而且没有污染——一个车间都是水汽氤氤氲氲，弥蒙着一派噪耳闹音。尤其电锯嘶鸣，像是无数的蝉唱。

在这个车间做上三五年，往往要染上风湿病。所以这车间的工人，无论男女，一般都好呷一点酒，驱驱湿气。工休时，全体坐在车间外面的空坪或铁轨上晒太阳，把长统套鞋摘下来，解开包脚布，晾着，一会儿包脚布上便袅娜着一带一带的白汽了。

分来的徒工，有的学拿喷火灯捻掉未被松香除尽的几撮腿毛。有的学采料——用一根很长的不锈钢的小舀子捣进猪脑子里把脑垂体舀上来，刮进一个广口瓶里。有的学操电锯嗞嗞嗞嗞地劈半。这是很要气力的。电锯本身就蛮重。我们一个叫海保的伙计，做这件事，看着看着三角肌和肱二头肌就起来了。有的学熬食用油，或工业用油——

拿病猪或死猪熬,空气中难闻的刺鼻的气味便是从这里散发出来的。还有的学刺杀。刺杀的坐在二楼朝南的顶端,裹着人造革的围兜。下面,一楼,麻电间,猪被两个直流低压电极在脑门上一按,一下子昏了过去,四蹄抖抖地让人从履带似的传动床上拿钩子倒挂在流水线上送上来。刺杀的就操极锋利的刀,上来一头,左手捉紧一只前足,右手朝猪项下快捷地斜斜一刃,血愣一下,然后淌出来,冒着淘沫和热气。但有时,猪从麻痹中醒来了,一定便用比一个合唱团的音量还大得多的意大利美声叫着而且抖着,血暖暖的于是溅到四处。这工作就真正叫做"杀猪"。七、八、九三个月,是屠宰的旺季,一个操刀手,一天要这么的杀它五六千头猪,连大气也不喘,像是家常便饭的。这工作看似划豆腐一般简单,但其实是非常之有讲究的。一般人这样的一刀攮去,固然是革命成了功,但是血却往往放不干净,或者索性就放不出来,瘀在毛细血管里,肉便是红紫的,非但难看,并且也不大好吃,因此一个内行人,看看猪的肉色,就会晓得这屠家的手段究竟如何的。厂子里能够把肉杀得雪白的师傅,也仅仅只有三个人。有了杀外销猪的任务——一般是销东欧一些国家——,自然就得由他们亲自出马了。其中的一个,居然是女的,而且年轻,也很娟秀。她是十六岁开始杀猪的,是我们省里的第一个女屠夫,所以登了报,出了名,做了劳模。我们进厂的时候,可惜她已经入了党了,模而不劳了。我每回看到她那份娟秀里夹着肃穆的样子,心里想象她怎样的一刀一刀朝猪们攮去,实在非常之困难。另外两个师傅已经年逾花甲了。他们解放前就是杀猪的。他们杀猪全凭手性,就像庖丁解牛那样,以神遇而不以目视,官知止而神欲行。不过,后继无人,他们一时还不能够退休。酒和话于是多了起来,是不能奇怪的。我们一个出身很好的伙计就分了来跟他们学徒。他后来果然也把肉杀得雪白的了。他就骄傲。

　　这车间的卫检是特别认真的。若从一头猪身上发现了可以致人畜传染的病毒，譬如炭疽病毒或二号病毒，立即就要停了流水线，将这头病猪，以及它的前三后四——无论有病还是无病的——一共八头猪卸了下来，拖到炼油车间去炼成工业用油。而且，全车间消毒——地面拿烧碱，机械用新洁尔灭，空气则是甲醛或乳酸熏蒸。真是大动干戈。有时甚而至于全厂大消毒，往往耗资数万元。

　　这车间偶尔出一点好笑的事故。有一回，一个青工的手，叫倒挂着的猪狠命咬了一口，把一根手指竟咬断了。这青工踉然大跳，咒道："×你的娘！×你的娘！"从地上把断指捡起安在血糊糊的肉墩子上。

　　在冷冻车间，很有意思是一去就发下来棉袄棉裤棉帽棉袜一大堆。——只有看压缩机的除外。看压缩机，算是非常悠闲的工作，八小时基本坐着，看机子兼看报纸。压缩机通过氨制冷，使几座白色建筑的冷藏库库温都在0℃左右，其中的急冻库，在零下四十度，从屠宰车间出来的冒着热气的肉，往里一送，二十四小时便是硬邦邦了。人即使穿着棉袄在里头做事，棉袄加皮带勒得紧紧，也是不能够持久的，要跑到库房外头来回暖。暑天，这个车间的人显得非常尴尬：裹着棉袄在外面吧，热得不得了，跑进冷库里去吧，又冷得不得了。工人于是说道：娘的，一下子在赤道，一下子在西伯利亚！这话很有意思，首先是在急冻库做事的一个右派说的。右派念过大学，发配到这里，把挂在滑轮上的五六爿猪肉用一根棍子横着，朝冷库的结满冰霜的深处推，身子与地面倾成四十五度角。这人才四十多岁，就整天的咳嗽，哮喘，胸腔里发出拉风箱的短促的声音来。他不精瘦是没有道理的。这个车间的人也同屠宰车间的人一样喜欢呷一点酒。老工人的酒量往往都蛮大。去买酒，手里提的是水壶。若是醉了——这样的情形实在不多——就放倒在床上困觉，发出响亮而节奏的鼾声来，一般并不把世界咒得昏天黑地的。若不得一点风湿病关节炎，简直他们别的什么病就索性懒得得。

冷藏库的出口是月台，横着天桥在上面。隔不几天，就有火车把上十节西德出的机械保温车皮扔在这里，于是百十号人马便在冷冷的雾气里鱼贯着闪进车皮，把冰冷梆硬的一只只猪肉码得整整齐齐的、紧紧的。这种劳动的场面是颇吸引人的。站在一二十米远的地方作壁上观，都能感到寒气伤骨。火车走了，月台空荡；傍晚，残阳似血，有上二班的后生横在天桥上吹口琴，真是无比地旷远而悠扬。身边往往随意丢着一顶软软的棉帽，和一个很大的、须得十二点出班吃夜餐时才胡乱冲一冲的饭盒。——饭盒的黄昏。

机修车间正给屠宰车间试制剥皮机。开机一试，不行，剥不匀，甚而至于剥穿洞来，把一张整猪皮破坏了。于是拆了又试。工作极浩繁，车、钳、刨、铣便一同上。吊车隆隆，弧光闪闪。我们一个伙计就是这时分来学烧电焊的。第一天夜里，半夜，眼睛像有无数的芒刺锥着，痛得人和床板都叫起来。他的师傅就歪歪倒倒着起来拿了湿毛巾给他敷，喃喃道："叫你戴面罩！叫你戴面罩！"就又打鼾了。这个徒工非常之愚钝，拿时下话来讲，就是"智商很低"。他一直烧的是"牛屎焊"。堆得疙疙瘩瘩的，满是沙眼，每每要返工。他的娘在家里，莫名其妙挨了无数的咒。他后来改学车床了。多年后我在街上遇见这位仁兄，他已经残废，几乎认不得了，胡子森森，目光滞滞。他的父亲是什么局的政工科长。他本来是不够资格招工的。

我们还有一个伙计分在冲床班。很快喉咙就嘶哑了。冬天，落雪，有一回他用很大的声音告诉我，说他们烤火，拿包装箱的板子架起来烧，毕毕剥剥，手脸映成通红，低眉一看，一个班的师傅，竟没得一双手是十全十美的！

　　从省体委下放几个篮球运动员，问他们愿意到哪个车间去，伟岸地参观了一圈然后道：还是机修车间吧。他们实在觉得，学机械，这才是地道的产业工人。他们人高马大，目光灼灼，一个车间都引以为骄傲。因此其他车间的年轻妹子，有事没事，喜绕着道从机修车间门口过。她们非常渴望被雄性勃勃的目光击中。

　　而加工车间呢，我们的一位女同胞分去时以为是去做罐头的。其实这车间加工许多种类的烧烤卤腊制品，却独不做什么罐头。她被带到了腊味班的烘房间，就汩汩地流泪了。她后来眼角老是有点红潮潮的，很快把婚结了，又变得非常地胖。我们都去吃了她的喜糖，在新娘房里胡乱地高兴了几分钟。

　　也有人分去做小红肠和三鲜肠。小红肠很好吃，特别嫩，香，只有中指拇那么大小，皮不似香肠那么样起皱，而是非常光滑的，呈着胭脂红。但更好吃的是三鲜肠。所谓"三鲜"，就是将鱼、兔、猪三种动物体内最细嫩部位的肉，按比例绞碎掺和，再加上若干作料精工制作，灌到极薄而透明的羊肠里去，确确实实是鲜，甚至很鲜！我们就曾经偷了吃过的。小红肠和三鲜肠都用颜色鲜艳十分漂亮的纸盒包装，每盒大约十根，再装大箱，每箱是一百盒，打包机将尼龙带扎紧了，干干净净整整齐齐，冷藏起来。箱子上红字印着：MADE IN CHINA。这都是出口的，洋人吃的。——我至今没有在市面上看到过有这东西卖！

　　包装组自然十分地卫生。工人都系着白生生的围兜，戴着口罩和手套和护士帽，坐在很高的凳子上——因为案子也很高。一个青工有掏鼻屎癖，他因此总挨一个上年纪的女工的吆喝："喂！喂！什么名堂！人家外国人吃的来！"她一般把"外国人"三个字咬得特别用力。

这个女工后来就评了先进了。她一直贫血，面色苍白，包装盒反着光，才使她脸上有了颜色。

我和另外的两男四女分到了制药车间。制药车间对外称"生物化学制药厂"，实际上只有一百多号人马。制药的原料，自然统是取自猪内脏。肝、胆、胃、心脏、胰腺……都可以制药，甚至连猪毛都可制成专治斑秃和"鬼剃头"的药："广胺酸"。军代表便是一个秃头，他因此常来讨广胺酸片，竟是一把把地吞。他还一个劲地问什么药可以补肾亏。他住在先前苏联专家住的带喷水池的专家楼里，把风流事情做足了就调走了。他可以滚瓜烂熟地背上百条语录。他的报告的开场白往往是"五洲震荡风雷急，工人阶级心向党"。

我先是分在肝制剂组。就是拿猪肝做药，做片剂和针剂。做肝维隆片、肝宁片，做肝精注射液，肝 B_{12} 注射液。一年以后，又调到新产品试制组，在一间非常干净，摆着高速离心机、组织捣碎机、恒温干燥箱、精密天平以及滴管、量杯、漏斗和一大柜子的化学试剂的大房子里，由两个医学院毕业的上海人领着，拿猪心试制过可以疗治心血管病和脑缺氧的细胞色素 C 注射剂；拿胃膜试制过可以疗治十二指肠溃疡的胃膜素。我们还试制过价格特别昂贵的胆红素，要七八十头猪的胆才可以制成一克，而一克的售价是两万八千块！我们后来还拿猪的脑垂体后叶试制过一种催产针。有一回，一个饲养车间的兽医急急跑来，说一头母猪难产，请你们支援几支催产针。我当时正当班，做着药液的 pH 值检测。我跟他说，这是给人注射的呀。兽医说，要什么紧？人畜一样，加些剂量就行了。他拿了一盒两毫升一支的垂体后叶注射液就跑了。第二天，在食堂里，他碰见我，告诉说，产下来了！一胎这么多！蛮好！蛮要得！——他把两个食指交叉成"十"字。在我看来，他简直有一种做了外公的兴奋。这是一个非常热爱工作的人。很高，很瘦。——在这个厂子里，瘦子到底是不多的。

我们的很多药品，都要靠酒精来提取有效成分，所以，车间外面的凉棚里，一桶一桶的都是酒精：纯酒精和价格很高的无水酒精，当然也有低度的回收酒精。有一个时期，市面上居然普遍没有酒卖。好些酒瘾大发的人，跑来偷酒精，掺水、放糖、呷得条条道路于是不平。

我是当然不会去偷酒精掺水呷的。但同了两三个一同进厂的伙计到加工车间的包装组去玩，趁机摸它几根三鲜肠小红肠溜出来，把寝室门关紧了来做一盘假洋鬼子，那可是很有些回数的。我间常喜欢到屠宰车间去，在快要下班不太忙的时候，到楼上杀它几头猪玩玩。努力一刀子攮去，不见出血，心下不大服气，便加以鼓捣，却只见一根红线似的血丝缓缓挂下来。

"不行呐，后生子。"

一个师傅说，嘴角叼着半截熄了的烟。围兜上的血简直凝成了迟钝的光芒。他今天又是杀猪三千！他甚而至于一点倦意也看不出来。

我在这厂子工作了五个年头。我自小羸弱的身体看着看着结实起来——我们厂子的伙食真是太好了。附近几个单位的职工都跑来搭餐。两分钱一份的豆腐汤，放着也不冒汽，一喝，眼泪都要烫出来。真有点像云南过桥米线的油鸡汤。一个人最美丽的青春年华同这工厂的一切声音、嗅味丝丝萦系，不可免的便成了他的最幽深的记忆和情感的一部分了。更何况是，我后来还远远地离开了它。

七五年，我参加省委工作团，踩着高高低低的石板路，走进湘西一个非常褊狭的山寨去办点。石板路伴一条歌声一样明澈的溪水，两壁峭立着巉崖，非常险怪。这地方叫做岩坡寨。真是四处岩石，四处陡坡，名副其实得很。山上树木破坏得很严重，人心就叫荒凉咬得痛。山上的田都是一小块一小块的，往往就叫做"斗笠田"，因为只有斗笠般大小。这地方只能见到黄牛，而水牛几乎是没有的——水牛在田里，会掉不转屁股来。这地方粮食少，又几乎绝了副业，所以非常贫困。不过也分明可以在巨大而光滑的岩石上，随时见到惊天动地的政治标语，这地方的人都是一日两餐，而且，闲时吃稀，忙时才能吃干。全寨子的人，我还没有看到哪一个算是长得比较不瘦的。

说是寨，其实人倒并不是聚居的，散散落落地将木板屋坐在两面山顶上，仿佛痴痴呆呆看风景的人。傍黑时候，这里那里，于是几笔烟子淡而寂寥的便写在昏黄的晚天里了。要出工，队长站在山脚溪畔，举起一个瘪瘪的破烂话筒朝两面山上筋暴暴地喊："去割禾哟——""去背石灰哟——"山壑间因此统是他的声音久久回荡。慢慢，就可以见到山民的影子三滴两滴蜿蜒流下来。山民的脸往往是铁似的，黑而粗粝。

队长住在溪边的水碾子房里。他的堂客同了一个石匠，两三年前跑到山外头去了，至今音讯杳然。他只有一个崽，十一二岁，眼睛大大的，唤作鸡儿——山里人都喜欢把自己的崽女的名字叫得很丑，以为如此一来反可以长得健，无病无灾的。鸡儿是很有意思的一个细伢子，他后来简直就是我的好朋友。他会吹极悠扬的木叶，坐在溪边光滑的圆石上，脚打着水花一朵一朵的。他还长着两颗虎牙，耳朵很长。他的爹，队长，结着盘头，颧骨凸出；好像石榴一样，满肚子都是甘味的山歌。深冬的夜里，风在山上怪吼，围在火塘边，我听他唱"丢个石子试水深"，唱"一个姐子一朵花"，发觉生活的艰辛，这时竟不能够于他那粗糙脸上有丝毫的驻扎，心里真是燥烘烘的。

我就住在他的家里。水碾子房隔壁，有三间木板房。中间是堂屋，他们爷（读 yá）崽住左边的那间，我住右边的那间。他们住的那间房子很黯，有一股不大好闻的气味，只有一张床，一个柜子，余徒四壁。

牛 皮

堂屋的壁上挂着一领蓑衣，一杆鸟铳，正中是火塘。火塘的柴灰里支一个三角的圈架，坐进去一口锅子。梁上吊着两三块同锅底一样墨黑的东西。刚去的那日，队长拿叉子取下来一块，到溪里洗了，舀了四瓢水煮它。过好久，揭开锅盖一看，水干了。又加水煮。又干了。又加水。火烧得旺旺的，锅里咕咕咕咕地响。到掌灯吃饭时候，才晓得，这东西原来是牛肉。以为似这般的煮，即或是牛骨头，怕也是熬成了粥了吧？一咬，然而一味地腮痛，而且味同嚼木——真不晓得束之高阁了多少年！据队长说，这地方一年半载，难得吃上一回肉。一般人家是不养猪的。养了，也养不大，养不肥。有民谣专唱这地方的"十怪"，"十怪"之一，便是"猪比狗儿跑得快"。所有山民家中都有很多的大坛子，倒扣着，腌足它整整一年吃的"鸡菜"，就是酸菜。很少能吃到什么青菜。"十怪"之二是："农民到县里买小菜"。确实是怪。炒菜时候，从油碗里拿起一根筷子，筷子上绑了几根小布筋筋，沿了锅腰，软软抹上一圈，这样便算做放了油了。这样的菜，叫做"红锅子菜"，吃久了心里非常地"挖"。我从那么样有油水的生活走进这样的世界，真是非常感慨。饿得遍身淌虚汗，是常有的事。回忆不免趁隙便来折磨胃和腮，动辄就想起来三鲜肠！

不过，我的精神状态可以说是蛮好的。间常而且还有一点余兴，断黑边上，同了鸡儿到溪里去撮鱼，往往只能撮到小拇指粗细的几尾小鲫鱼。或是仰躺在溪里，清粼粼的濯去一天的疲乏。这时候水碾子已经停了它的吟唱了。四下里静极，天地间竟只有水声潺潺。而在蓝蒙蒙的山巅上，实在慢慢就冒出来烟圈大小的金黄月亮了——真所谓山高月小，美丽得不行！

上面对工作队员的要求是三同：同吃、同住、同劳动。这样日子一长，我同寨里的人自然就相处得不错了。劳作之余，就听他们在红红的日头下意绪缓缓地对歌子，或是坐在山中岩石上歇憩扯谈——有时是我听他们抽起辣辣的旱烟，扯着山中奇奇怪怪的传说；有时则是他们瞪大了眼睛，听我扯起省城里种种的时髦的事情。有一天，收工回家，把柴火靠在石壁上歇歇脚——山民们习惯，收工时顺便砍一肩柴火带回去。一个妇女忽然问：

"何同志，你在工厂里做过事？"

我说是的，我做过工，五年。

"工厂做什么的？"

"做很多事，但是主要的是：杀猪。"

这一下全都来了兴致，全都急急地问。

"杀猪？工厂杀猪？每年子杀好多猪？"

我说，"应该问每天杀好多猪。"

又一齐地嚷：

"每天？每天杀猪？每天都有得猪杀？"

"有的。每天都有的。"

"杀几条？"（当地把猪和人的量词都叫做"条"）

我笑了笑道：

"猜呀，你们猜呀，一天杀几条？"

鸡儿——他已经同大人一起出工了——竖起两根指头用力叫道：

"杀两条！杀两条！"

我摇了摇脑壳。

平素特别沉默的会计牛二，狠了狠心的样子忽然开了腔：

"十条！——总不会比这要多。"

说完稳稳重重地微笑。把烟从嘴角摘掉。

还有一些声音嚷嚷地叫着七条八条的。

我说:"说出来你们怕么要骇一跳。一天起码是杀三千条。忙时候加班杀得五六千条!"

整个世界安静下来了。

夕照漆一般涂在他们黧黑而呆呆的脸膛上。

几行归鸟滑过去。

但是,过了片刻,几乎同时地,他们醒来了似的一齐嚷:

"牛皮!牛皮!吹牛皮!何同志吹牛皮!"

然后仿佛生了气似的肩起柴火便走。连鸡儿也飞了我一个不屑的眼白。我看见他的虎牙亮了一下。

他们像一座一座浮动的山,吱呀吱呀地沉了下去沉了下去。

剩下我呆呆在莫大黄昏中。

远山是无穷无尽的含糊的蓝。

关于刀的故事

有一回,我素来景仰的一位人类学教授对我说了一些叫人难以忘怀的话。他说人类与生俱来的恶的一面,总会借着某些历史事件(他举出了格尼卡轰炸)、政党(他指出了国社党)、特定时代(他说,比方文化革命),和某些民族难以改变的习性(他援引了非洲某个土著部落的食人例子),以及各种各样可以预料和不可预料的因素来展现,或者说释放出来。他说,不这样,人类根本就不成其为人类(这是很叫我吃惊的话)。他还说,即使上述那样一些条件不存在,那么,它至少会表现在某些事物,或者,某些器物上。我叫他再举出些例子来,他几乎不假思索,就说:比方吧,刀!刀这东西,就是人性中的恶的象征。不错,人类出于生存的需要制造了刀,但是反过来呢?刀又规定了人类的恶的方向。在大家都熟知的一些历史事件和人类行为中,雪亮的刀锋就代表了仇恨、残忍,一往无前的侵凌和蛮野凶狠的嗜血。

教授理性中掺杂着激情,还说了些其他的相当警策的话,但我这时却已是分明走神了。我恍然联想起了一些其他的事，比方，想起了小洛克菲勒的不幸故事。这位蓝眼睛里闪动着年轻的好奇和阿美利加人不安分的冒险精神的小伙子，在深入非洲丛林的一次探险中，竟被披发裸身的土人捉住，未能生还。《纽约时报》称："这位世界上最多的私人财富的继承人，就像被捕获的一只羚羊或麋鹿一样，被那些食人生蕃给活活吃掉了。"另一家《洛杉矶评论》则称这个事件是"野蛮对于文明的一次血腥的悲哀的胜利"。我想象那种"胜利"的场面，想象着一个有思想、有抱负、有智慧、有教养，并且至少有着物质前途的年轻的身体，被肢解着放在火上烤炙，冒着浓烟，又发出鼠叫一样的吱吱的声音的景况，简直是不寒而栗。我接着还一连串地想起了另外一些同样叫人毛骨悚然的故事（我在恐怖事件的想象力上有着惊人的丰富）。而最后，我想起的是我的堂兄和他的那把长柄刀。

我的堂兄李奇，我可以说是我这一生见到过的最勇敢的人。他的勇敢，很多人认为是纷飞的战火和生死考验所赐予的。而我知道，除此之外，还有我们祖先的炙热冲动的血液。咸丰年间的一次有名的惨遭失败命运的苗民起义，在各方面条件均不成熟便公然向大清帝国举事的首领中，就有我的曾祖父。他后来被官军的乱刀砍死在马下了。一个世纪以后我的堂兄在淮海战场上几乎被一颗加农榴弹炮震聋了双耳（所以他后来说话声音特别地大），并且中了五颗汤姆式冲锋枪子弹。因此，他那魁梧结实的身体除了有五块闪亮的伤疤外，以后又添了另一块闪亮的骄傲——一枚英雄勋章。大军南下时，他的部队一直追到西南边境，并且在那里驻扎下来，以对付散落在热带丛林里伺机反扑的敌军残部。不久，他和他的战友便明白了一个新的事实，即他们面对的敌人，除了敌军残部（实际上，这些人已不是对手），还有骇人的瘴疠、讨厌的雨季、野蜂、毒蛇和疟蚊，以及听不懂汉语并视一切外来民族为天敌的丛林土著。堂兄的战友中开始有人死于一种奇怪而无法医治的热病。而他的排长，一个有名的河北籍的战斗英雄，却死于土著人从背后飞来的刀的寒光之下。那天，排长和李奇一起去完成一个秘密任务，往回走时已近黄昏。身上带的干粮和水早已吃光了，饥渴间他们摘了一些野果子填肚，之后他们又在密林中找到了一条干净的溪流。排长蹲在我堂兄李奇两三步远的上游。堂兄洗过脸之后掬起了第一掌水，觉得其水甘凉如露。第二掌水喝下去时，猛觉得有一股熟悉而刺激的腥味渗透了齿缝间。再把那溪水掬到掌心里，一看，水是殷红的！堂兄急忙扭头，排长不见了。他已倒在了水边的草丛里，背上插着一把刀。刀刺进去那么深，几乎只剩下长长的刀柄在外面。只有野蛮或者仇恨，才会产生如此一刺的力量。排长的鲜血把一条溪水都染红了！我的堂兄如果当时不是恰好蹲在一块大石头下面，也许这把刀正好选择了他的胸膛来穿透。他从这把刀身与刀柄各有一尺长的腰刀上开始认识了丛林中的那个土著民族，认识了不同群落的人之间的隔膜、误会和毫无道理的仇视。如果我的堂兄有前面提到的那位聪明的教授的学识和思想，也许他那受过加农榴弹炮震动的脑子还会产生关于人性中的恶的更为深刻的识见。但我的堂兄是一个提着脑袋打江山的粗人。他面对的武器不是思想，而是呼啸的子弹和蹈死不悔的勇敢。在后面的故事里我们可以了解这一点。不过，即使如此，对那把杀人的刀，我的堂兄也仍然印象太深刻了。他以后了解到刀在那个人数不多的民族的生活中的重要位置。他知道那个部落的男子除了死，是谁也别想从他们手中夺取那种锋刃奇锐的刀来的。

然而，就在第二年，我的堂兄的粗大的手掌中却奇迹般地握住了一把那样的叫人恐惧也叫人钦羡的刀。

那时我堂兄的部队已把残敌（实际上不足一个营）又零零散散地歼灭了好几股。剩下一两百残部的残部，则溃不成军，有的逃过边境，有的则成了打劫绑票的土匪。那个土著部落的人渐渐感觉到此番来的军人同从前所见的军人是有区别的。前者并不伤害他们，反而消灭那些伤害过他们的手中握着汤姆式冲锋枪的人。于是他们中有人开始大着胆子走出丛林远远观察我的堂兄和他的战友们的举动。但是尽管如此，这个民族仍习惯于仇视一切说不同于他们的民族语言的人。挑衅与流血的事时有发生。堂兄和他的战友从最新情报中得知，一个月以前，又有三名单独行事的汉族商人，做了那些冥顽不化的土人的刀下冤鬼。

有一天，我的堂兄独自去相距他的营地五十华里的团部禀报工作，回来时天已断黑。一轮朗月高悬万山之上。天出奇地蓝而高远。爬过一座大岭之后，堂兄估计再走一个小时就差不多可以到营地了。他的心情非常好，居然极难得地哼起了一段支前小调。当他拐过一面山坡，抄一条山谷中的小路朝营地走去，他的小调却蓦然凝在了舌尖上。在距他十步之遥的仅容一人通过的小路上，横横地卧着一个极魁伟的土人。月光照着那土人腰间斜斜插着的两尺长的腰刀；没有刀鞘的刀锋寒光锥眼。我的堂兄后来告诉我，他当时只觉得头皮一紧，不由得停住了脚。堂兄麻利地掏出驳壳枪来。这一瞬间，他想起了他的排长，想起了水边的刀和英雄的血，他非常冲动，真想将这个也许是杀害排长的凶手，而且竟敢在他跟前挑衅的家伙一枪崩掉。堂兄说，当他瞥到那土人眼中两点毫无惧色的凶焰后，他立即明白了一个道理：对待这样蛮野的民族，死是根本威胁不了什么的。我的堂兄承认，他居然一时手足无措。当然，退是不行的，自尊和渴望战斗的滚烫的血液不会允许像我堂兄这样的战士退却；而绕过去呢，更不行，因为根本就无路可绕。而且同样的道理，一个真正的军人不会允许自己绕过战斗的机会，哪怕这机会也许带来的是死亡。一刹那的踌躇之后，我的堂兄把他的驳壳枪插进了枪套。一个决心就此铁定了下来。我后来追问过他这决心下定的原因。我说，是不是你认为只有在不怕死的人跟前表现出更加地不怕死，才足以产生征服的力量呢？我还问他，是不是仅仅因为战斗的骄傲才使你选择这样不顾后果的蛮干呢？我的堂兄摇摇头说，具体的想法记不清了。他只记得他当时浑身像着了火似的，被一种渴望所猛烈燃烧，就朝着那人走过去了，一步一步地逼近他。堂兄看到那汉子的手迅速地握住刀柄。他们怒目相对，就像子弹与子弹在仇恨的嗯啸中相对。堂兄听到自己的足音正接近着死亡的边缘。他憋住了呼吸。就在他一脚从那人身上跨过去的一瞬，他甚至闭紧了双眼。他脑海里什么都没有，就如同雷雨后的天空一片澄明。我问过他，当时你是不是想到自己会像你的英雄排长那样来不及吼一声就倒下去了呢？我堂兄说，我记得我当时什么都没想，只是充满了一种说不出来的期待的兴奋。堂兄说，他感到奇怪，因为他又听到自己的脚步声了。

是的，我的堂兄他又听到了脚步声。这声音如同象脚鼓一样在异常静谧的西南山地的夜天里响了十来下，然后，堂兄李奇就站住了。他慢慢转过身来，结果他看到了使他大为惊异的情景。那个土著汉子，那个刚才还朝他怒目相向握住杀人的寒光与闪电的家伙，不知何时从地上爬了起来，竟朝他跪下了。

堂兄真是叫这个意外弄得目瞪口呆。当然，堂兄后来知道了，是自己非凡的勇敢征服了这个蛮野的土人。堂兄后来还知道，那几个汉族商人之所以丧命，就恰恰是遇到这种场面时吓得掉头便跑或跪地求饶。而这个山地民族，对于贪生怕死是最轻蔑和最憎恶的。只有比刀锋更尖锐的勇毅，才能战胜刀锋。这便是那个土著汉子下跪的真实原因。不过，我的堂兄当时倒确实一下子没有明白过来。也许是出于好奇，他返身慢慢走近那赤裸着上身，胸膛像铜块一样坚硬的土著汉子，刚刚走到他跟前，忽然，又一个意外发生了——汉子猛地把刀从腰间抽了出来，唰地，一道耀眼的弧形白光划过我堂兄的眼前。堂兄一愣之后就下意识把手伸向枪柄。但他立即明白了自己的错误。因为他看到那汉子双手托刀并把它举过了头顶，口里而且还咕哝了几句什么。堂兄虽然听不懂那些土话，但是他却看得懂那汉子恭顺虔敬的身体语言。后者明白地表示，这把同那汉子生命一样宝贵的腰刀，如同彩虹献给天空那样要敬献给我这位不畏死的凛然有正气的堂兄了。

　　这就是我的堂兄李奇手中那把叫人恐惧也叫人钦羡的腰刀的传奇的来历。

　　我问过堂兄，这把刀除了给他增添了英雄的传奇和凛凛的雄风之外，是否派过什么战斗的用场。堂兄说，那当然，单是在一次土匪偷袭营地的混战中，他就用它劈了两个壮实高大的对手。我把我的堂兄李奇和他的刀的故事告诉了教授。教授听完沉吟了片刻，随后他又就此固执地延伸了他的话题。他的表述在我听来都是新奇的、深刻的、警醒人心的。但后来，他表达了这么一种观点：人性当中的某种恶，不是靠善，而是靠另一种恶来征服的，这便是俗语所谓的"以毒攻毒"。他的意思似乎是对我的堂兄的勇敢有一种与我完全相反的看法。对此我却不能苟同。我要捍卫我的堂兄和我对他的勇敢的理解。我于是同教授发生了争执。当然，这样的争执不会有什么结果。最后教授宽容地一笑，说，好吧，我们各自保留自己的意见吧。

　　临别的时候，教授忽然问我：那么，在以后的岁月当中，那把刀呢？

我没有回答。因为说到刀，我就会把话题转向自己，以及另外一个倒霉家伙身上去。我至少此时此刻不大愿意谈论这个话题。为了避免沉默的尴尬，教授随口问了问我堂兄的近况。我告诉他，李奇在一年前去世了。我说出了堂兄的死因。教授对一个英雄了一辈子的人竟死于小小蚊虫的一次意外叮咬而唏嘘不已。教授连连说：可惜，可惜，可惜呵！

堂兄的那把经过了那么多年仍寒光夺目的腰刀，就是他咽气前嘱咐堂嫂遗赠给我的。因为他清楚地知道，我是一直思慕这把传奇的刀的。我自儿时从我父亲口中听到了堂兄和他的刀的故事之后，就一直央着他，求他，把这把刀送给我。我终于如愿以偿。

我把刀带回家来，仔仔细细地把玩了很久（虽然我曾无数次地玩过这把刀），发现刀刃上有一处缺口。这是我以前没有留意的。我想象这缺口是某次溅血的残酷拼杀的纪念。但这事儿发生在刀的哪一位主人的身上呢？无从料及。我抚摸着缺口，想到战斗的啸声业已烟消云散（我设想那个没有刀了的土人也死了，至少是永远地消失了），不禁慨叹不已。我把腰刀挂在了客厅的墙上，作为众多饰物的一种（我特别喜欢搜集各种形式的壁挂和有异域情调的装饰品），它当然地最为辉煌夺目。许多来访者的目光里都闪耀着满足我的虚荣的惊羡和稀奇。我往往添枝加叶，夸大它和我的堂兄李奇的故事，以增添它的不凡来历的炫目光辉。在那些造访的人当中，不乏像我当初缠搅我的堂兄那样的固执的央求者。他们愿意用可观的金钱或叫我喜欢的相应珍贵的物品来兑换它，因为他们从我口中得知（而我又是从我故去的堂兄口中得知），那个佩带这样的腰刀的人数极少的土著部落，五十年代末就神不知鬼不觉地迁徙到国境线的另一边丛林中去了。我清楚

牛 皮

地记得，就在我把那把腰刀从悲戚的堂嫂手中默默接过来的第五天，我同我一向厌恶的我们街上谁见了都害怕的一个流氓打了一架。那是一个雨天，我不知道从哪里来的勇气，居然在他挑衅地在街角故意挡住我和一个朋友的去路时，一勾拳把高出我半个头的这狗娘养的打翻在地了。他爬起来，照样也给了我一拳。我同样倒在了地上。我的朋友吓坏了，哆哆嗦嗦地叫我快爬起来跑掉。但是我站了起来，用头将那家伙再一次撞倒。当他摇摇晃晃又爬起来，口中吐着脏水和比脏水更脏的粗话时，我瞅准他的裤裆狠命一脚踢了过去。这个流氓，这个以凶恶好斗臭名昭著的家伙应声倒地，半个月之内不可能爬起来了。我为此被警察拘留了十天。当我走出那间黑暗的小屋回家来，我发现我居然被街邻们视为了英雄。许多曾受到那恶棍无端欺侮的人老远就举着手向我高兴地打招呼，因为他们相信，那家伙的尾巴从此得紧紧夹起来了。我一下子拥有了那么多的朋友和崇拜者，他们有了什么要紧事，包括他们在外面吃了亏，受到攻击，都来向我倾诉，就好像我是他们的首领。我于是也和那些友善的街邻一样，一夜间改变了对自己的看法。也许是出自遗传，我感觉到了自己的不平常，感觉到了和血液一起在周身滚热地奔跑着的豪侠与胆气。

　　从此，我的形象变了。我开始在我们这个城市的另外几条以打架闻名的街上崭露头角。这就引起了警察的注意和亲人的担忧。后者劝我不要再在外头打架胡闹，说只有流氓恶棍才会干那样的事。而你，你从前是一个有教养的和平主义者。我当然明白这些肤浅道理后面的好意。我对他们说，我从不惹是生非，我不过是为朋友抱不平而已。这有什么错？但我的亲人（尤其是我的姑妈）逼着我发誓，保证下不为例。而往往我的誓言说过后的翌日，我又在某个街角把某个曾经很了不起的家伙弄得再也不能很了不起了。我的生活变得如果没有血的刺激就百无聊赖。现在，在这个世界，我只和三种人打交道了：朋友（包括崇拜者和屁股后头摇旗呐喊的喽啰）、恶棍和警察。我常常被传讯，哪怕调查中的那些流血的事件其实与我毫无干系。有一回，我被关了整整三个月，原因就是，我差一点点把一个刚刚刑满释放出来不久，用一把土火枪逼我的一位邻居交出钱包来的家伙的眼睛打瞎了。而这个家伙的兄长，是一个有权势的人。我成了堂吉诃德。我向我们这个城市的一切恶势力挑战。我总是赢。而胜利不仅仅鼓舞着我，而且也焚烧着我。我在一个人独处的时候，发现自己的一双手是颤抖的，而且眼皮也老是跳动。这是一种危险的征兆。它表明我的好斗已经到了不可遏止的可怕的地步。

这情形被我的姑妈知道了。她叫来了她大学时的同学，一个有名的精神病学专家。专家询问了我许多在我看来是啰里啰嗦的问题，然后，我听见他在隔壁房里低低地对我姑妈说，我显然是病态的，但他弄不明白这病态的起因是什么。不过可以肯定的是，我的肌肉的颤抖和眼皮的跳动完全是精神变态引起的。我又听见我的姑妈焦急地问他：怎么给他治呢？专家沉默了一下，回答说，目前暂时没有其他的办法，最好是把他与外界隔离起来，不让他随便出门。

我的姑妈开始搬来与我同住。我当然明白她监管我的意图。我的父母去世后，她实际上一直是我的监护人。她是一个心地善良的老人。她劝阻我出门的理由虽然显得可笑，但我还是服从了她。我于是有一个星期没到街上去闯祸。这一个星期，我狂躁不安。即使找一些手工劳动来转移自己的注意力也很徒劳。我明白自己无可救药了。

星期天，我姑妈年轻时的一个朋友从远地来看她。这是一个相貌古怪的满头银发的老人。他看了我挂在客厅墙上的那些乱七八糟的玩意儿，他的目光惊异地落在了没有刀鞘而闪着毫光的腰刀上，坚决地对我说，你家里有一股杀气！我的姑妈一愣，忙问他何以见得。他指着那把腰刀说：这就是杀气！太严重了，也许它会带来血光之灾。我姑妈的脸吓得苍白，她结结巴巴地说，确实，她也有一种不祥的预感。她说完后眼睛一亮，嚷道：是的，是的！这提醒了我！我的侄儿这一年来的可怕的变化，一定与这把该死的刀有关！！！

她的满头银发的老友问了她我的那些事情后，肯定地认为，这把刀的某种神秘凶险的魔力已经附着于我并且主宰着我了。它在我的血管里奔跑，使我失去理智、变得好斗、凶狠、头脑发热，同时，也蛮力无穷。是这把刀征服了我，然后通过我去征服世界。这就是刀的意志。

老人对我说：请听从我的忠告，因为我的预感从来不欺骗我自己，你只有离开这把刀，或者，换句话说，使刀离开你，你才能恢复理性，平静如初。

我听着老人的话，心里有了一种很异样的感觉。我不知道是什么原因，总之是听从了老人的忠告。第二天，我打电话叫来了一个人。这个人老是穿一件灰格子西装，一再缠着我要用他的几枚珍稀的邮票外加一个乾隆年间的瓷花瓶兑换我的刀。我在电话里叫他把这些东西都带来。我听见他在电话线的那一端惊喜地叫了起来。

我相信我经历了奇迹。因为自从我把那把腰刀让给了另一个人，我的生活居然就像那位相貌古怪的老人说的那样，一切又恢复如常了。我好像做了一场噩梦。现在，梦醒之后，我只有对往日的后悔和对奇迹的惊叹。我重又变成了一个规矩的人。而且，奇怪的是，一个人不想打架，他就再也碰不到打架的机会了。

我姑妈把这一切告诉了她的精神病学专家的同学。那同学除了瞠目结舌,就是对于科学信念产生了地震般的动摇。

我本来以为有关那把刀的故事可以就此结束了。不料,一个月以后的一天黄昏,我读到一张刚刚送来还散发着油墨清香的本市的晚报,我从第三版的"社会百态"栏里看到了一条这样的消息:

今日凌晨五时许,有两名流窜作案的盗窃惯犯闯进了住在××街的某家。罪犯手持凶器,威逼家有多种奇异收藏的事主,令其交出钱物。事主奋起反抗,并从墙上取下一把用作壁饰的腰刀,同罪犯展开搏斗,毙一徒,伤一徒。而事主人身财物均无半分损伤。此案因重伤罪犯尚在医院输血抢救,故尚在等待调查之中……

我读到此处,一下子就猜到那个事主是谁了。我有一种说不出来的情绪,于是我在电话旁点燃了一支烟。

到西藏找狗

我那天心情不太好——老实说，这个世界上有太多的事情让人心情不好，中午我一个人就在河边的一家小饭店里闷闷地坐着喝酒，对着窗外缓缓流淌的湘江河水于是也缓缓地梳理着自己晦涩的情绪。后来我发现原来我的心情的不好并不因着某一件具体的事情的困扰或怅触。这使我认识到人的情绪的波动有时候是完全不需要什么口实的。烦闷、苦恼、忧郁或者憎恨，有时会像晨雾或暮霭一样，莫名其妙地笼罩着我们那敏感而脆弱的心灵，人生的方向有可能一瞬之间便消失掉了。这时你也许就多少知道什么叫做茫然了。

幸好有一个人把我从茫然之中解救了出来。这个人就是苏志。他摇晃着肥壮的身躯大声地叫唤着我。

苏志的小名叫做苏胖子，当然这小名来自他那二百来斤的体重。苏胖子是我的一位后来移民去了阿美利加得克萨斯的姓张的朋友的师弟。他们从十二岁起就从一位姓刘的有名的国术大师习武，可谓之情同手足。姓张的朋友在肯尼迪遇刺的那个达拉斯洗了两年盘子后就开了家中国武术馆，现在据说弟子已达数百人了。而苏胖子则给一位台湾来的房地产发展商开奔驰车，当然是做司机之外又兼做私人保镖。做两份事，却只给一份工资，由此可见台湾老板的精明，也由此可见苏胖子的抱屈。苏胖子的工资原来是八百，后来涨到一千；所以增加两百，是因为台湾老板亲眼见识了苏胖子的功夫。

有一回台湾老板带着他在长沙养的小情人去看他在河西的一处工地，打转的时候小情人忽然想开开车玩，台湾老板就叫苏胖子让她开。车开到火车北站时，一辆空叉车忽然从北站大门里野野地冲了出来。苏胖子喊："快踩刹车！"小情人却慌了神，等她猛地刹住车时奔驰正好横横地拦在了叉车的前面。当然叉车也吱吱嘎嘎地急刹住了。不过那司机却是十足地爆出了火气，冲着台湾老板的小情人就是好一顿恶骂。小情人把脑壳伸出车窗外，气愤地说："你何事开口就骂人?!""骂了你又如何？"叉车司机怒不可遏，"老子还要打你！"说完就从叉车上跳下来要打人。台湾老板一见叉车司机五大三粗一脸狠相，就连忙打开车门走下去，说这位先生有话好讲有话好讲，不要生这么大的气嘛，呵呵不要生这么大的气。叉车司机轻蔑地觑了台湾老板一眼，说："你是什么？你是她的爷？"台湾老板就说这位先生你不要这么说话嘛。"老子是吃生狗屎长大的，"叉车司机狠狠地说，"老子只晓得这么说话。你要听就规规矩矩站着听，不听就跟老子滚到一边去！"这时苏胖子不慌不忙，从车里钻出来，对那叉车司机慢条斯理说道："我看你这位老兄骂也骂了，凶也凶了，面子占净了，怕也要收点场了吧？"叉车司机见这个说话的胖子脸上有种绵里藏针的憨笑，一下子就明白遇到的是一个什么样的角色了。但叉车司机是个蛮勇好斗的家伙，何况他又有恃无恐，一来他是这地盘上的人物，二来叉车上还坐得有他的一个副手,也是个喜欢打架的后生崽,他仿佛觉得今天如果不逞雄逞到让人告饶的地步,就很对自己不住似的。于是他对苏胖子恶狠狠地说:"老子今天就不收场,角色,你又把老子怎么样?""我又能把你怎么样?你一口一个老子老子的,"苏胖子脸上那种很特别的憨笑并不凋谢,"我看你今天早上是忘记刷牙了,嘴巴子这么臭。"叉车司机听了这话气得脖子硬硬的,回头朝他的副手喊了一声:"三毛、三毛,有事做!"

　　台湾老板后来慢慢回想,才大约地记起来整个打架的过程。他先是看到叉车司机照苏胖子脸上一炮拳冲来,苏胖子身子一侧,右手接住他的拳轻轻那么一带,就见叉车司机一个狗啃泥脑壳都插到奔驰车的底座下去了。接着那个叫三毛的后生崽扑过来一把死抱住苏胖子的腰,苏胖子一蹁腿,同时把对方的肩一掰,仿佛是把一件邋遢衣服扔到地上去那样把三毛扔到了叉车司机的脚旁边。

　　接下来的局面真是叫台湾老板看傻了眼,随着三毛的号叫,从北站里头冲出来了四条汉子,加上从地上爬起来的叉车司机和三毛,一共是六个人,其中两个手里还拿了铁撬棍,他们都是北站里头的搬运马仔——顺便补充一下,火车北站是货站,我小的时候上学路过这里就常常看见这些搬运马仔同别人打群架,印象里有两个特点很难忘,一是他们很蛮勇,二是他们很团结。现在他们六个人围着苏胖子打架,这两大特点依然如旧。他们狂怒地吼着:"打死他!往死里打!打死这头胖猪!"一面吼一面乱拳乱棍朝苏胖子铺天盖地打来。台湾老板的小情人吓得连声惊叫救命救命!台湾老板则吓得把眼睛遮捂起来,他心里面一黑:这下子苏志完蛋了!——听到铁撬棍掉到地上的叮当声,听到人摔倒在地的肉的钝响,听到骂娘,听到呻吟,听到很多的脚步声朝这里汇了拢来……等他睁开眼来时,他看到马路上围过来的黑黑的人圈子里是六条汉子都躺倒在地的奇迹。苏胖子的肩膀中了一撬棍，乌乌地肿了起来。他一面揉着肩膀一面对发呆的台湾老板说："我们赶快走吧，等一下马上还会有人来，麻烦会更大的。"就这样，苏胖子让台湾老板和他的小情人坐到后座去，他开着奔驰车犁开人群，冲上马路，台湾老板朝车窗后看去时就见从北站的大门里又闹哄哄地杀出来了七八条汉子，手中差不多都拿了家伙。台湾老板直感到背上仿佛是长满了蜇人的芒刺。

增加两百块钱工资并没有使苏胖子怎么就快活起来。毕竟苏胖子原来也办过两个小厂子，一个是做电瓶的，一个是做塑料纽扣的，但都垮掉了。后来又买了一辆解放牌的旧卡车跑长途运输，结果也跑亏了。然而不管怎么说，他总是自己在做老板，不至于像现在这样，给别人家打工，听别人家差遣。"你怎么不像你师兄那样，也开一个武馆呢？"有一回我这么劝过他。他听了只把脑壳摇："难呢，如今干什么都难。"听苏胖子说话的口气，他好像对什么都失去信心了似的。"我现在只能给人打打工，混口饭吃算了。"不管怎么说，哪怕是如此英雄气短的话里面，也藏得有他那心有不甘的怨艾。就这样，这位声称混口饭吃算了的七尺汉子，跟着他的台湾老板，一下子把那辆奔驰车开到广东，一下子开到上海。这几年他们的身影不断出现在中国大陆房地产投资回报率最高而且最快的地方。

我与在达拉斯开中国武馆的姓张的朋友一直有书信往来，他在最近的一封信里还问我有没有见到苏胖子，因为他说苏胖子很少给他写信，要写也是写得像电报似的。看来我的这位朋友是很关心他的师弟的。我回信给姓张的朋友，说我有时能够邂逅到苏胖子，我告诉了他我了解到的苏胖子的近况。

我与苏胖子总是不期而遇，比方那天我在河边小饭店里独自喝闷酒，一个人陷在茫然之中时就是如此。

我听到有人叫我，抬头一看，是苏胖子。因为经常是这么不期而遇，所以彼此都没有表示格外的讶异。但是我刚刚氤氲在心中的茫然却由于他的到来而烟消云散。他正好路过这里，肚子饿了，于是进来吃饭。我说怕有两三个月没有见到过你了吧，你师兄还写信问我你在忙些什么呢。他说没忙什么没忙什么，就是在上海待了一段时间。

"怎么待这么久呢？"

"唉，一言难尽，一言难尽，慢慢呷酒慢慢聊好不好？"

我向招待招了招手，叫了一瓶现在广告做得很多的"孔府家酒"，又叫了几碟卤菜，同他慢慢对饮起来。我问他是不是打算长期地这么打工。我话里的意思是你的年纪已经不轻了，应当找准自己的事情来做，跟别人打工，毕竟最终是没有什么着落的。苏胖子是一个聪明人，他听明白了我的话，就说："这次我看准了一桩事，打算自己来做。过几天，我就会到西藏去一趟。"

"西藏？"我问他，"去那么远的地方干什么？"

"找狗，"他瞥了我一眼，不慌不忙地说，"你不要这么样地来看我，听我慢慢跟你说。"

他呷了一口酒，望了望窗外，我于是就听到了下面这个关于狗的离奇的故事。

"……这两年大陆的房地产高峰期你晓得的，已经过了。国家对以房地产热为标志的泡沫经济从政策上进行了严厉的遏制。所以这次我的老板到上海并不是去寻找房地产的机会，而是寻找新投资项目。上海的投资环境不错，机会也不少，但是考察来考察去，却没一样是适合老板的兴趣的。有一回我同老板路过宠物市场，我们停下车来看了一会，发现上海的宠物市场蛮红火，尤其是狗生意，简直好做得很。那些国外的名种狗，很卖得起价钱。上海的阔娘们多的是，而她们最新流行的显阔时髦，就是牵着名种狗招摇过市。我的老板忽然之间起了一个念头，决定来做狗生意，赚大陆的阔太太们的钱。他的想法是把台湾的名种狗弄过来。一打听，货源是基本上没有什么问题的，但是入境时的免疫检查却极为严格和复杂，简单地说吧，就是几乎无法把狗弄进来。老板听了非常沮丧，只好作罢。就在我们离开上海的头一天，老板在咖啡吧里遇到了一个熟人，聊天的时候说起了想做狗生意的事。那熟人就告诉他，他有位做狗生意的亲戚同他说起过，在西藏有一种犬名很古怪的藏狗，那狗可是了不得地好，只可惜如今极难找到了，谁要是能找得到的话，那是肯定能发大财的。仅仅就是这么样的一句闲聊天的话，叫老板有了一种强烈的直觉，他觉得他可以找得到几乎灭种了的名叫古蠡的藏狗。于是直觉引导老板决定亲自到西藏去一趟。

"出发之前老板雇了一位浙江农学院专学兽医的高才生，他刚毕业，分到上海的崇明县的农机种子公司守仓库，正苦闷无聊得很，到西藏寻古蠡的事叫他感到十分兴奋,于是就答应同老板一起进藏了——我则一个人百无聊赖地留在了上海。他们到拉萨后，找了许多人打听，那些年轻一点的人摇着头，甚至都不晓得有一种叫古蠡的藏狗。这样，一无所获的他们一个星期后离开了拉萨，沿着雅鲁藏布江西行，到了日喀则，到了拉孜、萨嘎，最后到了与尼泊尔交界的普兰。在这里，他们终于遇到了一位昔日农奴主的后代。他说他从他的父亲那儿听说过这种狗，那可是非常非常出色的狗，过去都是贵族才养得起。他说西藏被和平解放以后，有一年，古蠡们遭到了种族灭绝的惨运。人们只要见到这种狗就打杀。表面的原因是由于它传播了一种奇怪的热病,而另一个内在的原因则可能是出于憎恨,因为古蠡曾是农奴主们的贵族生活的象征。这个有点饶舌的藏族男人还提供了一条有价值的线索:他说他的父亲曾经有一个农奴,专门饲养这种讨老爷们喜欢的狗。这个名叫强巴的农奴在获得人身自由后仍以豢养古蠡为生。在那些屠狗的日子里,他和他的狗突然失踪了。也就是说,从此,人们再也没有见到过那种名叫古蠡的藏狗了。我的老板当然穷究那个强巴的下落。农奴主的后代只说了句你到孔噶山谷去找找看吧——听说他是逃到那儿去了。

"就这样,老板和他的兽医来到了人迹罕至的孔噶山谷。奇迹般的事实是他们并没有费多少气力就找到了强巴。他们用很少的礼物和很多的礼貌,住在谷口的一位老猎手就把他们带到了强巴住的帐篷里。他们在那顶破烂的羊皮帐篷里住下来了,根本一点来意都没有透露。他们只是打着手势声明自己是好奇的旅游者,他们想见识一下强巴的这种古老的与世隔绝的牧民的生活方式。他们把烟给强巴抽,把酒给强巴喝,总而言之,慢慢地,强巴就对几乎是强行闯进他的生活的两个陌生汉人放松了戒备,在朝夕相处了二十来天后,甚至变得有感情起来。强巴有十几只古蠡,确实是些非常出色的狗。如果拿人来作比的话,那么它就是人里头的高贵的勇士。每天,都是古蠡们忠实而顽强地守护着强巴的羊群。它们活跃而沉稳的身影晃动在老板和他的兽医的眼里,让他们产生着感动。但是他们丝毫也不能让这种感情流露出来。他们要装作对此无动于衷的样子。临别的那一天,强巴竟有些依依不舍。他们将随身携带的物品送了一些给强巴,强巴激动得手足无措,他比比划划地问他有什么东西能够回送给他们的吗。老板从口袋里掏出钱来,指指它,又指指脚边的古蠡,并且竖起两根指头来，他的意思是说他要花钱买两条这样的狗。强巴起先有些愕然，明白过来后，脸色猛地往下一沉，缓慢而坚决地摇着头，表示这种事情根本没有商量的余地。老板和兽医只好怏怏地走了。他们朝孔噶谷口走去，走了很久，猛然听到后面有人呼喊。回头一看，原来是强巴追上来了。他气喘吁吁地指着那一群尾随其后的古蠡，又指着老板的胸口，打着手势问他们是不是从心里真的喜欢这些狗。老板晓得这一下峰回路转了，于是一个劲地点头。强巴又用手语对老板说：如果是真的喜欢它们，那你就要向我保证善待它们。老板又是一阵点头：一定保证一定保证。强巴的眼睛里忽然涌出了一种忧伤怜惜的神情，他跪到地上，默默地抱起一只古蠡，抱了好久，才把它放下，打着手势说好吧，全送给你们吧，看得出你是真的喜欢它们，你不会拿它们去干别的什么的，你保证了要善待它们；我老了，我在这个世上没有多少日子了，我把古蠡交给你们，我也就放得下心了……

"老板让兽医跟着强巴回羊皮帐篷里去，他自己则走出孔噶山谷外，找到给他当过向导的那个老猎手，请他找人做了十几只木笼子，又雇一辆马车，然后再进到山谷里去把狗运出来。强巴帮他们把狗装进笼子里，他一面装一面老泪纵横。当马车拖着古蠡走了很远，强巴的哭声被山谷里的一阵风吹了过来。老板和兽医停下脚步，回头望见站在高处的强巴的苍苍白发像一朵白色的火一样飘动着。他们走了一程，再回过头来还望得见那白色的火隐隐在风中燃烧着……

"他们终于到了成都，但是那些狗在长途颠沛中却走失了七只。老板让兽医把剩下的几只古蠡运到上海去，他自己则返回到西藏，返回到孔噶山谷。他再次在谷口外找到老猎手。

"果然不出他所料，那逃走掉的七只古蠡，真的都先后回到了它们的主人那儿。不过老猎手告诉老板说,当古蠡们逃回来时它们的主人强巴却已经卷起他的帐篷,带着他的羊群,迁到那边去了——所谓那边,指的是境外,也就是尼泊尔。老猎人说他亲眼见到那些逃回来的狗,围着强巴扎帐篷的地方仰天长吠,吠了好长一阵子,就都走了,越过边界去寻它们的主人去了。老猎手说那种情形真是叫人感动得想哭的……"

"后来呢?后来呢?"我听得入了迷,于是急急地问。

"……后来,老板回到上海,他在崇明岛上建了一个养狗基地,把他的小情人也从长沙接了过去。有一天,他同那个兽医大吵了一场,据说是为了那个风骚的小娘们。他臭骂了兽医一顿,而兽医气昏了头,当天晚上就一家伙用农药把那几只古蠡全毒死了。"

苏胖子的狗的故事到此完结了。我望着窗外,湘江水在麓山下缓缓北去。我想象着那些古蠡的模样,想象着强巴的风中的白发,我又开始有点茫然了。点燃一支烟以后,我问苏胖子,既然好不容易运到上海的狗已被毒死,而强巴和那七只古蠡又已消失在国境线外,那你还到西藏去干什么呢?你还去找什么狗呢?苏胖子哼了一下,他面前的酒瓶已经空了,他说他也有一种非常强烈的直觉,那就是他也能找到那几只名叫古蠡的藏狗。"直觉引导我的老板在那个孔噶山谷找到了古蠡,"苏胖子自信地说,"我想直觉同样也会引导我在离孔噶山谷不远的什么地方找到那几只濒临绝种的狗。我要把它们弄过来,我觉得我今后的命运有可能将要同这几只狗联系在一起了。"苏胖子说他也许先去崇明,找到那个兽医同行,也许就这么一个人去西藏,总之下个星期他就要动身了。

"我已经跟老板辞了职了,"苏胖子说,"依我的性格,我其实是不甘心给人家打工的。"苏胖子说老板因为那些千辛万苦弄来的狗被毒死了,一直有些情绪低落。他同老板提起辞职的事的时候,老板流露出了伤感的样子,并且再三挽留,还表示出要给苏胖子加薪的意思。但是苏胖子态度十分坚决。"老板问我你是不是找到了非常理想的事情做,或者说有谁出了更高的薪水把你挖走?我什么都没有同他说。老板没有办法,最后只说了一句:祝你好运。"

不晓得为什么,我觉得苏胖子到西藏去找狗是一件希望渺茫的事。我想劝他不要去,那结果一定是劳命伤财的。但我一见他呷了酒以后脸上放射出的满怀信心的红光,就觉得讲什么都是多余的了。一个人哪怕是为了一个白日梦而去奋斗,都是值得的,是可歌可泣的。何必去煞他的兴致呢?

"你看,"苏胖子指着窗外经过的一个牵着一条狗的珠光宝气的女人说,"现在,女人牵狗散步几多时髦呵!"

那女人长得还算好看,可是她的脸上却几乎看不出什么表情来,就好像她的脸是蜡做的一样。她手里牵的不过就是常见的那种喜欢撒娇的狮毛狗。这样庸常的狗,决不会产生什么传奇动人的故事,因此它的主人的脸上也决不会有什么骄傲自豪的表情。我想这是简直一定的。

我有差不多半年没见着苏胖子了。我想他一定是去了西藏。他至今没有回来,而且也没有任何音讯。一想起这事我有时就会产生一种念头:难道一个人去寻找一种消失了的东西,其结果就是连自己也一并消失掉吗?

其实我根本就不愿意有这么样的一种奇怪的并且是不祥的念头。但那又有什么办法呢?

谁是凶手

"偶然"是一个很简单的词,但有着很不简单的内涵。当然这不是一种学问。九月的一个早晨,十八子李从睡梦中醒来,用青春的臂膀枕住自己硕大的脑袋胡思漫想时,他那单纯而混沌的思维绝对没有撞上这个词。但是一小时之后,他的刚刚发育完毕的身子却遭遇到了这个副词(也可以说是名词)原子能一般辐射出的巨大力量。事后他的哀哀的恸哭并不是源于对一个词的畏惧,也不是出自力量对命运的打击。恸哭的原因仅仅只是因为想要恸哭而已。

尽管是胡思漫想,但有些片刻的东西仍然是可以像鳞翅目昆虫一样兜捕到的。比方十八子李有一瞬间想到了一个绰号叫做蚂蚁的女孩(这真是一个奇怪的绰号)。事实上十八子李并不了解蚂蚁。蚂蚁只是他们街上的一位高三的女学生。十八子李甚至没有同蚂蚁说过一句话。十八子李只是在街上游手好闲时常常遇到蚂蚁。他之所以知道她的绰号叫蚂蚁是因为他多次听到蚂蚁的那些嘻嘻哈哈的女同学这么叫她,而她好像很喜欢她的这个绰号。也许是这个绰号首先吸引了十八子李，继而叫蚂蚁的女孩的身上一种说不清楚的气息又入侵了十八子李的视野并使得他的青春和身体里产生了一阵阵热烘烘的暖流。一种美好的季节来到了眼前，十八子李由此对于前途有了一种和这季节相当的预感，这是可以理解的：一位女高中生由于某个绰号或者某种气息的缘故使得一个还没有找到一份固定工作也就是说还没有踏入社会的毛头小伙子产生了生活的瞬间美感（关于现在还是关于未来？）。所以从这个角度来说，姑娘们，你不一定非得同她结婚或死去活来地爱她（甚至还不一定非得了解她），有些阳光就会照射到你的额头和日子上来。这是我们从十八子李身上考察到的一项人生的宝贵经验。因此，当十八子李有一瞬间想到蚂蚁，并且睡眼惺忪地在嘴角绽出一朵若有若无的微笑后，这个虽然并不锻炼身体却有饱满的肌肉的小伙子又立即想到其他的事物去了。这个世界总有一些东西具有万有引力，我们用走马灯来形容十八子李躺在床上的胡思漫想是绝对不会过分的。我们想提醒的仅仅是十八子李在九月的这个早晨他的思维的广阔地平线上涌现出的众多事物中竟没有出现一个叫做"偶然"的词——哪怕这个词仅如鸟影一般匆匆掠过。

　　九月的这个早晨没有什么特别的异样，哪怕十八子李事后回忆起来也是如此。警方叫这个毛头毛脑的家伙停止他那没完没了的恸哭，好好回忆这天早晨事件发生之前的一些有价值的细节。可是十八子李停止了恸哭却产生了摇头。看来这个早晨再正常不过了，一切都没有什么好谈的。但是过程是必须展开的，对于警方和对于作家来说都是如此。从这个角度出发，我就有必要越俎代庖替十八子李呈现一下九月的这个早晨的一切细枝末节了。

　　在伴随着连连哈欠的胡思漫想（时间长度约为一小时）之后十八

子李终于起床了。他趿着拖鞋走进厕所小便时发现三角短裤头上有一块状如他所向往的阿美利加的版图一样的印迹。小伙子并没有吃惊。五年来这种景象经常出现,有时是自然的,而有时则是人为的。但不管哪一种情形都叫他有一瞬间的快乐。现在,他一面朝便池里撒尿一面回想这种瞬间的快乐究竟呈现在昨夜的哪一个梦境里,可是他无论如何是想不起来了。但这又有什么要紧的呢,不能回想梦,然而可以回想快乐,这就足够。十八子李朝下面的那个东西瞧了瞧,他感到有一点茫然了。这个常常有一点调皮的家伙,它将昂然面对着谁的紧闭的青春呢?蚂蚁,或者别的什么女孩?他没有想好。没有想好,这就是问题的关键。有些事物他能感觉得到,但思维却不能帮他烛照这个事物。茫然于是产生了。但茫然就像快乐一样,是瞬间的东西,十八子李从厕所出来就把它忘记了。因为这个时候他感到有一点饿了。母亲上班前给他留下的早餐是丰盛的:一杯牛奶,两只煎鸡蛋和四个油渍渍的烧卖。母亲在餐桌上留了一张字条,上面写的话是说她中午如果不回来的话,他可以自己做午饭吃。菜是现成的,都已洗好放在冰箱里了,列举的菜里面甚至有他最喜欢吃的四季豆和藕。十八子李看过字条就赶快洗脸漱口,之后就像锅炉工把焦煤一大铲一大铲送进炉膛里去一样把桌上的食物悉数塞进了自己的肚子。过了一会,十八子李打了一个饱嗝,就出门了。

在出门之前,他在穿衣镜前一面朝身上套一件米黄色的佐丹奴牌的运动衫,一面漫不经心地撮起嘴来吹一支他记不全歌词的《心痛你的人是我》。气流从唇间平滑地穿过,变成了引人入胜的响亮的声音。这说明十八子李至此为止心情都是很正常的。这种心情同四十分钟后发生的事情看来是风马牛不相及的。

在以下的四十分钟时间里,十八子李做了这么几件事(按他自己对警方的说法是他什么事都没有做）：首先，他从五楼下楼的时候用耐克鞋的鞋尖踢了他所经过的每一层楼的左右两间房的房门（同时伴随着他的口哨声）。他不知道他为什么要这么做，他也没有想他为什么要这么做。他听到软软的鞋尖踢出的不同于用手敲出的门的响声时他感到了一种无端的惬意。尤其是他下到一楼时听到三楼有人把门打开朝下面空空的楼梯大声问："谁？谁敲门？我在家呢！——是不是老陈？"就掩口而笑了。这同时他还听到那人骂一句脏话，随后是"嘭"的一下关门声。他的口哨吹得愈发地响亮。耐克鞋使十八子李的吊儿郎当的行走具有了像外交辞令一样的闪闪烁烁的弹性。他抬起头来发现今天是一个讨厌的阴天，云层厚重而含糊。这一来十八子李心情就有些糟糕了。他像三楼的那个人一样骂了一句脏话，并朝地上吐了一口唾沫，与此同时那响亮的口哨就理所当然不见了。接着，十八子李走到街口一个小烟摊上，在那里他买了一盒 KENT 牌香烟。他试图模仿史泰龙的模样很潇洒地把烟斜叼在嘴角。但十八子李刚刚学会抽烟，他的模仿显出来的除了笨拙就是幼稚，而且心情也未见得就不糟糕。从这个小烟摊的位置可以瞧见蚂蚁常常出入的那栋楼房的门洞。他于是想起了这个高三的女孩子，想起了她的短短的黑发和一条水红色的连衫裙，以及她那像清晨的露珠一样晶莹地滚动的笑声。要是往日，这种联想就会使十八子李产生一种青春的心跳（甚至伴以某种程度的生理上的骚动）。可是今天不知是怎么了，十八子李自从抬头望了望天空，那满天的阴云就压到心间来了。结果 KENT 牌的香烟也有了一种莫名其妙的味道，他抽了一小半就从嘴角摘下把它扔了。他对坐在小烟摊上的那个有腿疾的残废男子说："你要赔我的钱来。"同时他就把那包 KENT 烟扔在这个莫名其妙的男子面前了。十八子李听出自己的声音里有一种咄咄逼人的东西，他不知道他为什么会有这么样一种东西。近来他发现他的声音里时不时就显出不由分说的凌厉，但他没有把它放在心上。可是烟摊的主人把它放在心上了。他对十八子李说："小兄弟，你这是什么意思？"他的脸上浮出一种迎接挑战的冷笑。也许正是这种冷笑激怒了十八子李，一股青筋突然跳上他的额头。他蛮横地吼道："你想怎么样？要找死你早开口好啦！"话一出口，十八子李就被自己声音里的杀气吓了一跳。但同时他就感到了热血沸腾的骄傲。他甚至感到自己的身子在微微地抖颤，这显然不是出于怯弱，而是出于战斗的激情。但他的对手是一个很聪明的家伙，他看出同眼前的这个毛头毛脑的小伙子蛮干是不行的，如果不能从武力上解决他，那就从道义上击败他。他于是大声地朝路人喊道："嘿，大家来看啦，我一个残废人受人欺负啦！"马上就有人过来了。人们问发生什么事情了。残废男人说："你们问他好啦。"这么一来十八子李立即就显示了被动。他有些急促地说："他的烟生了霉。他把霉烟卖给我了。我要他退钱给我，他若不退钱我就不客气他！"残废男人就说："嘿，这可是怪事了，我从来就不进假烟也不进霉烟，我们做小本生意的人，讲的就是一个信誉嘛。"十八子李说："我说是霉烟就是霉烟。他妈的你退还是不退？"残废男人就把 KENT 烟抽出几支来，说："大家尝尝好了，看看是不是长了霉。你们说长了霉我就赔双倍的钱给这位小兄弟好不好？"有人马上就拿了一支来抽，吸了一口，又吸了一口，说："这烟好着呢，长什么霉，简直是瞎胡闹嘛。"另外有人也试了，都说烟味很正，根本没有霉味的。这时十八子李只觉得脑子里面一片乱糟糟，脸上发烫，血在身子里乱窜。他朝那些与他为敌的围观者大声吼道："关你们什么事，我说是霉烟就是霉烟，关你们什么事！"接着他就骂了好些难听的脏话。这些脏话不知为什么骂得那么流畅，仿佛十八子李不是那些脏话的倾吐者而是倾听者，他听着觉得很过瘾。他在心里喊：骂得好，骂得好！于是流畅的辱骂就在他的耳边变得更加流畅了。

然而事实是十八子李离开小烟摊时怀了更大的沮丧。他没能把那包KENT烟退掉，而且还受到了围观者的谴责和跛脚男人的嘲弄。双料的打击使十八子李年轻的心间突然像风涨满了船帆一样涨满了他与这个世界的敌对情绪。他在街沿上走着，已感觉不到耐克鞋的弹性。他于是愤愤地朝这世界唾了一口。就这样，第三件事又出现在我们的眼前了。

十八子李刚刚唾完一口痰，他的肩膀就被人拍了一下。他回头一望，是一个戴红袖标的老头子。那红袖标上写的是"卫生监督"。"年轻人，对不起，你朝地上吐了一口痰，按照有关规定，要罚款五元。现在，你交钱给我吧。"那老头子一面说一面从口袋里掏出一本罚款单据来，嘶地扯下一张面额五元的单子在十八子李的眼前晃来晃去。十八子李半天才恍过神来，明白是怎么一回子事。十八子李觉得血又在朝脸上涌来。模样温和的老头子在他的眼前一下子变得丑陋不堪。他的喉咙里不由自主又冲出来一大堆乱七八糟的恶毒的脏话。十八子李一面不假思索地骂着一面从口袋里掏出一张五十元的人民币朝惊愕不已的老头子的脸上扔过去，同时又冲地上一连吐了好几口痰。十八子李恨恨地说："不用找钱了，都他妈的罚掉，你去发财吧你！"

就在这个时候，十八子李的妈妈正朝家里走过来（她本来是没有回家的打算的，但她从银行汇了一笔公款到某地后忽然想回去看看儿子在家里究竟干些什么名堂）。如果不是前面出了车祸（一辆东风牌的大货车撞了一辆夏利牌出租车），围观的人把路堵死了，那么十八子李的妈妈在三分钟之内就可以迎面遇到自己怒气冲天的儿子，那么以下的事件也就不会得以发生。问题是十八子李的妈妈看见前面黑压压的那么多人，就立即从左边的一条小巷子里斜插了过去。她是迂回回家，但实际上她绕过了她的儿子，也就是说她绕过了拯救儿子的机会。这就给她以后漫长的日子留下了一个永远的隐痛。当然，同时也留下了其他难忘的东西。这个四十六岁的妇人在小巷子里居然邂逅了一位二十多年未谋过面的男同学，当年班上成绩最好的学习委员。在短暂而稍稍有点拘束的交谈中，他们不费什么气力就了解到对方都处在孤男寡女的境地。这使他们的眼前蓦地跃起了一道遥遥可见的生活的彩虹。他们开始给对方留通讯地址：电话或门牌号码。还是十八子李的妈妈表现得更有勇气，她说你干脆到我家去坐坐吧，我家离这儿要不了五分钟。于是前学习委员就跟了这位当年班上最漂亮的女同学朝彩虹升起的地方走去了。

　　差不多就在同一时刻，十八子李又抬头朝天上望了望。那云层显得更加厚重而阴晦。由于他那么心神不定，那么晃晃荡荡，结果他把路边停放的一辆山地自行车不知怎么一来给弄倒了。咣的一响之后是一句粗厉的骂声从旁边水果店里射过来："哪个小杂种把老子的车子搞翻了！"接着，一个长着络腮胡子的男人朝十八子李冲了过来。"小杂种，"络腮胡子厉声说，"给老子把车子扶起来！"十八子李被这个粗鲁的男人的气势一下子唬住了，呆呆地立着，脑子里茫茫一片白雾。这时他挨了那男人一脚，一个趔趄，差点倒了下去。他的衣领又被那男人一把捉住，而且提了起来。"瞎了眼的小杂种，晓得老子是惹得起的么？"说完又给了十八子李一个重重的耳光。这个人的劲太大了。十八子李的衣领被他提着，觉得自己的脚像是踩在了棉絮上。同时十八子李还觉得有两条热辣而浓腥的蚯蚓从两只鼻孔里钻了出来。他用衣袖擦了一把，结果看见米黄色的佐丹奴运动衫的袖口上绽出了几朵鲜红的梅花。由于那梅花的过于醒目以及由此产生的刺激，至此为止，十八子李才一下子看见了自己的狼狈处境。而在此之前，他就像吃了迷魂药一般被那人弄得昏头昏脑人事莫辨。现在他醒来了,明白什么样的事情在眼前发生了。一种前所未有的被欺凌的屈辱、悲愤,和突如其来的歇斯底里混杂在一处,成了他心中咚咚的鼙鼓,使他产生着振奋和晕眩。他开始发出了第一声吼叫。他听见自己的声音在空气里爆炸,一种反抗的快感立即电过全身。接着他就摇撼他的敌人,而且试图挣脱对方那一双蟹钳般的大手。他的敌人被他的举动弄得有些惊愕。但这个人显然是一个常常同人争斗而且战无不胜的家伙。在一瞬的惊愕之后是他的野蛮激情的再度爆发。他一面喊"打死你这个小杂种",一面朝十八子李又扇过来一个重重的耳光。十八子李看见自己的鼻血像漂亮的图案飘满天空的同时他的身子沉重地倒在了地上。他刚想爬起来,那人骂着粗话又踢了他一脚。他在再次倒下的一瞬,瞥见水果店的哈密瓜架上斜斜摆着一把用来切瓜的刀。

　　三十秒钟之后的事情不但惊呆了路人,而且惊呆了十八子李自己。

　　一切都来得那么快捷,那么不假思索,那么迅雷不及掩耳。一条体魄健壮的恶汉身中十数刀倒在了版图越来越大的血泊中。那把锋利无比的刀稳稳插在了死者的胸窝。

　　"杀人啦!杀人啦!"十八子李听到有人这么恐惧地惊叫,同时他还听到各种鞋跟的声音橐橐地朝他这里迅速汇了拢来(就好像他是一个坐在地上专门收集鞋跟声音的人)。他一动未动。血的版图已侵入到他的屁股下。那温热的血,冒着泡沫的血,在他的跟前不断扩大,除了刺眼的殷红他什么都瞧不见。他怔怔地坐在血泊中,根本就没有回过神来。他还来得及逃掉,因为人们不敢太靠近他,明白过来的人和没有明白过来的人都心怀了恐惧,远远地围着,随时准备撒腿就跑。十八子李仿佛成了一头会忽然爆发凶残的猛狮。

　　但是,出乎人们意料的是,十八子李不是爆发出了凶残,而是爆发出了惊人的恸哭。就这样,十八子李哦哦地哭着,茫然地哭着,不知其所以地哭着。他不相信刚才发生的事件是真实的,他不相信他成了杀人凶手,他不相信他可以在一个人身上一口气连捅十几刀,他更不相信一个小小的偶然的生活细节(由于走神无意中把一个人的山地车碰倒)会断送掉他整个的青春甚至生命。对于十八子李来说这的确是太无情太残酷了。

有人早已报了警。警察在电话里也可能是不耐烦也可能是气愤地说你们那里是怎么啦,刚才出了车祸,现在又出了杀人案!不久,十八子李的耳畔就传来了呜呜的警笛声。"这还是一个孩子啊!"有一个老太婆的叹息十八子李也听见了。但他不知道这是说的谁。他仍在恸哭,泪水湿透了他的米黄色的佐丹奴运动衫。

这时他的母亲正在家里熬咖啡。"要多放一点糖么?"她把咖啡端上来,向前学习委员问道。她发现自己的声音因为激动而微微地颤抖。"嗯,"前学习委员一面打量着面前这位当年班上最漂亮的女同学,一面点了点头,"我喜欢甜一点。"他觉得她仍是那么可人。他有点心醉神迷了。

两个小时后,一个绰号叫蚂蚁的女孩和她的同学路过水果店。她们看见了地上的血迹和警察用粉笔画的不规则的圆圈。她们一面说"咦,这是怎么回事?"一面就走过了杀人现场。她们好像一群轻巧的蝴蝶,生活中有足够的花粉让她们来采集,并酿造成蜜。蚂蚁在哼着一支刚学会的歌,这支歌好像叫做《心痛你的人是我》。她觉得很好听,而且,很那个。

龙岩坡

第一章

1

李光辉在湘西龙岩坡搞工作队的时候才二十一岁。龙岩坡过去是土匪出没的地方。有一天李光辉在山里种红薯，对面高高山上迤逦着下来一个老太婆，背负蓬蓬的一大捆湿柴，让李光辉直起腰来，眼睛瞪得很大。这是因为，这个老太婆虽然七十开外，扎着盘头，仍健步如飞，身轻如燕，赛过后生崽；此外还因为，李光辉对这个老太婆眼生得很。有人就附在他耳边说，该老太婆过去的老公就是土匪头子麻老三，她自己实际上也是土匪。麻老三被人民政府一粒花生米毙掉了，她也坐了十几年班房。出来以后，也没有儿女子嗣，就在山那边岩陀寨里一个人平平静静过日子——平时不到这边山里来，今日不知何解走这边过身了。李光辉一边听那人说着这些话，一边看着土匪婆子，心里在想书里头的土匪怎样同眼前这个负柴疾奔的老太婆画上等号。李光辉于是有了一种疑惑。这是很好的事。因为有了疑惑，他才在愣了半天后有了结论。这个结论就是，土匪的样子原来还是如此令人着迷的呵。李光辉想，上溯若干年，该土匪婆子应是怎样如花似玉的一个娇人哪。假如在那样的年头，有人同他说，你出门会遇上土匪，那他肯定会骇怕。但是如果换一种说法：你出门会遇上一个号称土匪的娇人，那他则肯定会欣喜。所以李光辉听人说那个老太婆原来是土匪，他在惊愕同疑惑之外就是欣喜。李光辉还想到自己的外婆，七十不到，已是成天躺在床上哼哼唧唧，饭吃不下几粒，中药倒吃得下两三罐子。假如外婆当年也在湘西当过土匪，就不至于这般可怜模样了。李光辉还想起麻老三，觉得该土匪头子虽然是横死了一条命，道理上说是轻如鸿毛，实际上也还是蛮值得的。原因是，他毕竟娶了一个如花似玉即使到了七十岁仍能健步如飞的娇人做堂客，享受了人世上难得的艳福。当然这样的想法是不能同人说起的，最好的朋友也不能说起，因为李光辉是省里头派下来的工作队员。

　　工作队的工作是让社员们"农业学大寨"。现在种红薯也是在学大寨，但心里羡慕麻老三就不是学大寨了。李光辉只好咳嗽一声，又弯腰去锄土。天上的太阳很大，李光辉故意不戴草帽，为的是要同社员们晒得一样黑。这事说明，二十一岁的年轻就是单纯，而且听话，因为工作队的王队长一再在会上强调，在学大寨的过程中，工作队员务必要与社员"三同"，即同吃同住同劳动。李光辉在理解上还多了一同，就是皮肤的颜色也要与社员同。种红薯的社员是不是也羡慕麻老三，不得而知。假如他们也羡慕，那又多了一同。但这一同不能说，一说不但社员要挨批，李光辉也要挨批。假如都因此事而挨批，岂不更多出了一同？

我现在补充交代一下，土匪婆下山来的时候附在李光辉耳边说话的那个人叫马石头，原来是龙岩坡生产队的队长。半年前也就是李光辉下到湘西搞工作队一个月以后被撤了职，原因是，作风不好，乱搞女人。撤他的职的是工作队，具体地说来，就是李光辉。考虑到李光辉李同志的权力有如此之大，马石头附在他的耳边上说话，很有点阿谀之味，就不难理解了。

龙岩坡生产队属青山大队，青山大队属麻岭公社。整个麻岭公社有十二个大队，每个大队有八个生产队，十二乘八等于九十六个生产队。因此就有九十六个李光辉这样的工作队员下去了。下去一个月之后，九十六个生产队长总共剩下了八个，就是说，农业学大寨首要的成绩便是有八十八个生产队长被工作队撤了职。八十八个生产队长年龄不一，胖瘦不一，脾气不一，工作态度不一，但撤职的原因却同一，就是：作风不好，乱搞女人。

以上事实很有点嚼头。其一，"作风不好，乱搞女人"，听上去好像是两条罪名，其实是一条。作风不好是因，乱搞女人是果。这是因果关系，但工作队员在群众大会上宣布的时候，使用的是并列关系，这样就成了两条罪名。李光辉就是这样宣布的，他说，你马石头，一是作风不好，二是乱搞女人，所以撤职！这说明李光辉李同志学会了一分为二的哲学。其二，假如九十六个生产队长里头有八十八人作风不好，乱搞女人，都犯着同一的错误，只能说明这个错误是有传染性的，就像流感或者霍乱一样。但这是有限传染，被传染者仅限于生产队长。不知为什么，麻岭公社仍有八个生产队长没有被传染。这八个生产队长没被传染是不是好事，则不得而知。其三，一夜之间撤换了八十八个基层干部，用的是同一的罪名，也许是工作队的同志们把复杂的问题作了最简单的处理。这就是说，也许某个生产队长犯的其实是贪污挪用一类的事，但那样说群众会难于理解，不如把作风不好、乱搞女人这顶帽子戴下去，显得更便当得多。"文化大革命"中就是如此，假如你要把某个走资派搞得臭不可闻，你说他这样那样，都不如说他乱搞男女关系更易得手。这就说明，麻岭公社八十八个生产队长因"作风不好，乱搞女人"而被撤职一事，是颇有点意味深长的。但我这么说也许会引起误会，以为麻岭公社出了八十八桩冤假错案。我虽然不能替别人来辩解，但我却可以替李光辉说上一句话，这句话就是：李光辉撤马石头的职，撤得一点都不冤枉。

李光辉随省委"农业学大寨"工作团下到龙岩坡时才二十一岁。他是头一回到大山里头来。来的第一天，站在山顶上朝四面一望，哇的就叫了一声。因为他看到了由山峦铺成的海洋。事实上他也没有见过海，但他确认那连绵无尽的蓝蒙蒙的峰壑就是普希金歌颂过的由自由元素组成的大海。这样，他就第一回认识到了人的渺小。除此之外，他还觉得迎面吹来的山风令人薰薰欲醉。这种感觉是十分强烈的，所以以后李光辉每每喜欢跑到山顶上来吹风。风一吹，脑壳里就一片澄明，就像云被吹光了的湛蓝天宇。

这是在山上的情形，下到山脚下，就要农业学大寨了。这是不能哇地叫一声的，当然也不会脑壳里一片澄明。农业学大寨其实就是斗争，叫做与天斗与地斗与人斗。与天斗与地斗实际上是与自然斗，也可以称为战胜自然。具体的做法就是学山西的大寨人，在石头很多的山上围出人造梯田来。与人斗则是开批斗会，撤职。具体的对象就是生产队长。因为工作队王队长再三说了，在麻岭公社，百分之九十的基层组织已经烂掉了，成为了广大贫下中农农业学大寨的绊脚石，务必要搬掉。所以李光辉一来到龙岩坡就要搬掉马石头。事有凑巧，马生产队长正好名叫石头，不搬掉还行吗？

要搬掉石头也不见得就那么容易。总得要以理服人吧。李光辉那一段时间的工作就是找这个服人之理。找得头晕脑涨了，就到山顶上去吹风，哇地叫一声，再下山来继续找。

2

工作队员李光辉才二十一岁，正是到了想显示自己不再是毛孩子的时节。所以他的工作十分卖劲。在寻找服人之理这件事上，他花的功夫是很大的。白天他与社员"三同"，而且晒太阳故意不戴草帽，一个月下来，皮肤颜色也差不多与社员同。晚上就挨家挨户串门，手里拿着一个小本本，小本本里头夹了一支圆珠笔，坐在火塘边上同社员说话，调查马石头的情况。问答之间，手不停地在小本本上记着。就这样，一个月下来，小本本就用了五六个。但李光辉又有了一点疑惑，就是，社员都不说马石头的坏话，专说他的好话。比方说马石头是个勤快的人啦，马石头唱山歌子唱得比哪个都多啦，马石头在山里打了麂子送给五保户吃啦，等等。假如忽然把这样的石头搬掉，说上述话的社员会怎么想？李光辉本人又会怎么想？

由于这点疑惑，工作队员李光辉的工作就更加细致深入了。

举例来说，他来到社员马大佬家里就是如此。马大佬同马石头一样，都是四十六七的汉子，还是本家兄弟，但马大佬更穷一些。李光辉坐在他家里，环顾四周，想到一句成语：家徒四壁。当然也不绝对如此，比方说他家的壁上还是挂了蓑衣斗笠鸟铳一类东西的。但马大佬穷得讨不起堂客，却也是众所周知。所以马大佬就长着一张苦大仇

牛 皮

深的瓦刀脸，显得比实际年龄要大得多。提起自己的本家兄弟，他开始比较沉默。这是因为他不晓得李同志问话的目的何在。李同志就说道：虽然你和马石头是本家兄弟，但是你对他有什么看法、意见，都可以向工作队反映。龙岩坡这地方太穷了，农业学大寨多年来都学不出模样来，马石头是生产队长，这都是他的责任嘛。你对他的了解比别人肯定要多一些，你说说看嘛。马大佬斜着瓦刀脸看着李光辉，慢慢琢磨他的话里的意思，一下子明白了：原来工作队是要找马石头算账呵。这说明马大佬虽然穷得讨不起堂客，却也算得上是聪明过人。可以肯定，马大佬不会说出什么马石头是个勤快人一类的话来，但他还是沉默不语。这是因为，他晓得，一个人老是沉默不语，一旦说起话来，才会一言九鼎。李光辉到底年轻，不知道对方葫芦里卖的是这号药。于是又更加细致深入地启发：其实呵，村看村，户看户，社员看的是干部。马石头既然是干部，那就应当拿出个好样子来给社员看。假如他拿出的是好样子，那么龙岩坡学大寨就不会这么没有成绩。龙岩坡学大寨这么没有成绩，只能说明他没有拿出好样子来，你说是不是马大佬？马大佬明白这是应当点头——不但应当点头，还应当说话的时候了。

我们晓得，李光辉从马大佬家里出来，年轻的脸涨得通红。这就是说，细致深入的工作取得了空前的效果。他于是赶忙又到第二家人家去。这时已是夜里十一点多钟了。山里人夜里没有文化生活，十一点多钟早就困得流一枕头的口水了。李光辉咚咚咚咚敲着门，主人点燃煤油灯，吱呀一声把门打开，放进来李光辉兴奋的脚步。困啦？困啦？就困啦？李光辉踏进门槛就响亮地说。空空的堂屋里回音很大。

这家人家男主人名叫马五谷。这里我们要交代一下，龙岩坡生产队一共有四十二户人家，马姓有三十户，是当地的土著，余则为杂姓，也就是后来搬迁来的人。马姓住在山腰上，杂姓住在山脚下。所以李光辉现在是在山腰间。从堂屋敞开的门里朝外望，可见那些沉睡的山峰以及其上的点点星光。因此那门框子框住的就是一幅深沉的画。但是工作队员李光辉无心欣赏这幅画，他要来细致深入地启发马五谷，以证明马大佬所言不虚。

李光辉的细致深入的工作做了个把小时后，马五谷才开口说话。在说话之前，不断地朝里屋里望，而且把耳朵竖起来，听那里面有无动静。听到鼾声像门外的山峦一样起伏不已，才开始说道：是的，是的，是的，是有这么回事。连我的堂客他都困过。

马五谷说的"他"就是马石头。按辈分马五谷是马石头的本家堂叔，他的堂客即是马石头的堂婶。马五谷说的就是：堂侄连堂婶也困过了。

李光辉把手掌在膝上一拍，大叫一声：好！

马五谷一听，木了半天，他不晓得这一声"好"是好在哪里了。

我们已经晓得，龙岩坡是个非常穷的地方。农闲的时候，一般都只吃两餐饭，农忙时才能吃上三餐。三餐中的中餐，实际上就是一些烤红薯、苞谷粑粑一类马虎的肠胃充填物。李光辉刚来的时候虽然有思想准备，但并没有实际挨饿的感觉。每到中午，肚子里就有动静，他想忘记这些动静，可是怎么也做不到。他的意识里只有食物。这事说明了吃的重要，还说明了存在决定意识。此外，也说明了他和社员还是有区别的，并不能完全地同。具体地说来，他一意识到饿，就没有办法改变这个存在。但是社员们却能。比方说吧，在地里头，中午歇工的时候，社员们要么就唱山歌子，要么就讲带点"黄"的故事。

山歌同故事，有一部分是流传了好多年的、具有经典意味的，另有一部分则是现编的、即兴创作的。但不管是哪一部分，内容大多是有关男女打情骂俏的。只要是唱山歌子或是讲故事，社员们脸上你就看不到饿的感觉，你看到的是兴奋同快活。就是说，男女之间的某种暧昧不清的东西，足以填充人在懒洋洋的中午的需求，并使得人们如此兴奋同快活。这对李光辉来说是不可理喻的，同时也是不可接受的。刚开始的时候他甚至不能适应那种时时可以意会的暧昧。因为我们晓得，李光辉李同志才二十一岁。假如他要显示自己已不是毛孩子，他就应当懂得这些山歌同故事。不但要懂得，还要兴奋同快活。这就使他感到为难了。因为他是工作队员。他有制止这种兴奋同快活的权力。但他也有放弃这种权力的权力。然而他只有二十一岁，不管他装得多么老成，都会处处显示出茫然同疑惑来。在这种时候，他只有装作没有那种权力的样子，才是聪明之举。于是他便这么做了。他通过一个举动来完成这种聪明，就是，他把草帽子遮在脸上，仰躺在披着厚厚岩衣的大石头上，假装闭目养神的样子。实际上，他的耳朵没有放过去任何一句山歌和故事。这就是说，他同社员的区别，被一顶草帽子巧妙地遮掩住了。

有关龙岩坡的穷，我们还可以从诸多方面加以证明。但那是没有美感的。我们知道，小说要写得有美感。这是许多批评家和教授教诲过我们的。所以接下来我们应当谈到龙岩坡的女人。就是说，我们应当马上谈到有美感的事物。

3

在这一节里，我要向你描述龙岩坡的女人。你已经获悉，龙岩坡那地方称得上是穷山恶水，唯一的奇迹就是出与穷和恶完全矛盾的女人，就是说，那地方出来的女人称得上是对那地方的讽刺。这是因为，龙岩坡的女人太富于美感了。李光辉刚来的第一天，看到队上的那些女人，他几乎惊呆了。在那一瞬间，他有一种感觉，就是，那些女人的强烈的美感，是对于他们生存的环境的某种无声的控诉。所以农业学大寨就是万分必要的了，因为只有通过学大寨，也就是通过斗争，她们的生存环境才会得以改观，她们的美丽才会适得其所。

我们认为，龙岩坡的女人的美应当是一门学问，很值得人们来研究。至少，有如下课题是使人饶有兴味的。其一，此地的女人的皮肤极为细嫩，十八岁到四十五岁之间的女人几乎在皮肤细嫩这一点上看不出什么明显的区别来。这就是说，女人到了四十多岁尚且还能像少女一样地娇嫩。所以后来李光辉见到土匪头子麻老三的堂客，活到七十岁了居然还能负柴疾奔，于是上溯若干年，认为她是怎样如花似玉的一个娇人，就不是没有缘故的了。关于此地女人皮肤的细嫩问题，如果只是让一个名叫李光辉的人感兴趣是意义不大的，关键是要让那些研究驻颜术的专家学者和美容保健品的投资商感兴趣。此外，还要让全世界的女人感兴趣——她们当然会感兴趣。这个课题就是青春长驻的课题。其二，此地女人的身材个个堪称健硕丰满而又匀称，使人想到柳树，想到小提琴，想到最优美的葫芦，想到米勒油画中的那些迷人的农妇。除此之外，此地女人的身材不仅仅十分美感，而且也十分性感。对于前者，李光辉感到的是莫名其妙的振奋，对于后者，李光辉感到的是五里雾中的疑惑。现在我们晓得了，李光辉原来还是一个常常疑惑的小青年。关于性感的疑惑，他的表现是，他感到二十一年来第一回身体内部有了某种说不清楚的冲动。他有点欢喜，又有点害怕，于是这就是疑惑。所以在相当长一段日子里，李光辉的眼睛朝龙岩坡的女人望去时总是有些躲躲闪闪。这是因为，对于自己身体内部的某种说不清楚的冲动他还不十分适应。但是李光辉很年轻，作为年轻人，他应当表现出好学的态度。于是他心中也就有了一个研究课题。我们相信，对于龙岩坡的女人的身材所呈现的美感同性感，所有的男人和一部分女人都会有研究的兴趣。这个课题就是性感的由来的课题。其三，此地的女人，在情感上非常专一，但是在肉体上却十分开放。这就好比说，她们像某些迷人的花朵，属于某一棵树所专有，然而其浓烈的芬芳却属于一整片树林。这方面的例子，我们会在后面的叙述中邂逅到，不必在此赘言。总而言之，这是属于社会学家或民俗学家的学问范畴。这个课题就是情感同肉体的对立统一的课题。其四，此地的女人，性格都很刚烈，敢作敢为，敢爱敢恨，而且说话的声音很大，脾气也很大，自我意识相当强烈。这说明此地的女人不仅仅身体具有美感，性格也同时具有美感。这样的女人，假如身逢乱世，那是一定要到麻老三那里去做压寨娘子不可的。在她们的性格里，有一股不让须眉的强蛮之劲，所以吃苦耐劳的事，都是女人做得比男人要多，形成了一种令人感叹的乡俗。这也是一个课题，这个课题是原始女权主义的课题。如此等等，我们还可以列出许多课题来。批评家和教授教诲我们写小说要有美感的同时，还教诲我们写小说不要啰唆，要拣最重要的事情来讲。所以例举到此为止。

　　有关龙岩坡的女人，我现在要讲的最重要的事情是，那天晚上工作队员李光辉找马大佬同马五谷做细致深入的工作，得到一条至关紧要的情况：龙岩坡生产队队长马石头将队上的妇女，从十五岁到五十岁的，几乎全都困遍了。比方说，马五谷的堂客按辈分是马石头的堂婶，但是这个堂侄却将堂婶也很不客气地困了。这个情况首先是马大佬提供的，后来马五谷的话印证了马大佬所言不虚。你应当记得李光辉听了马五谷所说的话以后，他的手掌在膝上一拍，大叫一声：好！当时马五谷被这一声"好"弄得木了半天，不晓得这"好"是好在了哪里。现在我们晓得了，"好"就好在细致深入的工作有了突破性的进展，搬掉马石头的服人之理终于找到了。那就是：作风不好，乱搞女人。所以第二天一早李光辉就跑到山顶上去吹风，吹着吹着哇地叫一声，再从山上下去，心情好得不得了。

事实上，我们说李光辉寻找服人之理的细致深入的工作有了突破性进展后心情好得不得了，只是说明了其心情的一个面，还有另一个面还没来得及说明。这另一个面是这样的：虽然李光辉同志觉得马石头用"作风不好，乱搞女人"八个字就足可以搬掉了，但是他想到马石头困了龙岩坡生产队那么多的富于美感的女人，心里就十分地不舒服。那么多的富于美感的女人的身体要与这么一个快五十岁了的长得很丑的男人的身体联系到一起，实在是太困难了。于是我们晓得，李光辉李同志又有疑惑了。在疑惑之外，还有莫名其妙的愤怒同心如刀绞。李光辉还太年轻，他对这个复杂问题的透彻了解还有待时日。这件事说明，李光辉对那些富于美感的山里女人很有点怜香惜玉之情，与此同时，他还对别的男人滥用她们的身体很有点不平之意。有关后者导致的想法是：马石头不搬掉，就难解心头的不平气。所以，一个星期之后，李光辉就以省委农业学大寨工作队的名义将马石头撤职了。

在马石头撤职之前，李光辉做了两件事。一是继续找人证明马大佬提供的情况。按李光辉的说法是：寻找受害者的证词。他找到那些被困过的女人，要她们检举马石头的劣行。他希望得到的是控诉，但得到的却是赞美。首先，那些被困过的女人一提到这件事就笑了起来。

李光辉从来没有听到那样的一种笑声。那笑声是晴朗的，响亮的，狂放不羁的。而且那笑声本身就是一种回答：这种事情也值得问来问去的么？接着，那些女人纷纷说起马石头如何使她们感到了床笫的快活。在这种说法里头，马石头成了一个真正的男人，充满了雄性的力量和性乐的智慧。这就使李光辉同志感到万分地尴尬了。如此说来，那他寻找到的就不是受害者，而是受益者。但是，李光辉不会依据她们的快乐原则来判断这桩事——假如依据她们的原则，马石头就不但不应当撤职，还应当提升。他要依据工作队自身的原则来判断这桩事的性质，那就是"作风不好，乱搞女人"。二是李光辉打了一个报告给工作队王队长，向他呈报了马石头困了队上的女人的事，请工作队队部批示处理意见。意见很快便下来了：马上撤职，并召开群众大会宣布决定。大会目的有二：一、乱搞女人是封建流毒，要坚决予以批判；二、干部同群众要达成共识——龙岩坡要想上好日子，就必须农业学大寨，因此，不能随便乱搞女人。意见下达的第二天，李光辉就召开了群众大会。宣布马石头撤职，生产队长由马大佬继任。

马大佬是怎样成为继任人选的，情形大略如下：首先，马大佬是最早揭发马石头的人，这说明他的思想觉悟比一般社员要高得多；其次，他家徒四壁，这说明他比一般社员更有要改变生活的愿望——这种愿望是可以转化为农业学大寨的动力的；再者，李光辉通过与他的谈话看得出来，他非常善于领会工作队的意图，比方他一明白工作队要找马石头算账，马上就揭发了后者作风不好乱搞女人的问题。有了以上三条，李光辉觉得，马石头之后的生产队长非马大佬莫属了。所以，他在给工作队王队长的报告里就作了如此建议，并且强调说，马大佬出身贫农，苦大仇深，敢于大义灭亲，应当得到重用云云。王队长也同样批准了此建议。于是马大佬就成了李光辉在群众大会上宣布的——"我们龙岩坡农业学大寨的新的带头人"了。

马大佬成了生产队长,瓦刀脸上立刻有了一种严肃的表情,说话之前总是要咳嗽一声,还学了李光辉的样子,把一支不知从哪里寻来的不出水的钢笔插在上衣口袋里。后来,还学了李光辉的一句口头禅:我认为。所以他以后就经常"我认为今天要到区上去背石灰了","我认为今天要种荞麦了","我认为今天要出牛栏粪了"……这就是说,龙岩坡的社员每天都要按他认为的出工干活。李光辉则认为,有了这许多认为,龙岩坡农业学大寨就会有长进了。这样认为之后,他就跑到山顶上去,迎风哇地叫一声,然后迈着轻快的步子下山来。

第二章

1

关于那次群众大会,可作若干补述如下:首先,它开得格外隆重,因为这是随后而来的搬石头运动所搬掉的第一块石头,也就是说,这是工作队的第一个政绩,不得不示以隆重,所以公社刘书记、张书记、妇女主任、武装部长、工作队王队长、朱队长都来了,坐在主席台上,蔚为壮观。而且群众一看来了这么多头头,就晓得脸上应当安置什么样的表情比较合适了。这说明此地的民众虽然有些刁悍,但也还是畏官的。其次,李光辉虽然才二十一岁,但也表现出了出色的才能。比方说，会场安排在禾场上，禾场四周便拿石灰水写了很多标语，很是醒目，又很是上口，例如："农业学大寨，作风要正派"，"搬掉绊脚石，问地要粮食"，"社会主义要上去，封建主义要下来"，等等。又比方，在禾场的四角，各安排一位荷枪的民兵，这样一来，既使头头们感到安全和威风，又使社员们感到会议的重要同严肃。所以刘书记就同王队长交头接耳说：小李同志蛮行嘛。王队长就谦虚道：年轻人，在游泳中学会游泳，在斗争中学会斗争嘛。除此之外，李光辉还安排了马五谷在大会进行之中每隔十分钟就高呼一次革命口号，以此活跃气氛，旺盛斗志。所以，隔上一小会儿，群众的手臂就高高举起，跟着马五谷喊："搬掉石头学大寨，甩开膀子闹革命！"所以后来王队长在全体工作队员会上就叫李光辉把开群众大会的经验介绍了一番，并表扬说，群众大会，就是要把群众的斗争热情煽起来。再其次，群众的斗争热情确实是被煽起来了，尤其是呼口号时，个个把颈根吼得筋暴暴的。这是因为，这样的时候太少了，可算是平生第一回。这情形可能是这样：一、群众以为是在比试谁的喉咙大；二、群众以为领导喜欢热闹；三、群众以为吼来吼去的就是斗争。关于第三点，我们要说明一下，其实群众并不晓得斗争的到底是谁。虽然李光辉宣布撤掉马石头的职，于是大家晓得马石头是今天的冤大头，但是，他们不觉得这是在斗争马石头，因为马石头撤了就撤了，为什么还要斗呢？再说，"一是作风不好，二是乱搞女人"，这有什么好斗的呢？所以，到底斗争谁，斗争什么，不得而知。因为目标不明确，所以干脆一顿乱吼算了。坐在台上的头头，一看社员吼得这么山崩地裂的，还以为群众心往一处想，劲往一处使，就高兴得不得了。除此之外，台上的头头们除了妇女主任，眼睛珠子都溜溜地四处乱睃。这么多富有美感的龙岩坡女人挺着饱满的胸脯站在那里，同样使他们高兴得不得了。王队长拍拍李光辉的肩膀，响亮地说：在这里好好地干，好好地干。李光辉认为这是领导同志的鼓励，也高兴得不得了。其实这是误会。王队长这么说着，并不是说给李光辉听的，是说给他自己听的。还要加上一点，是不由自主这么说的。这句话表达了王队长的某种不好言说的心思。在后面的章节里，我们才会明白王队长"好好地干"是什么意思。

那天的群众大会，虽然因为社员们畏官，秩序很好，但中间也还是出过一点小乱子。这事是这样的：王队长和刘书记看到那么多富有美感的女人站在那里，就心痒痒地很想晓得马石头是如何同她们困的，于是他二人不约而同地将桌子一拍，喝道：马石头，交代你的作风问题！当然，做头头的是不能够把话说得那么直露的，于是"如何同她们困的"就成了"你的作风问题"。遭此一喝，马石头立即变得口吃起来，说：我没、没、没……那两位又将桌子一拍：你没什么？！马石头脸涨得通红，说：我只是、只、只只只只只是……桌子又是啪的一响：你只是什么？！马石头说：只是只是管、管不住自己的、的、卵子……结果底下的群众就笑了起来，尤其那些女人，发出的都是响亮而富于美感的笑声。大会的正常进行因此而受阻。这事可作如下理解：一、马石头的作风问题仿佛与她们毫无关系；二、如此斗争马石头，一问一答之间产生的是喜剧的效果；三、群众的笑尤其是女人的笑说明所谓作风问题乱搞女人问题都不是问题，听起来只觉得滑稽。就是这点小乱子，但也很快止住了，因为马五谷按照李光辉的紧急吩咐举臂高呼口号。群众立即就忘掉了刚才的所笑，又目标不明地乱吼起来。大会于是得以继续。这说明李光辉虽然年轻，应付局面还是很有两下子的。

大会开得热闹，石头搬掉了，换上了新的生产队长，还得到了王队长同刘书记的表扬，李光辉当然十分高兴。夜里在煤油灯下头就给家里写信，把这里的一切告诉了父母和外婆。在信中，他还提到见到被人民政府毙掉的土匪头子麻老三的七十岁的堂客负柴疾奔的事，以此提供外婆同病魔作斗争的楷模。写完这封家书，他又给一个名叫燕妮的长沙妹子写情书。该妹子是李光辉的中学同学，现在长沙轮胎厂做事。老实说，李光辉写情书的水平不是很高，这是因为，他的国文成绩不太好，其次，他的心情太激动，所以一页信纸，写了差不多一个多钟头才好歹写完。拿在手中一念，觉得很不流畅，而且最重要的是自己的心情根本就没有表达出来。于是他就把信纸揉成团，扔到窗子外头的溪水里了。他站起身来，走到门外，望了望四周，夜风吹来，他感到很舒服，就忘了刚才写情书的烦恼，也忘了燕妮妹子。

　　李光辉住在村民钟国民家里。我们说过，山上住的是马姓大族，山下则住着后来搬迁而来的杂姓人家。所以钟家就在山脚下，两口子，一个崽，一个妹子，一条黑狗，一栋黑瓦顶的木板屋。门后头是一条淙淙流淌的山溪，门前则是一条蜿蜒蛇行的石板路。在经过这栋木板屋之前同之后，溪水同石板路都是平行而下的，它们的尽头也许是遥远的山外面。在木屋上头一点的地方，溪水旁还有一座水磨坊，它最惹人注目的是一架有许多叶子的木轮子，溪水一冲击，它就转动着，带动磨子来碾谷。所以在水磨坊的上游，就有一个大木闸，夜里把溪水蓄起来，到天明时再放水来冲动木轮子。这水磨坊里也没有人固定地守着，一般是每家每户轮流派人住上三五天，往往派的是女人。女人住在水磨坊里，到夜里就着煤油灯做点针线活，反正也没有人说话，于是早早就困了。从前水磨坊的门夜里吱呀一响，就是马石头进去了。

现在马石头被工作队搬掉了,那门大约就不会在夜里头吱呀地响了吧。

李光辉在门外头站了一会,抬头望见四面的山高高的,深蓝深蓝的,有半弯月亮悬在空中,就觉得山野里的夜晚实在是静美已极。之后,打一个哈欠,就回屋里头去了。进得门来,听到东边厢屋里传出钟家两口子的鼾声,一阵一阵的,很响亮。

李光辉在床上好久好久没有困得着,这是因为,他站到门外头忘记了燕妮妹子,进到门里头又想起了燕妮妹子。后者与他中学同学,长着一对虎牙,有点像后来的电影明星巩俐,而且还能歌善舞,学习成绩又好,李光辉就很喜欢她,但也觉得她身上缺少了一点什么。李光辉好久还困不着,就是在思索该妹子到底缺少的是什么。像这种思索也有过很多回,然而统统没有结果。这一回当然也不例外。想着想着,李光辉就慢慢有了倦意,眼看着就要困着了,却不料居然有人来敲他的门了。

2

李光辉虽然二十一岁了,但是他从来没有接触过女人,我指的当然是女人的身体。他最胆大妄为的一次行为是高二的时候有一回抓了燕妮妹子的手。结果是那只手用力地甩脱了他。为此甚至燕妮妹子有一个星期没有同他说一句话。后来说话的时候的第一句话就是"请你自重一点好不好"。遭此挫折,以后他再也没有挨过燕妮妹子一根毫毛。在很多回对燕妮妹子到底缺少什么的思索中,他都把这件事摆在首位来考虑,却又每每被否定。于是该妹子到底缺少什么就成了一个谜。

一个二十一岁的男青年，当然对女人的身体会产生好奇。龙岩坡的女人个个生得饱满性感，不会不使他为之心动。但他是工作队员，绝对不能胡思乱想，甚至连眼睛也不能没规没矩地随便乱睃。李光辉的情形有点像庙里的小和尚，见到许多漂亮的女香客，免不了要动凡心，又要抵抗诱惑，于是索性眼不见为净，低头橐橐橐橐去敲木鱼。所以现在龙岩坡的一个女人进到他屋子里，站到他跟前，手里还握着一盏煤油灯时，他就只好把眼睛低了下去，问她找他有么子事情。

么子事情，找你借点煤油。

这么晏了，还没困？

纳鞋底来，我家二伢崽要穿来。

这么一问一答之间，李光辉笨得不晓得要去找煤油瓶子。但他还是抬起了头，望了对方一眼。这一望，他的心又动了一下。

敲门而入的就是今夜里守水磨坊的女人。她是哪个屋里的堂客，还搞不大清楚，因为李光辉毕竟才来个把月，这是其一；其二是，李光辉平时不敢乱睃龙岩坡的女人，所以哪个女人是哪个男人的常客或妹子就是一个问题。不是说这样的问题不能搞清楚，而是他不敢搞清楚。这女人年约三十四五岁，梳了个粑粑头，头上大约抹了刨木花水，显得亮亮的，很是熨帖。李光辉抬头望她的一瞬，就觉得她相当富于美感。在这样强烈的美感的触及下，他不心动，只能说明他不健康，而恰恰他十分地健康。只是他有点迟钝，半天站着，手不晓得朝哪里摆，而且忘了刚才她说她是来做么子事情的。于是他又再问了一遍。那女人笑起来，声音很好听地说：找你搞点煤油呢！李光辉这才哦哦哦地一边应着一边弯腰到床底下去找油瓶子。

李光辉给那盏空油灯灌煤油，同时就问那女人叫什么名字。女人说：桃花。李光辉就说：这名字好听。女人还相当谦虚，说：名字好听管么子用。李光辉就说：哎，名字好听，人就会长得好看嘛。这话说出口来，李光辉自己听着也觉得很别扭。他是第一回这么同女人说话的。这说明男人天生就是有恭维女人的本事。此外说明的是还要有那样的女人才会触发这种本事的出现。比方眼前这位很有美感的桃花就让李光辉第一回使用了这种天赋男权。

假如一个女人半夜三更地来找你借煤油，借了以后又半天不走，只是站在你跟前，低着脑壳看手中点亮的一豆油灯，而且也不再吭声，这里头必定就有美丽的文章。但李光辉二十一岁——是那样的年头的二十一岁，还没有读到过这样的文章，所以他就傻傻地站着，也把脑壳低下去，看自己一双赤脚。这情形有点像派出所抓的疑犯，在候审时面墙而立，就是这么一副样子。

李光辉实在没有看出自己的脚有什么好看的，但仍那么仔细地看着，这时他耳边上响起了桃花的一声叹息，接着又听得桃花说了一句话：你是个呆子！再接着就听得桃花吱呀一声把门打开，橐橐橐橐地走了，然后水磨坊那边也是吱呀一响，一切就静得死掉了一样。这时李光辉才不看脚了，脑壳抬起来，回味刚才的那声叹息同那句话。但他仍没有搞得明白，所以又是好久没有困得着。

第二天吃上午饭时——我们交代过，这地方穷，除了农忙，一般只吃两餐饭，即上午饭同下午饭——房东钟国民的堂客就睃了李光辉一眼，说，昨天夜里好像有哪个背时鬼来敲门。李光辉不做声，只低头扒碗里头的饭。但他的脸这一时却是唰的一下子红了起来，仿佛做了什么亏心的事情。这说明李光辉心里头还是隐隐约约明白一点文章的，晓得半夜三更的，一男一女站在那里低着脑壳，又不是想心思，肯定算不上什么好勾当。但他没法开口解释桃花借油的事，他肯定晓得，只要解释这样的事，他就处在不明不白当中了。所以说，李光辉还是一个聪明的青年人。钟国民的堂客绰号叫广播，是个不喜欢饶人的角色，于是又继续咬着，说：世上还有吃素的男人么？这句话的意思是很明白的。李光辉听了就不大高兴了。他想他是工作队员，连马石头都可以搬掉，权力大得很，你一个女人竟也敢这么胡说八道么？于是就咳嗽一声，正色道：说话要注意影响呵。工作队是来帮你们农业学大寨的，不是来干别的什么勾当的。要是干别的什么勾当，马石头的下场就是榜样。老实巴交的钟国民就推了他堂客一把，说：说你是广播，你就真的乱广播啦。这时广播就睃李光辉一眼，说了句意味深长的话：要是真的吃素，那我还瞧不起呢。

后来李光辉一直回味广播的那句意味深长的话。那句话的意思其实也还是很明白的。但明白之后的茫然才叫做意味深长。这就是说，李光辉要让广播瞧得起，那就不能吃素；要是吃素，那就无法叫广播瞧得起。这句话虽然是广播一个人说出来的，但代表的却是龙岩坡的女人对于吃素不吃素的态度。我们已经晓得，其实李光辉内心里是相当喜欢那些丰满健康富于美感的龙岩坡的女人的。假如让自己喜欢的女人们瞧不起，那简直是一桩伤心透顶的事；假如让她们瞧得起，又简直是一桩荒唐透顶的事。所以李光辉就搞得好几个晚上都困不着觉了。又有好几个早上，一个人爬到山顶上去吹风，哇地叫一声，然后下山来。人一到山下，一脑壳的澄明就又变成了稀粥。

广播的话如此影响了工作队员李光辉的心情，使李光辉不得不面对两难局面。有时候他就想，广播怎么能说出这样的话来呢？吃饭的时候，就注意地望一望这位女房东。虽然李光辉在广播家里住了个多月了，但他一次也没有注意地望过她。这并不是说她长得貌不惊人。

我们已经交代过，龙岩坡的女人，没有一个不是长得富有美感的。正是这种美感，让李光辉不敢正眼瞧她们。所以即使他在钟国民家里住了个多月，但是广播的美感他仍然没有仔细地领教。在饭桌上，他只是拿眼睛的余光望望她。而广播则叽哩呱啦地说着队上的事情，热闹得不得了。现在李光辉开始注意地正眼望她，立即就觉得她还是相当好看的。她的眉毛长得很拢，也很黑，有点像后来的好莱坞的波姬·小丝。她的嘴巴虽然很大，但也很性感，就像后来电影里的索菲娅·罗兰。这些女明星当时李光辉虽然根本不知道，但他知道广播长着那样的眉毛同嘴巴，总会像某一类了不起的女人。这说明李光辉有相当好的直觉。除此之外，他还有一种感觉，就是觉得他应当让广播这样的女人瞧得起。

　　关于李光辉的这位女房东，我们还可以较为仔细地描述一下：她虽然生过两个小孩子了，但是身材还相当地好；年龄也并不大，大约三十三四岁，正是饱满成熟的时候。她长着一副极好的胸脯，两个尖翘翘的奶子时常在薄薄的单衣里颤抖不已。有一回，收工之后，李光辉到堂屋火塘里去倒开水，从屋里一出来，就看见广播赤裸着上身，正坐在火塘边上。就在那一瞬间，李光辉第一回见到了那么美丽的奶子。奶盘很大，奶头很尖，饱满结实，弹性十足。他当时就吓得朝后退去，但是火塘边上却传来了广播的笑声。那笑声就像火塘里的火一样跳着，让躲到屋里去的李光辉心里好久一片麻乱。这是他刚来龙岩坡半个月的时候的事情。虽然只有一瞬，却是永驻他的心头。好几个晚上，李光辉都不由自主地想起这个一瞬来，但他又极力让自己不要去想，就是说，他不让自己心里麻乱。后来，又过了半个月，他开始调查马石头的问题，也找过广播。他始终不敢望广播的脸，只是望着手中的小本本同笔，问马石头是用什么手段困她的。广播听了，也是那样地笑着,牙齿不怎么白,却齐整得很。李光辉不敢朝广播脸上别的地方觑,只敢觑她的牙齿。就在觑牙齿的时候,他的心也很麻乱。当然不是牙齿让他麻乱,而是那种火一样的笑。最后,我们已经晓得,他什么名堂都没有问出来。龙岩坡所有的女人那里,李光辉都没有问出有关马石头如何困她们的名堂来。这说明龙岩坡的女人在对待这种事情上的态度是非常一致的,正如她们的美感是一致的一样。所以,按此理推断,如果广播瞧不起李光辉的话,那么全体龙岩坡的女人也就瞧不起李光辉。这可就不是小事一桩了。

3

马石头被撤了职以后,见到李光辉,就显出一副阿谀的模样来。这其实是非常徒劳的。因为,第一,他这么做,不可能东山再起;第二,他也不可能再糟糕到别的什么地步去。这也许可以说明人是不能够挨整的,一挨整,就会变得十分糊涂。"文化大革命"中有许多人一挨整就自杀,便是如此。有时候马石头老是跟在李光辉屁股后头,李光辉也生厌了,就说:请你自重一点好不好。这句话是跟燕妮妹子学的。当初这句话对他的打击力量相当大。他现在这么说,也认为打击力量相当大。可是马石头却仿佛没听见似的,仍是跟在他屁股后头跑,就像是他的一条尾巴。与此相反,马大佬自从当了新队长,瓦刀脸上就不仅仅只有严肃,还有一种时不时的得意,走起路来有点鹅步蟹行,一开口就是"我认为——",把"为"字拖得很长。马大佬遇到马石头,有时把脸扭过去,装作没看见一样。也许他对这位本家兄弟还是有那么一点点歉疚的。但在队上其他人面前,他却想通过锐利的眼神建立一种权威。就是说,他望人的时候,目光像两颗钉子一样地射了出去。所以社员们就私下里议论，说马石头就不是这么望人的。马石头眼睛里没有钉子。马石头的目光又亲切又柔和。这样议论的人里头，既有男人，也有女人，而尤其以女人居多。看来她们对马石头仍留恋不已。但是现在马石头变成了工作队李同志屁股后头的一根尾巴，却又有点让她们瞧不起了。就像威灵顿对拿破仑说了一个"屎"字来表达鄙薄一样，她们也很想对马石头说一个"屎"字。

马大佬为什么要检举本家兄弟马石头，其实大家心中很是明白。马大佬单身一人，是饿汉子，而马石头不但有堂客可以困，还可以随便困队上的其他女人，是饱汉子。俗语说：饱汉不知饿汉饥。所以饿汉不仇视饱汉就说不过去。此外，马大佬也很清楚，你马石头能困别人的堂客同妹子，不就是因为你是生产队长么。现在工作队要找你算账，那么我马大佬就要说点话，一可以讨好工作队，二可以下你马石头的套子，何乐而不为？也许还有其他的原因，则我们就不得而知了。我们还能知道的只有马大佬对女人的态度。

关于马大佬对女人的态度，我们可以这么来说：起先，作为光棍的马大佬很渴望找一个堂客。但到了后来，他又有点犹豫。原因是，他想，假如他有一个堂客，可是这个堂客不只是自己困得，别人——也就是生产队长——也困得，则莫如没有。有了这个想法后，他就很渴望当生产队长。这就是说，他羡慕生产队长的权力，有朝一日有了这种权力，他便可以困别人的女人，而自己则没有女人给别人来困。他的这个心思深藏不露，无人知晓。直到有一天，工作队员李光辉找他来做细致深入的工作，他慢慢听明白对方找他了解情况的目的是要找马石头算账，于是不失时机地落井下石，为工作队搬掉马石头提供了唯一的服人之理。尔后，他就取彼而代之，梦想成真，当上了渴慕已久的生产队长。最大的愿望实现了，其他愿望的实现就指日可待。所以他相当兴奋，也时常困不着，同他感恩戴德的李同志一样。

李光辉困不着，是因为他怕被龙岩坡的女人瞧不起，尤其怕被那个绰号叫广播的女人瞧不起。他心里有点麻乱。当然，他想到像桃花那样的女人也瞧他不起，心里就更是麻乱。有好几个夜里，他都盼望桃花来找他借煤油。他有这个冲动，但在冲动之外，还有什么别的心思没有，则他自己也不得而知。桃花却没有再来找他借油。过了几天，水磨坊里就又换上了别的女人，都同桃花一样好看。有一天夜里，李光辉困不着，双臂枕着自己的脑壳胡思乱想。有时想到燕妮妹子，有时想到外婆，有时又想到广播或是桃花，当然，还想到自己的工作，因为过两天，他就要到公社去汇报了……想着想着，听得上头水磨坊的门吱呀一响。那响声其实并不大，但在这静夜里，却听得格外清晰，仿佛就响在了枕畔。李光辉有点奇怪，就爬了起来，走到窗户前朝外头觑过去。山里木板屋，所谓窗户，只不过是两三根竖着的木条。李光辉就从木条之间望到上头水磨坊里走出来了一个女人。这时月光遍地，溪水里闪跳着无数碎银，一切恍如白昼。李光辉平时不敢正面望龙岩坡的女人，现在，这女人在明处，他在暗处，正可以大胆地望个仔细。那女人的脸在月光下白白的，眉毛弯弯的，眼角翘翘的，挽着个发髻，差不多四十岁了，仍然好看得很，尤其身材，极是丰腴饱满。李光辉从来没有这么仔细地观察过女人，他于是听到自己咚咚的心跳。那女人穿一件白的家织布衣，袖子高高挽起来，裸露的右臂上缠着一条毛巾，袅袅婷婷来到溪边，站到一块大青石上就脱衣服，一会儿就把衣裤脱光了。因为披着纱一般的月辉，女人的裸体于是美丽至极，完全像是一尊汉白玉的雕塑。我们可以想象，这时的李光辉，一个从未领略过女人身体之美的二十一岁的年轻人，会呆到什么程度。就是说，他刚才听到了自己的心跳，现在则什么都听不见了。

李光辉第二天一早爬到山顶上去吹风，目的是要平息自己激越的心情。他下到龙岩坡这一个多月的时间里，经历了二十一年来从未经历过的心理巨变，从此时时感到的是麻乱。那个裸体的女人叫什么名字，是谁家的堂客，他尚不得知。但是他知道了一点，即全世界女人最美丽动人之处，都在那个身体里包含着了。这就是龙岩坡的女人。想到这样的女人，这样的美丽动人的身体，居然被丑陋的马石头困过了，他心里就不只是麻乱，还有一种从未有过的猛烈燃烧着的嫉妒。从那个夜晚开始，李光辉有了一种预感。他觉得自己总有一天要与这样美丽动人的身体产生某种无法说清的联系。当然，我们晓得，这样的预感会使这位年轻的小伙子吓得要命。于是，他在龙岩坡患上失眠症了。

第三章

1

下到龙岩坡一个多月以后，李光辉第一次和九十六位农业学大寨工作队员一起到麻岭公社集训一周。一方面汇报各队工作，一方面学习有关文件，还有一方面就是略作休整。公社里特地杀了一条猪，而且开三餐。头一天中午，八个人一桌，桌子中央就是一大钵子猪肉。

做饭的伙夫反正是当地农民，把肉切得芋头那么大一砣砣，就是放点干椒，放点盐，一顿煮了，却是香得催人欲涎。这是因为，这些工作队员下的湘西山区极是贫困，个把月沾不上肉腥是很正常的，加上只吃两顿，早就饿得饥肠辘辘了，见到猪肉，莫说是放了干椒放了盐，就是什么也没放也想囫囵吞了它。最后那个大钵子都被好几个人的舌头舔得索索利利大放油光了。

集训其实是很好玩的，因为这么多人在一起，又有肉吃，还有球打。公社里有一个土球坪，一头放了一个不知是谁做的粗糙得不得了的木头篮球架子。上午集中学习，下午自学，于是下午就有人在土球坪里打篮球。球落到地上，腾起高高的一股黄尘，所以一场球下来，打球的看球的全是成了洋人，模样十分滑稽。球场边上还有一排砖砌的平房，看上去又破旧又肮脏。原来这是公社小学。这地方的小学十分奇怪，只上半天课，所以下午那些房子就空了。靠东头的一间教室有一架风琴，反正教室也没有锁，人人都可以虎步进去，呜呜呜呜地将风琴摁出许多惊恐的声音来，然后又虎步出来。李光辉小时候学过手风琴，所以只有他才可以将风琴变得像一条明澈的小溪，从这间教室里汩汩地流出去。但是工作队的其他队员也并不觉得这有什么好听。他们主要是对吃肉同打球，还有就是扎成一堆一堆天上一句地上一句地闲聊天感兴趣。

关于这九十六位工作队员的情形，我要补充交代一下。首先，这些人都是年轻人，年龄最大的也还三十不到。只有王队长同张副队长，才是五十多岁的人。王队长原来在省物资局当办公室主任，张副队长原来在师范学院生物系当党总支书记，其余的这些青年人，多半是从省城的各个大工厂里抽调的基层团干，所以，年轻、活跃、好学、上进、有组织经验、有能力同干劲，而且，还前途无量。其次，这些年轻人参加农业学大寨工作队，为期一年，全都没有在农村基层工作过的经验，也没有经历过如此贫困的生活，一方面他们觉得兴奋，一方面他们又觉得艰辛。同时，他们忽然之间获得了一种前所未有的权力，一下子醒悟到某种人生的快意来源于什么，因此，他们在社员跟前一个个端肃无比，不苟言笑，只有到了公社里，大家集中到一块，才有机会放松下来，于是就吃肉、打球、聊天、弹风琴、把肉钵子舔得放油光。

李光辉弹的风琴好几个键的音都不准，所以弹着弹着也没了兴致。但这并不是主要原因。主要原因是无人喝彩。只是有一回他感觉弹琴的时候后面站得有人，回头一看，原来是公社做饭的伙夫，咬着根竹竿旱烟筒朝他笑，牙齿黑得像烧焦的玉米。李光辉正打算感激地回敬他一笑，那伙夫却转背走了。李光辉十分扫兴，把风琴的盖板啪地一摔，也想转背离去，却见教室门口站了一位二十四五岁的女子。这女子是公社的电话接线员。李光辉来公社的头一天就见着了。因为长得很漂亮，而且一看就晓得不是乡下的女人，所以大家扎堆聊天时她就成了一个话题。有好事者将她的情形打探得来，说给众人听，于是李光辉也晓得了她姓雷名晓红，是县城里下来的知青，原先在岩陀寨插队，后来才调到公社守电话总机。据说是麻岭公社下放的一百多女知青里最漂亮的一个。

李光辉本能地站住了，因为他看到雷晓红朝他微微一笑。刚才见了伙夫的黑玉米的笑，这一下再见到雷晓红的唇红齿白的笑，对比得太过强烈，所以忽然之间有一种遇到了仙女的感觉，精神便为之一振。

哎呀你的琴弹得好。

哪里哪里。

弹得好,弹得好,真的弹得好。

十多年没有弹过琴了,手指头都不晓得动了。

弹得好,弹得好,尤其是"月亮在白莲花般的云朵里穿行",弹得好弹得好……

这天李光辉就极是高兴,这是因为,终于有人喝彩了。另外,喝彩的不是别人,是大家议论得很多的雷晓红。该女子长得十分漂亮,楚楚动人,有她做知音,那就不只是高兴,还很有那么一点骄傲了。所以李光辉以后就非常注意这个雷晓红,若是有人提及到她,他便凑拢去听。

2

集中学习的时候,听了王队长同刘书记的两场报告。王队长的报告的题目是:"关于当前的阶级斗争形势与工作队的任务",刘书记作的报告的题目是:"麻岭公社农业学大寨穷则思变改天斗地的光辉前景"。王队长作的报告还好,反正同报纸社论上说的差不太多,而且还是记录速度;刘书记是本地干部,说的是土话,又说得快,根本无法听清,也无法记笔记。时常有人举起手来,大声说:书记,请把刚才说的话重复一遍。书记就一愣,脑壳朝后一仰,模样极是困惑,说:我刚才说的是么子?嗯,说的是么子?为了保持严肃,大家不能够笑,于是把脑壳低下来,装作记笔记的样子,其实是低头窃笑。在队长同书记的报告里,麻岭公社搬掉了八十八块阻碍农业学大寨的石头,这是战果。但要发扬成绩,以利再战,因为困难还很多,阶级斗争还很复杂,任务还很艰巨,总而言之不能掉以轻心。既然这么强调,看来势必是有人掉以轻心了。大家坐在公社小礼堂里,你望望我,我望望你,发现谁都像这种人,又谁都不像这种人。王队长还在会上说:不要以为有了一点成绩,就可以麻痹大意,嗯?这是不对头的!嗯?此话在李光辉听来似在说李光辉,在别人听来似在说别人。这就说明领导的报告有水平。第一,你要把自己摆到事情当中去,所以你现在必须听好;第二,你脑壳里的发条上紧了,所以你今后必须干好。这是王队长的报告。至于刘书记的报告,虽然听不太懂,也无法记录,但是大家仍能释其大意。这是因为,刘书记脸上有表情——有笑意的时候,这是在表扬工作队有成绩,眉头紧皱的时候,这是说明阶级斗争还十分复杂。只有说着说着先是一副醉意后是一副茫然的样子时,大家才搞不大明白,但也可以猜测,可能是在发挥,不过发挥得跑题太远,野马不识归途了。这个时候你是不能举起手来让他重复一遍刚才说过的话的,那样你就会看到他一愣,脑壳朝后一仰,显出极困惑的模样来。就是说,他不晓得野马跑到哪里去了。

刘书记作报告的时候王队长也坐在主席台上,但身为工作队队长,当然不能打瞌睡,李光辉就时时看见他把掌窝堵在猛然张大的嘴巴上。当他把掌窝放下来,目光就有点迷离。这说明此时此刻该王队长在神骛八极。不过凭着李光辉二十一岁的阅历,绝对看不出来他的顶头上司在想些什么。王队长曾要李光辉在龙岩坡"好好地干",此话已深深铭刻在后者的心坎上了。但他并不晓得这是误会。假如你看到后面的篇章,也许会明白王队长在想什么。但你既然没有看到后面去,则你也同李光辉一样,感到的是莫名其妙。

有关刘书记其人,我们可作如下简单交代:该书记是本地培养的干部,参加过土改,在社教期间入了党,后来担任生产队长,后来是大队支书,再后来就是麻岭公社党委书记。该人额头上布满层层梯田,与大寨的陈永贵相似。但是陈永贵到国务院当了副总理，而刘书记则一直没有走出过麻岭公社。另外陈永贵喜欢头上扎着白羊肚毛巾，穿对襟棉袄，而刘书记则喜欢戴一顶军帽，穿军大衣。这就是说，前者愿意是一副农民打扮，而后者却不愿意是一副农民打扮。戴军帽，穿军大衣，说明他喜欢的是军人的打扮。但不是军人却喜欢军人打扮，则说明他喜欢的是有威严。事实证明，他就是如此。而且他有一张冬瓜脸，不妨想想，冬瓜脸上布满威严是什么样子。

有关王队长其人，我们也可以作若干补充交代如下：其一，王队长很胖，但是是虚胖，晚上困觉喜欢打呼噜，队员们困在礼堂里，相隔三四十米，也往往被阵阵呼噜所惊醒，所以队员们凑了个内部顺口溜，叫做"不怕狼，不怕虎，就怕王队长打呼噜"；其二，喜欢找工作队里的女队员谈心，有时在户外谈，也就是沿着土球坪谈，假如有人在打篮球，那就名正言顺地在他的办公室兼卧室谈。前一种情况，一般只谈半个小时，后一种情况，一般只谈两个小时；其三，王队长还喜欢吃肥肉，吃相很恶，所以一般工作队员都不大愿意与他同桌。有时他也不与大家共餐，由雷晓红从厨房里额外端了饭菜送到他的办公室兼卧室去。雷晓红进去后很久不出来，人们猜这是要等王队长吃完了，再把空碗筷拿走。

3

李光辉那天吃多了肥肉，结果拉起肚子来了。听报告或学社论的时候忽然冲出礼堂去，又忽然冲进礼堂来，搞得众人莫名其妙。有时在空教室里弹风琴，弹着弹着也忽然冲了出去，忽然冲进来。有人不以为这种情形是与他的肚子有关，而是与他的神经有关，比方雷晓红就是。她站在教室外头听李光辉弹风琴，目睹他丢下在白莲花般的云朵里穿行的月亮一下子冲出去一下子冲进来，就捂着樱桃小嘴吃吃地笑。李光辉不便解释，于是脸红红的，恨不得变一只鼹鼠打个洞钻到地下去。让这么一位楚楚动人的红颜女子吃吃地笑，实在是狼狈透顶的事。这是白天的情形，到了晚上，他也要爬起来至少上四五趟茅厕。因此他的睡眠就被分割成了碎片。这还只是对他本人而言，对大家而言的话，则是他爬起来时碰东磕西，把别人都吵醒了，于是大家又编了个内部顺口溜，叫做"不怕王队长打呼噜，就怕李同志拉肚肚"。临到结束集训的前一天晚上，他的肚子拉得更厉害了，虽然吃了公社赤脚医生给的一瓶黄连素也不济事。半夜里，他爬起来上茅厕，经过电话总机房时，听到门吱呀一声，好像有个人影走了出来。李光辉正内急得很，跑都跑不赢，无暇细看，但蹲在黑暗的茅厕里时，却想起这人影的事来，觉得好生眼熟。但是李光辉拉肚子拉得身体很虚了，倦乏得很，也懒得细想，忙完了事，提着裤子匆匆回去。过了个把钟头，肚子里又有动静了，爬起来又跑茅厕，这回经过电话总机房时也是瞥见了一个人影从门里吱呀一声闪出来。这个人影同起先见到的不是同一个人影。这就让李光辉警觉了一下。蹲在臭烘烘的茅厕里时一想，起初还以为是两个贼，但似乎又不像。后来躺在床上过细回味，猛然坐了起来，说："呵也，呵也，是刘书记同王队长呵！"声音很大，把别人又吵醒了。第二天人家都笑话他，说他不仅拉肚子，还说梦话，以后集训，让李光辉困单间，免得扰了众人的好梦。

　　结果第二天上午开了一上午的总结会，中午吃了一顿肉，就结束了为期一周的集训，大家背着背包，互相挥挥手，朝四面八方散去，消失在山的褶皱里了。

可以想见，李光辉自从前一天晚上碰巧遇到刘书记同王队长从电话总机房也就是雷晓红的房间里相继溜出来的身影后，又有了怎样的疑惑。他一路沿着青石板路回龙岩坡，一路就回忆刘书记同王队长。在进入工作队之前，他不认识王队长，在进入湘西之前，他也不认识刘书记。王队长给他的印象是十分严肃，喜欢背社论上的话，喜欢总结经验，喜欢找人特别是找女工作队员谈心，同时，还喜欢鼓励别人，比方那次龙岩坡开搬石头群众大会，他就鼓励李光辉"好好地干"。除此之外，其他的印象均很模糊。至于刘书记，印象中虽然总是穿着军衣，戴着军帽，但仍是显得十分土气，一看就晓得是土生土长的干部；说话难懂，而且跑题，思维纷乱，自我感觉绝佳；此外，长相很丑，虽然冬瓜脸上布满威严，但仔细看着却觉得相当委琐；其他印象也如王队长，很模糊。这就说明，干部当到队长或书记的份上，便会有某一部分让人捉摸不透，这捉摸不透的部分，就是模糊。如果没有模糊，那就意味着干部还没有当到队长或书记的份上。李光辉一边迈着虚弱的步子行路一边欲将王队长同刘书记想清楚，然而就是想不清楚，所以更加模糊。后来他又开始回忆雷晓红。其人最强烈的地方就是漂亮，楚楚动人，此外她还有一种让人怜爱的娇弱和让人倾心的明敏。她笑起来的时候总是有一点说不出来的苦艾。不管怎么说吧，把昨天晚上的遭遇与她联系到一块，是一桩困难的事。就是说，她怎么会让刘书记同王队长半夜三更地轮流着到她的房间里去呢？

自从那天雷晓红夸奖了李光辉的风琴弹得好，后者就时常注意前者，包括听别人议论她，或者主动地打听她。有一天他坐在食堂的伙夫的房间里聊天，故意地提及到雷晓红。于是他从伙夫的长着黑玉米牙齿的口中得知如下情况：一、该女子是本县县城里下来的知青；二、该女子出身不好，据说其父是解放初期镇压反革命运动时与土匪头子麻老三一起被人民政府毙掉的，而其时她尚在她母亲的肚子里；三、该女子的母亲后来嫁给县里一位南下干部，后来"文化大革命"中该干部被打成走资派，于是服敌敌畏自杀了，所以她的两个父亲的死都是不光彩的；四、麻岭公社总共下放五百多知青，现在陆续被招工的有四百余人，剩下的一百余人，多半是家庭出身有问题的，其中雷晓红的家庭问题最为严重，所以每次招工的拿了她的档案看了之后就只是摇头；五、每次一同下放的知青被招走一批后雷晓红都要痛哭一场，后来刘书记就把她从岩陀寨调到公社里来守电话总机。据说刘书记对她说出身不由己，重在表现好，意思是要她表现好，也就是听话；刘书记还许诺说，如果她听话，则作为被改造好的子女的典型推荐招工。这些情况李光辉听了以后心里很不是滋味，但他自己也搞不明白为什么会不是滋味。

李光辉总而言之是有了新的疑惑，而且也大略地猜到在雷晓红的身上究竟发生了什么事情。他不想相信，但又挥不去不相信，于是更加不是滋味。

第四章

1

有人说，龙岩坡山上的人造梯田像人脑壳上的癞子。这说明龙岩坡的人学大寨没有学出水平来。另外，还说明有人对此心怀不满。龙岩坡田少人多，过去是望天收，现在学大寨，要与天斗与地斗，就是说，不能望天收。于是就学那些山西人，在山上造起梯田来了。然而造得很不像样子，所以说它像人脑壳上的癞子。李光辉来湘西之前看过关于大寨的纪录片，对那些整齐的一层一层的梯田很是景仰。在印象里，大寨人仿佛不是在那里种田，而是在那里种风景。他一到龙岩坡，见到此癞子，就觉得离那片令人心醉的风景太过遥远。后来，他听到了这种议论，又觉得此地的人太安于现状了，一点变化都会招致不满。首先，这变化实在有点不伦不类，比方说造梯田吧，造出来竟然像癞子；其次，与其说是不满意癞子，不如说是不满意变化。这就是说，此地之人过惯了穷日子，在穷日子中自得其穷快活，对变化有一种本能的恐惧同抵触。

有一天，李光辉在饭桌上听房东女人广播说了一句惊人的话，她说，我们要学么子大寨？应当大寨来学我们！李光辉听了一怔，竟一时噎住，筷子悬在了半空中。事后他反复地想，广播为什么要这么来说话。但是也没有想出个所以然来。

与广播相反，马大佬却唱起了高调。早上，马大佬拿着根铁棍敲着山腰间一棵老樟树上的钟催促社员们出工，有时站在田头上板着瓦刀脸，大声地说：我认为，大寨人没有别的，就是发狠做事，所以我们龙岩坡也没有别的，就是发狠做事！但他说了以后，只是反剪着手在田塍上发狠地走来走去，并不见他做什么事，所以众人对他也就没有什么回应的热情，过去怎么着，如今依旧怎么着。倒是马五谷起了一点变化——我们说过，马石头起了变化，他由生产队长降为了庶民，后来又说马大佬起了变化，他由庶民提为了生产队长。现在再说马五谷起了变化：他过去十分消沉，如今却时常声气昂扬。这可能与上回开群众大会时李光辉李同志公开表扬了他检举马石头作风不好乱搞女人有关，也可能与他在主席台下带头疾呼革命口号有关。总而言之，他感到很有面子。这事说明，一个人如果长期没有面子，就会意志消沉，如果忽然之间有了面子，就会声气昂扬。于是马大佬就向李光辉提议，说他认为让马五谷来管队上的仓库比较好。就是说，叫原来的保管员滚蛋，将那厮腰间的钥匙移交给马五谷。李光辉想了想，点点头，显得很稳重的样子，说：我会认真考虑考虑。第二天，他就对马大佬说：大佬同志，我认为，你的意见很好，在队委会上，你就宣布一下吧。其实，头一天马大佬这么提议时他就可以这么说，但他就是要在第二天再这么表态，这样就显得他很成熟，不只是二十一岁，而是七十一岁。这个本事并不是李光辉与生俱有的，而是学来的。在下湘西之前，工作队在省城长沙集训时，王队长就在某次报告中这么说过，他说工作队员都很年轻，但要显得政治上成熟，主要一点就是不轻易表态，即使要表态，也要等到第二日再表，这样人家就会觉得你的态是表得很稳重的，是深思熟虑了的——你就树立你的权威了。王队长还举例说，他二十四岁的时候参加社教，人家觉得他少年老成，就是因为他有这个本事，而他的这个本事是社教工作团的老同志教会的。李光辉本想拍拍马大佬的肩，也这么教他一教，但想到大佬同志业已近五十了，用不着顶着少年老成的名声了，只好将张大的嘴巴又闭拢。他感到马大佬望他时眼神里有一种敬畏，这敬畏便是一面镜子，照见了自己的少年老成。

天色未明，马大佬就来叫李光辉起床——这是前一天约定好了的，因为社员们要赶早爬三十里山路到一个名叫凉水井的小镇的化肥厂去把化肥弄回来，就是说，男人是用扁担去挑，女人是用背篓去背。顺便说一句,此地的习俗就是如此。反正交通不便,没有车来拉东西,就只好踩着石板路,男人用扁担去挑,女人用背篓去背。再顺便说一句,背篓这个玩意在湘西女人的背上是个万用的东西——带嫩崽的女人出工时,这背篓就是摇篮,那里头时常伸出一个茸茸的小脑壳来东张西望,望着望着,哇的一号,把地头的麻雀全都吓跑;有时到县城里或是去赶场,这背篓就是篮子,花布啦,草纸啦,梳子啦,肥皂啦,统是装在这里头了;而干起活来时,这背篓则是女人的唯一运载工具,什么东西都可以负载其中。李光辉最喜欢欣赏龙岩坡的女人背背篓的模样,觉得那是一种在城市里看不到的令人感动的风景。

到了凉水井镇,正好是赶场——也就是赶集的日子。太阳升起到屋顶上,人同狗才稀稀拉拉地来到街上。还早得很,赶场最热闹的时候是快到中午的时候。龙岩坡的人到化肥厂去把化肥运了出来,又转身来到场上歇憩。这时从四面八方来赶场的人汇集了一窝喧阗之声,显出其纷乱的热闹来。顺便又再补充一点,李光辉刚才所见到的镇化肥厂,简直像个猪圈,邋遢得要命,也臭得要命;而那些工人,戴着后头有布片的黑不黑灰不灰的工作帽,脸上脏得面目全非,仿佛是从井下才上来的采煤工——但又似乎不是工人,而是犯人。李光辉刚进到化肥厂时,闻到化肥的臭味几乎要吐了,幸亏他们装了化肥就走人,没作停留,走的时候李光辉的心情就像是难民的心情。就是说,他逃离了猪圈、邋遢、恶臭以及面目全非的人。这时候,赶场的那种纷乱的热闹就让他感到亲切无比了。与此同时,他感到龙岩坡的人也亲切无比。他还想到,假如让他在这样的化肥厂当工人,他宁可在一天只吃两餐的龙岩坡当农民。

有一个细节我们疏忽了,现在补充如下:当龙岩坡的人正要离开化肥厂的时候，只听得桃花叫了一声：这不是小周吗？大家直起腰来，看到那边黑不溜秋的车间里走过来了一个人，当然也是戴着那样的工作帽，面目全非。那人走着猴步，两只手甩起很高，众人也叫起来：是小周嘛！这个被呼作小周的人先是愣了一下，再看看这些呼他的人，就疾步上前，抓住桃花的手，激动得哎呀哎呀直叫。李光辉就听得身旁的马石头说，这个小周原先就下放在龙岩坡，也是县城里下来的知青，去年春上被招工进了凉水井镇化肥厂。桃花声气很高地说：瘦多啦，瘦多啦，怎么变成这个模样啦？李光辉听出来，此话说明：一、该人在龙岩坡时并非这么瘦；二、该人变了模样，并且这模样变得让人吃惊，也让人怜悯。所以李光辉后来想，假如让他在化肥厂当工人，他宁可在一天只吃两餐的龙岩坡当农民。

社员们在凉水井镇歇憩，从衣襟里摸出吃的东西来填肚子。女人则一面吃东西一面就到场上去转。在一个摊子上，她们被悬挂在竹竿上的印花家织布吸引住了，叽叽喳喳，眼里射出艳羡之光来，却没有一个人可以掏出钱来买下的。李光辉也跟在她们的身后，观察到了这一切，心里很冲动地想，要是他有钱，他要给龙岩坡的女人每人扯它几丈，让她们做成好看的衣服，更加显出美感来。

李光辉现在晓得，原来桃花就是马五谷的堂客。上回他到马五谷家做细致深入的工作时，桃花在隔壁房里困着了，只闻其鼾声，未识其娇容。这回在凉水井镇歇憩，见到桃花从衣兜里摸出一个蒿子粑粑来掰了一半给马五谷吃，就晓得他们原来是两口子了。李光辉远远地望着桃花，她正站起来，手搭凉棚朝场上四下里望去，那个姿势真是好看得很，同时也衬出她的身体丰满挺拔。他看了看身旁尾巴一样讨好地跟着他的马石头，想到那个丰满挺拔的身体居然也被这个令人生厌的家伙困过了，心里就很不是滋味，而且还很有点麻乱。他真想伸出手来，抒情地扇这个家伙一记炸雷般的耳光。后来马五谷到场上去为仓库买把新锁，李光辉就望见马大佬站到了桃花的身旁，同她不知说些什么话，瓦刀脸上漾开少有的笑意。不过那笑意很是难看，李光辉觉得，与其望到他那样的笑模样，不如望到他哭丧着的脸。见到马五谷从场上疾步回来了，马大佬就大声宣布：我认为，歇憩歇够啰，走啰！众人于是发一声喊，走啰，负起化肥，迤迤逦逦上路了。马大佬显出身先士卒的样子来，走在队伍的前头，李光辉夹在中间，有意无意走在桃花的身后。上山的时候，他把脑壳仰起来，离鼻子不远就是桃花的拱动的丰臀。他晓得人体的结构，屁股后头是不长眼睛的，所以他就大胆放肆地盯着前面的丰臀，那运动中的曲线产生着夸张的韵律，使年轻的李光辉怦然心动。因为这么盯着出了神，差点一个趔趄摔到山脚下去了，惊出他浑身的冷汗来。桃花听到后头的动静，回过头来问：李同志，李同志，你没事吧？瞧着李光辉狼狈的样子，桃花忍不住大笑起来，众人也回过头来笑。桃花笑得脚发软了，连人带背篓一齐倒下来，正好倒在李光辉怀里。李光辉就一把抱住桃花，事后回想起来，那身体在他怀中的感觉是几多好呵，他不是抱住了一个人，是抱住了温软的一个梦呵。

2

李光辉那天在运化肥的山路上抱过一瞬女社员桃花的身体，当然不是耍流氓，而是见义勇为，否则该身体连同背上的背篓连同背篓里的化肥就会栽到山脚下去。这件事发生之后，李光辉很有点激动，所以晚上又困不着了。他有点着急，二十一岁就开始患上失眠症了，到四五十岁时怎么办呢？患失眠症的人都爱胡思乱想，不幸李光辉就这样子了。为了防止该不幸的毛病，李光辉就在心里数数，从一到一百，从一百到一千，从一千到一万。但是数着数着，他就不晓得到了几了。究其原因，主要是想到了桃花的身体，进而想到了一切女人的身体。李光辉内心里晓得，这也是不幸的毛病。就是说，现在他有两个不幸的毛病了。在二十二岁之前，他没有这样不幸的毛病，到了二十一岁，准确地说，到了龙岩坡以后，他有了这样不幸的毛病。他预感到，今后可能还会有更多不幸的毛病。所以，在这个月光遍地的夜里，他在床上打了自己一个耳光，就好像他的脸上停留了一个蚊子似的。打完之后，他确实静了一会儿，但仍是没有困得着。原因是，他的耳朵在凝听门外，他希望听到上头水磨坊的门吱呀一响。

他不晓得今夜是哪个女人在守水磨坊，但是那要什么紧，他想到了桃花的身体，进而想到了一切女人的身体，那么，守水磨坊的女人的身体也包括在这"想到"里面了。今夜，李光辉的思想与这个不知是谁的身体发生了某种联系。今夜，李光辉的不幸的毛病也与这个不知是谁的身体发生了某种联系。这就是他想听到那张柴扉吱呀一响的原因。后来那柴扉的确是吱呀响了，而且是一前一后响了两回，其间相隔的时间约莫是个多钟头。但李光辉没有听到，因为后来他数数，数到差不多九千的时候就困着了，嘴巴张到很大，流了很多口水。

现在我们晓得，年轻的工作队员李光辉的身上起了某种变化了——他开始有了不幸的毛病。在此之后，他忽然敢于直面龙岩坡的女人了。就是说，他敢于看她们的脸，她们的胸脯，她们的裸露的小腿肚以及她们的丰满的臀部。当然，这一切都伴随着剧烈的心跳。坐在饭桌上时，他就是这样看房东女人广播的。这样，他就觉得广播弯腰到鼎锅里装红薯饭时裤头同吊吊衣下摆之间露出来的半尺长的肉很好看，被裤子包得滚圆的屁股很好看。正好他也要起身装饭，就绕到广播的前面，在蹲下的一刹那，低头看见了广播无领吊吊衣口间的两堆胀鼓鼓的白肉。这时广播正好抬起头来，四目相对，广播明白李同志看见什么了，愣了一下之后，就响亮地笑起来。她老公钟国民在饭桌上头也不抬，说：笑，笑，只晓得笑，笑么子鬼名堂？他的一个崽同一个妹子都还小，一个八岁，一个七岁，也都莫名其妙地笑着，算是对母亲的笑的一种响应。只有广播同李光辉晓得笑的是什么鬼名堂。就这样，在这一个瞬间里，一种笑声在两个人的心里头播下了难以言喻的默契。

李光辉由于一个眼神暴露了自己内心最深处的隐秘，于是感到羞惭；又由于一种笑声播下了男女之间难以言喻的默契，于是感到兴奋。在这两样情感的鞭挞下，他跑到山顶上去吹风，哇的一声吼叫，脑壳里一片澄明，下山的脚步极是轻快。李光辉觉得，从此以后，有些东西业已丢在身后了，有些东西则将迎面遇到。对于后者，他那年轻的心战栗着的是无言的期待。

我们说到过马大佬的变化，也说到过马五谷的变化。关于后者，我们的说法是，一个人如果长期没有面子，就会意志消沉；如果忽然之间有了面子，就会声气昂扬。现在马五谷是队上的仓库保管员，是一个有面子的人了，而且仓库又换了新锁，腰间的钥匙是新钥匙，在天空下闪着丁丁当当的骄傲的光芒，所以说话就像唱本地流传的辰河戏，都是高腔。只是他还不大会说"我认为"，仅仅一味大喉咙说话而已。这样的情形有好长一段日子，后来忽然声气就有些低落，辰河戏的调子不见了，时常有人看见他坐在仓库里头抽闷烟，形态同从前没有两样。李光辉听说了这情形，就找来马大佬，说，大佬，你现在是生产队长，不但要抓生产，更要抓革命。马大佬说，那是那是。李光辉接着说，所谓抓革命，就是抓人的思想。马大佬说，那是那是。李光辉又说，现在有人的思想就应当抓一抓了。马大佬说，那是那是。李光辉有点生气，说，怎么这么多那是那是？我看你根本就是心不在焉。马大佬点着头说：那是那是。李光辉生气地说：不同你啰唆了，你找马五谷谈谈心，看看他这里头有什么问题没有？李光辉一面说一面指指自己的脑壳。但李光辉没有注意到马大佬瓦刀脸上这一时的表情，他交代完工作，转身就走了。

过了一段时间，李光辉见到马五谷仍是一副沉闷的模样，认为马大佬很不会做思想工作，或者说思想工作做得很不见成效，他于是亲自找马五谷谈话。马五谷正坐在仓库里一张蛤蟆凳上拿一角账本上撕下来的纸滚喇叭筒烟，滚好了，拿舌子来回舔了舔，取火柴点燃，口里就喷出一股浓烟来把自己沉闷的脸遮挡住了。李光辉一面呛得直咳嗽，一面伸手朝前面扇了扇，马五谷的沉闷的脸又重现在仓库的暗角里了。李光辉也抽张蛤蟆凳坐下来，不急不慌地望着对方。上回为寻找搬石头的服人之理，他就是这样坐在马五谷的家里，很有耐心地做细致深入的工作。李光辉咳嗽完了，清了清嗓子，慢条斯理地说话了：马五谷同志，我认为，你思想上似乎在闹什么情绪，对不？接着，他又说：马五谷同志，我认为，工作队是充分信任你的，在搬石头运动中，你同马大佬都大义凛然，立下了功劳，所以提升你为队上的仓库保管员，每天计你十分工，你能同我说说有什么思想情绪吗？马五谷的沉闷的脸在烟雾中时隐时现。他丢掉喇叭筒屁股，接着又滚一根新的，舔拢了接缝，才开口说话。他说的话很难听明白，而且说完就叼着没点火的喇叭筒起身到仓库外头禾场上耙谷去了。他说的是：唉，赶走了狼，又来了虎哦。李光辉想了很久，但是实在想不起此言的本义或弦外之音。就是说，细致深入的工作偶尔也有不见成效的时候。

3

　　有几天，龙岩坡的强壮男人都被抽调到大队上去突击修路。剩下些老弱男子同女人们一道在山上采岩衣做肥料。所谓岩衣，就是附着在岩石上的蕨类植物，长得厚厚的、油油的、嫩嫩的，丢在水田里沤烂，是很好的有机肥。李光辉前几日又拉肚子了，身体有点虚，不能与强壮男人同，只好与老弱男子和女人同。他要做的事情是提着杆秤站在田塍上称扎成捆的岩衣，也就是为这些老弱男子与女人以重量计工分。我们晓得，现在工作队的李同志敢于直面那些富有美感的女人了。她们迎面而来的饱满闪跳的胸脯同转身而去的扭动的屁股真是动人得不得了。这样的女人来到李同志跟前，一面放下背篓让他称秤，一面乐呵呵地与他调笑。太阳从云里头射过来，于是那些笑声就是亮晃晃的了。那些女人说：李同志，李同志，要不要人打个伴？那些女人还说：李同志，李同志，要不要人替你擦把汗？搞得李同志笑也不是，不笑也不是。但是既要与社员们同，那就务必要笑一笑，所以李同志终于还是笑了。这样的笑，因为发自于他，就带有某种鼓舞的作用，于是就有女人轮流上来替李光辉擦汗。可怜的李同志，他那额上的汗不是越擦越少，而是越擦越多了。就是说，在那几天里，李光辉身边的笑声很多，李光辉额上的汗也很多。李光辉免不了有些尴尬，与此同时，也免不了有些亢奋。

　　在替李光辉擦汗的女人里头，他最怕的就是两个，一个是广播，一个是桃花。广播从林子里拱出来，走到李光辉跟前，右肩一斜，背篓右边的背带落下来，左肩一斜，左边的背带落下来，于是整个堆满了岩衣的背篓就到了地上。接着她就同李同志一起称重。情形是这样的，他们一人一头肩起一根扁担来，扁担上面挂着秤杆，再连背篓一起来称岩衣，称完了，把岩衣倒在地下，再称空背篓，减去其重量即得岩衣之净重。在称重之时，广播口里就说：热，热呵！一面揭起衣裳的下摆来朝脸上扇风，李光辉眼睛的余光都可以望到她忽隐忽显的白生生的肚皮同两只翘翘的奶子。此时此刻，李光辉就感到下头有情况了。这是个十分狼狈的时辰，称完重他就赶快弯腰蹲到地上拿笔在记分本上划"正"字，以免眼尖的广播发现那个令人羞惭的情况。事实上，广播早就将此情况看在眼里了。她故意仰起脸来，笑一声，然后朝天上说：小心眼睛生虫子呵。李光辉就又汗如雨下了。我们写到过，广播的笑声曾经在这两个男女的心里头播下过难以言喻的默契。所以我们现在晓得，广播的故意仰起脸来说话同李光辉汗如雨下就是默契。这就意味着，他们明白彼此之间发生什么事情了。而这个事情外人是不会晓得的。这时候又有女人背着一背篓的岩衣来称重了，这女人对李光辉同广播而言便是外人。广播把地上捆好的岩衣解散，沿着田塍撒到水田里，然后提起背篓又钻到附近林子里去了。走之前还做了两件事：一是替李同志擦了一把额上颈上的汗。二是仰起脸来丢了一句话：要是生了虫子，抹点万金油就是呵。这又是默契，所以另外那个女人就听不懂，只问李光辉：广播说么子呵？么子虫子呵？

后来桃花过来了。桃花的粑粑头总是梳得很熨帖，而且总是抹了刨木花水，显得亮亮的，很有光泽。这天她还在耳鬓上簪了朵黄色的野花，于是更见出美感来。桃花说：李同志，把秤杆称翘点呵。李同志就说：要称得多翘呀。桃花望了望四周，见没有别人，就说，称得像你那个东西一样翘呀。说完就咯咯咯咯地笑，把田塍上的麻雀蓬地吓跑一大群。李光辉于是又汗如雨下了。桃花就扯起衣袖子给他擦脸，同时说道：你比麻雀胆子都小呢。这言语与广播的笑声有异曲同工之妙，就是说，此言一出，这两个人也有难以言喻的默契了。但李光辉才二十一岁，在现在，一个二十一岁的城市青年与姑娘做过爱并不为奇，然而在那个时代——我指的是上个世纪七十年代初期，二十一岁的青年大多都是红花崽，不但没有同女人困过觉，连同女人的默契都很不适应。所以李光辉就羞得把脑壳低下来，直到桃花喊：看秤呵，看秤呵！才又把脑壳抬起来。桃花看到他这样子，更加乐了，又喊道：李同志，晓得不，会红脸的男人最逗女人喜欢。李光辉望了望四周，很想在脸上布置一点严肃，但又觉得相当吃力，只好央求着：桃花，莫乱开玩笑，注意影响，我可不是社员，我是工作队员。桃花不依不饶，几乎又是喊着说：工作队员怎么啦？工作队员就不让人喜欢呵？不让人喜欢到龙岩坡来做么子？

后来李光辉就琢磨桃花话里的逻辑：不让人喜欢到龙岩坡来做么子。这逻辑的引申义是这样：李光辉到龙岩坡来是为了让人——而且显然还是让女人——喜欢的，如果不让人——尤其是女人——喜欢，那他就不应当到龙岩坡来。所以李光辉就问自己：我来龙岩坡是做么子的呢？他还想起先前广播讲过的意味深长的话：要是如何如何，我还瞧不起呢。这就是说，如果不让人喜欢，那就让人瞧不起；如果让人瞧得起，那就让人也喜欢。为了瞧得起同瞧不起的事，我们晓得，李光辉曾几度失眠。现在，为了喜欢同不喜欢的事，他也得几度失眠。在失眠之夜，他想起省城里的燕妮妹子，忽然感到她不但缺少什么，而且既遥远又模糊。他想让这位从中学时代起就很喜欢的妹子贴近而又清晰，却怎么着都很徒劳。所以他就索性懒得去想她了。他后来又在心里给家人写信，写了几句，没了下文。这是因为，他觉得要说的话太多，而太多的话都不好说。比方默契就不好说，麻乱就不好说，汗如雨下也不好说。于是又只好数数，从一数到一百，从一百数到一千，从一千数到一万。数着数着，越来越没有瞌睡，这时就听得上头水磨坊的柴扉吱呀响了一下，他心里一动，莫名地盼着这是桃花走出来了，找他来借灯油了。这事说明，人有了默契以后，就会有所期盼。比方期盼某位有美感的女人来找他借灯油。借此机会，他又可以低着脑壳看住自己的一双赤脚，像派出所里的疑犯一样。但是柴扉响过之后，并没有足音朝这木屋走来。这就叫李光辉疑心是不是因为失眠导致自己有了幻听的毛病。然而他并不幻听别的，只幻听水磨坊里的柴扉响，这就说明他内心里期盼的究竟是什么了。这样想过之后，他吓了一跳，觉得自己有些堕落——你期盼桃花来做么子呢？总不会真的只是看住自己的一双赤脚吧？……越往下头想，就越是吓人。第二天起来吃上午饭，广播就问他：李同志，你一张脸怎么白得像月婆子呵？后来李光辉作了许多解释，在解释之后，他巧妙地问及昨天夜里是哪个在守水磨坊，结果才晓得，根本就不是桃花。

水磨坊半夜里经常有柴扉吱呀一响，响过之后却没有人走过来借灯油，这就让工作队年轻的李同志疑心自己神经官能症太严重，引发出幻听的毛病了。到公社里去汇报工作的时候他就顺便到卫生院找赤脚医生看了一回病，一边看病，一边与该赤脚医生聊天。该赤脚医生是一九六四年第一批下放的知青，原先下在湘南一个农场，"文革"中那地方发生了屠杀"地、富、反、坏、右"的事件，还殃及到这些人的家属，该赤脚医生的出身正好是地主，所以只好逃离彼地，四处流浪，最后投奔在麻岭公社当会计的亲戚，后来就自学医术，做起了赤脚医生。据说他最拿手的本事就是给人做结扎。于是他同李光辉说，他是个逗万人恨的角色，特别是逗麻岭公社的女人恨。"所以，你看，我到如今都还是光棍一条呢。"该赤脚医生一脸的肉疙瘩，红而发亮，鼻头奇人，像个蒜球，内眼也分得很开，人中短，嘴唇厚，但按他所说，这不是他讨不到堂客的原因。"幻听算么子，我还经常幻视呢，看到有女人望我，我就以为她在朝我笑呢。"结果李同志也笑了。李同志觉得赤脚医生的话蛮有意思。李同志背对着门坐着，忽然感觉后头有人，回过头一看，果然有人，虽然是逆着光，黑黑的一个剪影，还是认出这是公社电话接线员雷晓红。但他觉得奇怪，因为雷晓红的模样似乎极为羞怯。他们互相打了一下招呼，显得很是生分，所以打过了招呼，就都不晓得要说什么话了。这时赤脚医生就对李光辉说：李同志，请你等一下。接着又对站在门口不敢进来的雷晓红说：跟我来吧。说完就进到里头的检查室去了。雷晓红看了李光辉一眼，也跟着进到那里头去。李光辉从后面望到她的颈根都是红红的。

过了小半天，赤脚医生从检查室里出来了，在他之后，约莫四五分钟，雷晓红也出来了。赤脚医生就和蔼地对她说：以后要注意呵，做多了，将来很麻烦的啦。下午来做掉吧。后来雷晓红就匆匆出去了。总而言之，雷晓红从进来到出去，李光辉看到她连颈根都是红红的。他大概意会到一点什么，但又很是模糊，心里却又隐隐有了些难受。他不敢细想这难受的原因。

后来赤脚医生同李光辉说，你这个病，无法检查，也无法医治。只有休息好，神经官能症才能减轻，只有神经官能症减轻，幻听才会消失。但我可以给你开个土单方，每天煎服三次，主要是起安神的作用，血脉归仓而已。在赤脚医生开方子的时候，李光辉忽然问道：刚才那位小雷，得的是什么病呵？赤脚医生抬起头来，把蒜球鼻子伸到李光辉眼前：你想——晓得？

赤脚医生开的是个奇怪的土单方，其中有黄鼠狼的耳屎同鸭屁眼上的痔疮。

"你想——晓得？"这句话的意思如下：一、你为什么这么好奇；二、你非得晓得那我就只好如实相告；三、即使你晓得了，也与你无关。关于第一点，我们说过，李光辉有所意会，但意会不是结论，带有不确定性；正是不确定性，才使人产生好奇。关于第二点，恰是李光辉所盼望，否则没有必要提问。结果他就真的晓得了，雷晓红是来找赤脚医生做刮宫术的，也就是说，一个没有结过婚，甚至没有恋爱对象的女知青，怀上了不知是什么人的种。而且看来这样的事根本不是发生一两次，而是多次了，也就是赤脚医生说的："做多了"。关于第三点，当然不关李光辉的事，因为李光辉没有同任何女人有过性关系。而赤脚医生的意思是，此事是好事是坏事你都管不着。李光辉当然管不着，就是想管也无从管起。但是，不管怎么说，李光辉晓得了雷晓红来公社卫生院找赤脚医生的目的后，心里就远远不只是有些隐隐的难受，而是麻乱，甚至某种他从未领略过的痛苦。就是说，他联想起了上回在公社集训，半晚上跑茅厕时看到过的事，于是隐隐觉得那事与现在"做掉"的事肯定有所关联。想到了这一点，李光辉就扇了自己一耳光，就是说，他宁愿自己想错了，也不愿自己想对了。扇了耳光后，他的痛苦更大，就是说，他晓得自己肯定是想对了。没有办法，人生出脑壳来就是为了想事，想事就是为了想对，李光辉不幸想对了。

第五章

1

李光辉在公社里汇报完工作,第二天就回到了龙岩坡。在公社里,王队长听完了他的口头汇报,表扬了他,说他很会做群众工作。又布置了下一阶段的任务:坚决铲除自留地,割掉资本主义尾巴,狠抓斗私批修。李光辉带着复杂的心情在记笔记的间隙抬头望了望自己的顶头上司。我们晓得,王队长很胖,是那种虚胖,晚上困觉喜欢打呼噜,喜欢找女工作队员谈心,此外,还喜欢背社论上的话,而且,喜欢鼓励自己的下属,比方他就曾经鼓励李光辉"好好地干"。现在李光辉总算对这句话有了某种醒悟同理解。就是说,他晓得自己的上司在公社里是如何"好好地干"了。这就是我们前述的,"李光辉不幸想对了"。在不幸想对之后,他对自己的上司有了极为复杂的感情,但这种感情同爱与恨都似乎无关。有一点却是他明白而且诧异的,就是,在内心深处里,他感到了某种模糊的振奋。是什么使他振奋,为什么要振奋,却无可言喻。

在公社里,李光辉还见到了刘书记。刘书记长着一张冬瓜脸,像往常一样,戴着军帽,表面上十分威严,细看却有些委琐。工作队员除了集训,还轮流到公社汇报工作,听取指示。刘书记的指示是一堆叽哩咕噜的土话,快到无法记笔记,也无法听明白。只有几个单词依稀可辨:"斗争"、"运动"、"男女"、"搞"……其实说慢一点什么都能听明白,但不晓得为何他总要把话说得那么快,以至于他的语言不是语言,而是一堆混乱缠夹的声音。在吐出混乱缠夹的声音之后,刘书记的冬瓜脸上往往有一种便后的畅快神情。

李光辉汇报完工作,当天晚上住在公社,就在电话总机房隔壁的一间临时用来做客房的房子里。客房与电话总机房以前肯定是一间大会议室,后来隔作了两间房,所以中间只是隔着一层木板子。雷晓红在那边接电话,连出气的声音都听得清清楚楚。吃了晚饭之后,李光辉踱步到土球坪旁的那间教室里,弹了一会儿风琴,也无人来听,觉得无聊,就早早地回客房困觉,准备第二日一早就走人。这天他有点倦乏,所以还没有数数就迷迷糊糊困着了。也不知困到了什么时候,他被哭哭啼啼的声音扰醒了。客观地说,这哭声并不是放开了喉咙的,相反,显得非常压抑,所以是一种闷闷的声音。但在那样的夜晚,四下里很安静,虫鸣从屋角的草蓬间一声一声传来,于是这哭声就显得很扰人。当然,李光辉即使脑壳里有些迷糊,也还是能辨出这是雷晓红的声音。他联系起上午在公社卫生院里遇到的事,就想起这哭声与"做掉"有关。这说明李光辉是非常聪明的人,善于发现事物同事物之间的关系。事实证明他又不幸想对了。这是因为,接下来他听到雷晓红一边啜泣一边说话。雷晓红说,听说凉水井镇化肥厂派了人,到公社来招知青,这次……有没有……我? 静了一下,李光辉听到一个男人的声音:公社党委明天下午开会,讨论名额。雷晓红停止了啜泣,说:我不要晓得这些,我只要晓得,有没有我的份? 那男人的声音说:唉,你总是这么着急,我不是说过,早晚要推荐你招工的嘛。雷晓红又啜泣起来:早晚,早晚,只有晚,没有早。男人的声音说:唉,你总是这样,莫着急嘛。等明天开会再说嘛。雷晓红说:等,等,等得都要长白头发啦。男人的声音又说：怎么可能，你这么年轻，这么漂亮，来来来，坐到我身上来——这时雷晓红的声音分明有点恐惧：不行，不行，下午刚刚做的手术，痛得走路都走不得呢。停了一瞬，男人忽然哑哑地笑着，说道：还不晓得是哪个的种呢。李光辉就听得雷晓红猛地放声恸哭起来。男人说：莫哭莫哭，隔壁住了人啦。雷晓红还是哭，哭了很久才把声音压下来……

李光辉早就听出来了，那个说话的男人就是刘书记。他发现，刘书记同男人说话，是一堆混乱缠夹的声音，同女人说话，却每一句都听得分明。但这个发现不是最重要的发现，最重要的发现是他同雷晓红的关系。此外，从刘书记"还不晓得是哪个的种呢"这句话里，李光辉还发现，不只是他一个人同雷晓红有那种关系，就是说，还有王队长或别的其他男人。李光辉觉得雷晓红很可怜，她还不晓得是为哪个在"做掉"，也就是说，还不晓得哪个能为她的"做掉"负责。因为任何一个同她有关系的男人都可以说，"还不晓得是哪个的种呢"，于是"做掉"就与己无关了，当然痛得走路都走不得也与己无关。

有了上述发现，李光辉就没有瞌睡了，一直到天明都没有再困着。在这段时间里，他内心的情感起了一些变化。就是说，某种模糊的振奋消失了，本来同爱与恨都无关的感情现在却燃烧成了一种痛苦。这痛苦是为着漂亮的、夸奖过他的风琴弹得好的女知青雷晓红的；当然，另一面也是为着刘书记和王队长们的。对于前者，他感到了花在风中飘落的悲剧命运；对于后者，他感到了权力在人生中的可怕作用。

后来他晓得刘书记从隔壁溜走了，他也晓得雷晓红哭泣了整整一夜。关于刘书记溜走的情形，他从上回到公社里集训半夜里跑茅厕时就业已见识过了；关于雷晓红的哭泣的伤悲，他在"文革"初期外婆被人剪了阴阳头的当天夜里也已见识过。在隐隐的哭泣声里，他想到哭泣者本人，想到她站在教室门口唇红齿白的笑，以及她如何夸他的"月亮在白莲花般的云朵里穿行"弹得好……对于这样的女人的美，他觉得自己有一种天然的亲近感，天然的眷恋感。但不幸的是，他已经看清了这种美的不干不净。不过话说回来，即便是这种不干不净，他仍然怀抱着怜悯同爱意。就是说，二十一岁的工作队员李光辉对于干净的和不干净的女人之美都是倾心的。

2

李光辉在公社里又吃了肉。可能是伙夫没有把肉弄干净，也可能是住在钟家根本没有肉吃忽然吃起肉来就拉肚子了。一天跑二三十趟茅厕，把人都拉得气力全无了。他这个可怜样子很惹得广播想要取笑，于是一会儿说他一张脸白得像月婆子，一会儿又说他拉肚子把两只眼睛都拉大了。总而言之，把李光辉笑得有点不好意思。但是广播却给他煮了两个荷包蛋，蓝花陶碗盛了端到饭桌上时，冒着香香的热气，惹两个小孩子馋得直想哭。李光辉就夹起蛋来一人一个放在他们的碗里，结果广播发起大脾气来，泼口便骂两个小鬼崽子。钟国民也一旁帮着骂，说小畜生太不晓事了。广播吼道：还不夹到碗里头去！两个孩子颤颤地夹着蛋，腮帮子上挂着泪珠，正要放到蓝花陶碗里。李光辉伸出手来拦住，说：吃，莫怕，吃。小孩子望望爹妈，又望望李光辉，手悬在空中，不晓得要如何是好。广播把桌子一拍：还不跟老子放进去！这是吃夜饭时的情形，饭桌子上的热闹。当然最后广播还是强迫着让李光辉吃了那两个蛋。这让李光辉觉得很是感动。因为他晓得，广播家里的鸡蛋，平时一个都舍不得吃，都是拿到大队供销社去兑盐或煤油或别的什么日用东西的。有一回广播的细妹子感冒了,发烧,想吃个荷包蛋,广播都没有弄给她吃,可见鸡蛋于钟家的重要。

后来月亮升起在山梁上了,李光辉回到房里头去看书。那本书已经没有封皮了,书名叫做《钢铁是怎样炼成的》。书里的主人公保尔·柯察金在铁路旁的风雪中邂逅到从前的恋人冬妮娅,穿着裘皮大衣,成了浑身散发出卫生球气味的资产阶级太太,于是感到他们之间的鸿沟是永远无法弥合的了。保尔对此表现出来的不是感伤,而是坚决的蔑视。就是说,连从前的那个单纯的少女冬妮娅也在这场风雪中被保尔从心里头埋葬掉了。李光辉看到这里,放下书来,走出门外,站到月光当中。这是因为,书里的故事叫他想起了遥远的燕妮妹子。我们晓得,燕妮妹子缺少了一点什么,这个"一点什么"成了李光辉心中无解的谜。现在我们与其说李光辉想起她来,不如说是李光辉想起了这个曾经屡屡令他困惑的谜。遥远的燕妮妹子如今越来越模糊了,这是因为李光辉对她越来越没有思念了。现在李光辉想起她来,是觉得那本小说里的保尔与冬妮娅有着无法弥合的鸿沟,而他与燕妮妹子也有了类似的境况——他们的鸿沟就是那个谜。就是说,无解就等于无法弥合。

李光辉站在门外,目光所及,正是千里万里月明。假如没有好的心情,就会冤枉这好的景致,所以李光辉咳了咳嗽,但咳过了又不晓得要做什么——可能刚才是想放声唱两句歌或是样板戏吧。总而言之,即使想过了燕妮妹子的无解之谜,他此刻站在月光当中的心情也还算得上是不错的。门后的溪水淙淙流淌如琴声一般悦耳,近山远山一片银色的迷蒙如画一样赏心。就是说,在这样的景色中,李光辉会想起龙岩坡的女人来,道理很简单,因为只有龙岩坡的女人才值得在如此的良辰美景中遐思冥想。

从公社汇报完工作回来后的第二天，在山头干活歇憩的时候，有人又打起山歌来了。那人绰号叫做牛二，三十几岁的一条光棍。歇憩的地方有一块半人高的绿茸茸的石头，牛二先是躲在石头后面撒了一泡尿，再转过石头来打山歌，喉咙尖尖地唱道：

姐唱山歌下山岗，
悦耳歌声随风扬；
哥哥听得心花放，
要跟姐姐走四方。

因为牛二是对着桃花唱的，所以后者就从女人堆里站了起来，仰面和道：

姐姐唱歌走四方，
姐姐心中有情郎；
你是懒汉无人睬，
莫嫌姐姐硬心肠。

众人听了大笑不已，尤其女人们的笑过于刺激，让牛二觉得脸面无光，只好又蹲到地上卷喇叭筒，抽出一团浓雾将满脸的尴尬遮挡住。桃花拿歌声占了男人的上风，就显得很是光彩，一直站着，看上去像一棵骄傲的板栗树。过了一会儿，桃花走到李光辉跟前，忽然说：李同志，听说你的京歌唱得好，教我们好不？桃花说的"京歌"就是京戏，具体而言，就是样板戏。因为李光辉偶尔无心地哼哼《智取威虎山》同《红灯记》，叫有心的桃花听到了，所以现在她要来学唱京歌了。到了晚上，桃花邀了四五个也想学唱京歌的女人来找李光辉，于是后者的木板小屋里就飘起了一些尖锐的声音：

> 我家的表叔数不清，
> 没有大事不登门；
> 虽说是，虽说是亲眷又不相认，
> 可他比亲眷还要亲……

李光辉因为拉肚子，浑身无力，所以教着教着就没了中气。桃花也发现了这一点，于是早早地散了学。临跨出门时，桃花回头说：李同志，等你休息好了身子，再来学好不？

现在李光辉站在月光下想起桃花说话时的调皮神情，还有她拿山歌占了牛二的上风的得意模样，心里就觉得有一种说不清的愉快。此外，李光辉也想起了广播，想起了她的荷包蛋同饭桌上发的大喉咙脾气，也觉得很有一种说不清的愉快。听到淙淙的水响，望到溪边的那块大青石，李光辉还想起了那天晚上偷窥女人洗澡时的情形，想起了如汉白玉雕塑一般的裸体，以及自己又兴奋又紧张连心跳都没有了的景况，当然也很有一种说不清的愉快。这就是李光辉在良辰美景中对龙岩坡女人的遐思冥想。在这个过程中，李光辉得到了说不清的愉快，除此之外，他还得到了一种启发，就是，人在什么环境里头，就应当想什么事情。

后来李光辉又得到了一种启发，就是，人在什么环境里，就会遭遇到什么事情。得到启发的原因是这样：在遐思冥想之后，他就回到了屋里，打算一边继续看《钢铁是怎样炼成的》，一边慢慢进入睡眠状态。顺便说一句，公社赤脚医生给他开的单方上的药，居然都给配齐了，包括黄鼠狼的耳屎同鸭屁眼上的痔疮。广播每天都拿一个黑乎乎的罐子给他放在火塘的铁三角架上熬着，一日喝三回，苦不堪言。李光辉想起外婆每天也是要吃好几罐子的中药，就觉得人能吃这种苦不堪言的黑汁，确实是一门本事。赤脚医生的单方不能说有作用，也不能说没有作用，反正李光辉服了几天后觉得似乎睡眠好了一点，又觉得似乎一点都没有好。在等待进入睡眠状态的时候，他又听到上头水磨坊里的柴扉吱呀一响。也就是在这个时候，他觉得赤脚医生的单方没有作用，因为他认为幻听的毛病依然如故。但是李光辉却莫名其妙地爬下床来，朝窗子外头觑过去。这说明他还是心怀期待的。就是说，他希望幻觉中的事物能够成为一种现实。我们晓得中国有一句老话，叫做心诚则灵。此时此刻，李光辉也想到了这句老话，这是因为，他看到柴扉开处，真的有女人走出来了——这就是心诚则灵。女人踩着月光之水，来到溪边，蹲了下来。但女人是背对着李光辉的，所以李光辉没有看清楚她的脸。女人先是洗脸，洗完脸就脱了衣服抹身子。李光辉只能瞧见女人赤裸的背面，但那也是汉白玉一般的，同周遭的青蒙蒙的山影、银子似的月色融为一体，恰如一幅画一首诗，或一首遥远沁人的歌谣。李光辉觉得那女人的臀部特别动人，这是因为那女人从腰部开始就起伏了一个从凹入到跃起的线条，这线条至臀部两侧时达到流畅滑进的终点，形成了宽而丰厚的臀部之美，叫李光辉目迷心醉，振奋不已。就是说，李光辉以前只是从书里头看到过仙女，没想到在龙岩坡的山野之间居然亲眼目睹了仙女。

3

李光辉振奋的原因有二：一是目睹了仙女，具体而言，是仙女的宽而丰厚的臀部之美；二是明白自己并没有什么幻听，所以黄鼠狼的耳屎同鸭屁眼上的痔疮可以休矣。从那天晚上以后，李光辉只要夜里听得水磨坊的柴扉吱呀一响，就要从床上爬起来，把脑壳伸到窗子上去，于是就可以偷窥到山野仙女的汉白玉一般的裸体了。这事说明，龙岩坡的女人很是珍视身子的干净，仿佛天生有一种感人的洁癖。这又是一个发现。所以李光辉更加觉得龙岩坡的女人是一门无法穷尽的学问，在她们身上，永远有研究不完的课题。此次发现的，是洁癖与美感的课题，李光辉当然颇有心得，但是这心得却只能秘不示人。就是说，李光辉认为偷窥并不是一桩可以炫耀的事。进一步说，李光辉还认为偷窥是十分可耻的行径。一方面他认为该行径十分可耻，另一方面他又抵御不了该行径的强烈诱惑，只得继续可耻下去——而且还是十分。念初三的时候，他们班里有一个男同学因为爬女厕所差点被学校除名。这事给李光辉印象极深。印象极深的原因，除了这样的事要遭到除名之外，还因为燕妮妹子极为鄙视那个男同学。那时候李光辉觉得，遭到燕妮妹子的鄙视要比学校除名可怕得多。现在李光辉联想起了这桩事，因此也不由自主思考起了自己的偷窥同那个男同学犯的事是不是同一性质的问题。结论是：在可耻方面是同一的，在性质方面是不同一的。关于结论的后一部分，李光辉是这么想的：爬女厕所是因为众所周知女厕所属于男人的禁区，爬了就是当然的流氓犯罪；爬窗子朝山野之外望去是因为众所周知山野之美属于人同自然的共同财富，爬了就当然不是流氓犯罪。如此结论之下，李光辉不但思想起了一些显著的变化，就连年轻的身体也起了显著的变化。后者的变化是，他已频频地梦遗了。就是说，早上起来，发现短裤头津湿津湿而且滑溜滑溜的时候很多了。

平时李光辉的衣服总是广播拿到溪里头去洗——用茶枯水泡了，再在溪边石头上拿棒槌杵，溪水里汰干净，然后晒到门前竹竿上。这几天广播见李光辉亲自在溪里洗内短裤，仿佛明白一点什么，一只手叉着腰，站在溪边大声说：没得狐狸精缠身吧？李光辉抬起头来望着广播，不知她同哪个说话，四面看看，又没有旁人，才明白是同自己说话。李光辉一边拧短裤头上的水一边侧头问道：你讲么子？广播的姿势是茶壶的姿势，依然大声地说：没得狐狸精缠身，裤子上头会有么子名堂呵？李光辉像是那个初中同学爬女厕所时被人逮住了，脸涨得通红，无言可对。这时他乱糟糟的脑子里只迸出了一句很政治的话：群众的眼睛是雪亮的。此后还迸出了一句非政治的话：若要人不知，除非己莫为。此事说明李光辉心里还是很虚的——他不晓得要怎样才能不虚，同时，也说明广播并非等闲之辈。但是，平心而论，即使广播说话一针见血，李光辉也并不惧怕她。换句话说，他甚至喜欢广播身上的泼辣劲。在这种山野之地，一个女人身上有点泼辣劲，就像一棵树上有点棘刺一样，是理所当然的，而且是可爱的。

接下来发生的情形，却是有点叫人吃惊。广播冲到溪边石头旁，一把夺过李光辉手中的短裤，拿到鼻子尖上闻了闻，说：好哇，你平常说浪费粮食可耻，你这不是可耻么？——真是瞧你不起呢！

我们已经晓得，李光辉很是害怕被龙岩坡的女人瞧不起。现在广播正告他了：她真是瞧他不起。如果是这样的话，那他就是每天夜里目睹仙女也是毫无意思的。而且他的行径不仅是可耻的，还是委琐卑微的。想到这样的结果，他就感到了绝望。就在这时候，他听到广播狂笑起来。笑完了，广播戳了一下他的鼻子，说：只要你不浪费粮食，我还是瞧得起你的。这就是说，他还是有希望的，这希望就在于，广播已经给他指出了一条光明路了。但是李光辉又有了新的疑惑：究竟要怎样就不是浪费粮食呢？李光辉当学生、当团干、当工作队员，都表现出是一个相当有理解力的青年，然而在龙岩坡，他却成了一个丧失理解力的人了。

李光辉站在溪边，不知说什么才好。在他的对面，站着一手叉腰像一把茶壶的广播。太阳在头上，金光四射，四面山上传来的鸟啼清脆悦耳，空气里浮动着泥土同野花的湿湿的馨香。这本是一个明媚的日子，但对于李光辉来说，却是一个狼狈的日子。

我们写到过，广播用一种笑声在她同李光辉之间种下了默契。现在广播狂笑一阵后，李光辉想找出默契来却感到了困难。这是因为，他忽然之间丧失了理解力，所以觉得狼狈。好在过了些日子，不拉肚子了，体力也慢慢恢复了过来，狼狈的感觉就有些淡然。但夜里仍然梦遗，还得自己动手洗内短裤。广播就说：我现在少了一桩事喽。钟国民问堂客：你少了么子事？广播对李光辉呶呶嘴，说：你问李同志吧。钟国民转过脸来望着李光辉，期待后者的回答。后者连忙低下脑壳，装作没有听见的样子，赶紧扒完碗里的饭，起身进到里屋去。黑狗窜到李同志坐的板凳底下，喉咙里发出幸福的声音。这是因为李同志刚才慌里慌张，掉了许多饭在板凳下头了。

李同志在屋子里坐着，开始学着滚喇叭筒烟，要么滚紧了，抽不燃，要么滚松了，只能抽空气。但他对滚这样的东西极是专注，原因相当简单：他要转移一下注意力。就是说，他不能老是想着广播对他的调笑同奚落,否则一个人坐在屋子里红脸并不算是一桩美好的事,而且丧失的理解力也不会回到自身来。不过转移注意力也与滚喇叭筒相似,不是那么容易的事。于是李光辉李同志想起了自己的梦遗。这时候,他才意识到这事情的严重。这是因为,他想起了那个差点被学校除名的男同学。那男同学有两件事给他留下了终生难忘的印象,一是爬女厕所,二是说过一句话:一滴精,十滴血。那时候,李光辉已经开始梦遗了,听了这话多少有些恐惧。每次内裤湿了以后就计算自己失血多少。照照镜子,发现脸色苍白,不认为这是恐惧所致,而以为是失血造成的。所以在后来相当长一段时间里,见到内心喜欢的燕妮妹子都不敢正眼望她一望,这是因为他误以为自己仅仅只是一个没有爬过女厕所的流氓而已。现在他恢复了这种遗忘多时的感觉,不但觉得自己失了许多血,而且深深地感到了自卑。所以他就想从今以后务必要自我控制,不再从窗子里偷窥女人洗浴。这样一想,他忽然就获得了一种前所未有的悲壮感,差点落下泪来。

第六章

1

在李光辉来到龙岩坡半年之后,龙岩坡又发生了一桩事——马大佬也像他的前任马石头一样,被撤掉了生产队长职。原因是,前者正如后者,犯了同一的错误:作风不好,乱搞女人。

我们晓得，马大佬自从当了生产队长，瓦刀脸上不仅仅只有严肃，还时不时地有些得意，走起路来鹅步蟹行，一开口就是"我认为"，把"为"字拖得很长。如果你见到一张瓦刀脸平时苦大仇深，有一天忽然之间放出严肃同得意来，一开口就我认为我认为的，想必你不会只是吃惊，还会很有些厌恶，想到"老妇必唾其面"这句古老的话。在龙岩坡，许多人就与你感同身受。在人群当中，某一个人的显著变化会遭致什么样的结果，看看马大佬就会知道；当然，看看马石头也会知道——现在马石头就很是被人瞧不起了，尤其是龙岩坡的女人们。她们对他从前的好感已忘得一干二净。

我们还晓得，马大佬先前是一个讨不起堂客的光棍，后来搬掉马石头后当上了生产队长，能够讨堂客了却仍然没有讨，这是因为，他觉得生产队长可以困人家的堂客，而他却没有堂客给人家困，十分划得来；而且在他觑来生产队长的权力之一就是可以任意困人家的堂客，所以对该权力艳羡不已，有朝一日获得，必定就要好好使用之。这样的习性，我们从历史书中早已见识过，比方从郭沫若的《甲申三百年祭》里李闯王的将领们身上就见识过。但书本是书本，要李光辉从生活的真实中发现这一点，却没有历史的机会。而伟大的龙岩坡提供了这种机会，使李光辉忽然明白了一些被平庸的生活遮掩的事理。

自从搬掉石头以后，李光辉发现社员们农业学大寨的热情并没有显著提高。为了此事，李光辉询问过马大佬，后者的回答是：龙岩坡不产粮食，只产懒人。对于这样的回答，李光辉感到吃惊，因为这不像是一个生产队长对问题的态度，倒像是一个思想落后怨气冲天的社员的牢骚。从这一时刻起，李光辉对马大佬的能力产生了疑问。李光辉也询问过马五谷,后者的回答是:大家都当生产队长,热情才会高起来。此话近似禅语,颇为费解。而且后者一说完,就又咬着喇叭筒从仓库里走到外头禾坪里去耙谷了,头也不回一下。但李光辉觉得这至少算得上是一个态度,而不是牢骚。除此之外,他还问过广播同桃花,想看看女社员们对此事的看法。得到的回答却是一串笑声。好像她们都商量好了,如果有人问到这样的问题,她们就报之以一笑。李光辉也并不觉得这就是不严肃,而是一种特殊的态度,只是这态度同马五谷的禅语一样,颇为费解而已。不管怎么说吧,工作队员李光辉对龙岩坡生产队队长马大佬有了一些看法,不那么欣赏他了。马大佬当初出卖本家兄弟马石头,现在回想起来,李光辉也觉得有点不太舒服。对于叛徒,世界上只有利用的人,却鲜有欣赏的人。李光辉想到自己利用过马大佬,又自我觉得不太舒服。到了龙岩坡以后,李光辉时常一日三省吾身。这是因为,他想变得更加少年老成,目的就是让社员们尤其女社员们瞧得起。

我们说过,李光辉有一天晚上忽然获得了前所未有的悲壮感,差点落下泪来。原因是他想到今后务必要自我控制,不再从窗子里偷窥女人洗浴。与此同时,他还想到这样的自我控制委实不容易,抵抗诱惑本身就具有崇高感同悲壮感,因为有了崇高感同悲壮感,这才足以消除自己内心深处的自卑。就是说,他体味了什么叫做牺牲,或者说,他体味了什么叫做牺牲之不易。从那以后,很长一段时间,到了半晚上,只要听到上头水磨坊里柴扉吱呀一响,他就要把耳朵捂上,而且心里又开始数数。后来他索性找广播要了点棉花,堵在耳朵里才困觉。所以就连那吱呀一声柴扉响都懒得听到,一上床就数起数来。但如此一来反而更加困不着,因为那吱呀的一声就像是空谷回音,在心间久久旋荡，挥之不去。这真是叫做牺牲之不易呵。

当然后来李光辉也不捂耳朵同堵棉花了。他想，太难受了，听之任之吧，反正只要不爬窗子就行。这样想过之后又开始数数，数到了一万多，仍是没有睡意。这天晚上那柴扉又响了一下，李光辉想要模糊这听觉，奇怪的是，越是这样想听觉倒越是灵敏，以至于有什么人蹑手蹑脚地进了水磨坊也听得清清楚楚。过了约莫个把钟头，那柴扉又是吱呀一响，接着又有人蹑手蹑脚从水磨坊里走出来。李光辉听出，那人是朝山上走去了。而且李光辉还判断出，那是男人的足音。再过了一小会儿，有女人的赤脚从水磨坊里出来，踩着石板路走到了溪边，窸窸窣窣了一阵，就听得熟悉的洗浴的水声了。这水声激起了李光辉的想象，于是李光辉虽然没有从窗子里偷窥女人洗浴，却从想象里欣赏到了女人的汉白玉一般的身体。除此之外，这水声还激起了李光辉的复杂的心情，这是因为，他意识到有某个男人同这位正在溪里洗浴的女人之间发生了一样事情。依据李光辉的聪明，他可以判断出该男人绝非此女人的丈夫——世上不会有如此偷偷摸摸来找自己堂客的丈夫。这时候李光辉憬然得悟：原来平时夜里听得水磨坊里柴扉响，是响得有名堂的哦！李光辉就又拍了自己脸上一巴掌。他跳下床来，没有点灯，站到窗子前，倒要来看看这个女人是谁。

这个女人不是别人，而是桃花。我们晓得，自从桃花那天半夜里来敲李同志的门，找他借煤油，李同志只晓得低着脑壳看自己的一双赤脚，桃花就叹了一口气，说：你是一个呆子！以后就再也不来借煤油了。后来李同志反而很期待她来敲门，不管是来借什么。只要夜里有足音从水磨坊里出来，他都希望这是桃花的。这说明李光辉其实内心里很是喜欢而且盼望桃花。桃花后来也到过他的房间里，不过那是同了一群嘻嘻哈哈的女人，来学什么京歌的。学完了我家的表叔数不清，就没有再来了。可能她们只是觉得一时新鲜，心血来潮学一学而已，这京歌并没有什么意思，还不如辰河戏有味吧。李同志盼望桃花，是因为他觉得桃花这名字很好听，人也同名字一样很好看。很多的夜晚里，李同志听到溪里有女人洗浴的水声，他都希望这个女人不是别人，而是桃花。然而李同志从来没有见到过桃花的身体。不料现在从窗子里偷窥到的竟是她，而她刚刚同别的男人发生了一样事情，李光辉心里就很不是滋味。就是说，不但很是麻乱，还很是嫉妒，不但很是嫉妒，还很是愤怒。不过话说回来，后来李同志也无暇细想这些了，因为他被桃花的身体之美吸引住了。

李光辉从小在少年宫里学过手风琴，后来兴趣转移，又学起了绘画。"文化大革命"中从图书馆偷过一些书回家藏在床铺下，每当夜深人静的时候就躲在蚊帐里偷偷地看。那些书全是些世界名画画册。在那些画册里，李光辉最喜欢的是两个画家的作品，一个是米勒，一个是安格尔。这是因为，这两个画家笔下的女人最吸引李光辉。他们的风格尽管各不相同，但画的女人都有一个共同特点，就是，身体丰腴、饱满成熟，而且都有夸张好看的臀部，洋溢着蓬勃而健康的性感。后来李光辉青少年时期的梦遗与这些臀部都不无关系。现在李光辉扒着窗子，所见到的仿佛不是桃花，而是从米勒和安格尔画作中跳出来的人体模特。李光辉早已忘了崇高感同悲壮感，也忘了牺牲与牺牲之不易，他以为自己是在梦中，而自己的下头也发生了了不起的情况，因为事后他才发现短裤头已是湿津津的了。

2

　　李光辉发现短裤头湿津津的，心理上颇为紧张。这是因为他又想到了那个爬女厕所的初中同学。在很长一段时间里，班上的同学们不论男女，都叫他流氓。所以李光辉不无焦虑地问：我也是流氓吗？对于这个问题，他一时有些困惑。虽然他知道自己与那同学两者之间在可耻方面是同一的，在性质方面则不同一，但是这个困惑消解起来仍然有些困难。在这样的焦虑之中，他忘记了一桩重要的事：那个半夜里悄悄溜到水磨坊去的男人到底是谁呢？这说明聪明的人也常常有顾此失彼的时候。第二天早上，李光辉又一个人跑到山顶上去，迎面吹着清凉的风，不由得又哇地叫了一声，然后脑壳里一片澄明，昨夜的焦虑同困惑于是烟消云散。不过我们晓得，这种境界是短暂的，因为只要他一下山，消失的问题就又回复到心头了。

　　带着上述问题，他在饭桌上讨教房东两口子，夜里他们听到水磨坊里有什么动静没有。钟国民答道：我困着的时候，打雷都听不到呢。广播说：我不晓得你指的是什么。李光辉就结结巴巴地说：就是……就是……有人进到水磨坊去了。钟国民说：不晓得这样的事。说完端着碗起身出门去，一屁股坐在一块石头上大口扒饭。广播怕饭喷到桌子上，就捂着嘴笑。李光辉不晓得她笑什么，问她，她好不容易停住笑，松开嘴巴，说：还不就是寻快活嘛。李光辉是个聪明的年轻人，他一听就明白了，龙岩坡的女人对待那样的问题的态度就是：那是快活的事。于是这样的态度就决定了那桩事情的性质。李光辉就想，她们判断事情的原则真是与我们城里人大不一样呵。但我们晓得，李光辉是一个遵循自己的原则的人，所以他就在鼻子里哼了一下，表示不苟同广播的看法。广播把筷子朝桌子上一扔，说：嗬哟，我说话等于是放屁啰！这说明广播脾气极是刚烈，此外还说明广播同李同志之间有默契，人一有默契，说话就可以放肆，同时也可以粗俗。李光辉不想同广播解释为什么要鼻子里哼一下。他只是说了一句：对不起，我不礼貌。因为他这么说时满脸严肃，结果又让广播捂着嘴笑起来。笑完了，广播就说：你们城里人，只晓得讲礼貌，礼貌是么子东西啰？广播把扔在桌子上的筷子又拿起来，继续说道：人要是讲礼貌，就不快活啰。结果这句话让李同志鼻子里哼也不是，不哼也不是。与此同时，李同志还觉得，他同广播说话，实际上是他一个人同整个龙岩坡的女人说话，不是那么势均力敌的，于是他感觉到了某种孤立。一个人的原则同许多人的原则相矛盾的时候，就会有这样的感受。有了这样的感受，李光辉就想，也许广播说得有道理吧。我们晓得，这就意味着李光辉又产生新的疑惑了。

中午歇憩的时候，大家坐在一起说笑，又打起了山歌。打完了山歌，后来有人讲了一个带点颜色的故事，简言之是这样的：有一户人家，老两口，还有一个有点傻的儿子，因为有点傻，所以一直讨不到堂客。后来终于讨到了，闹了洞房，第二日一早，老两口做了饭，端到桌上，却不敢喊那对新人起来。这样，到了中午，又搞了丰盛的中饭，那一对男女还是没有起来，老两口仍不敢敲洞房的门。一直到了晚上，晚饭摆在桌子上都凉了，也就是说，一天一夜了，傻儿子同他的新娘子都还没有出来。老头子就感叹道：唉，真是的，那事情当得饭吃哦。等到很晏了，洞房门才吱呀一响，那一对新人东倒西歪地出来了。老婆子就对老头子说：岂止是当得饭吃，还当得酒喝呢！故事讲完后就有女人同光棍牛二开玩笑，说：牛二，你要是讨了堂客，只怕是不光当得饭吃，当得酒喝，还当得大烟抽呢。牛二就在那女人脸上捏了一把，嬉皮笑脸地说：那除开是讨你这样的堂客啰。那女人听了，就仰起脑壳来大声问道：姐妹们，剥了牛二这东西如何？结果众女人发一声喊，一齐拥上来，抱手的抱手，抱脚的抱脚，总之是摁住牛二，三下两下把他的衣裤都剥掉，然后又发一声喊，哈哈笑着四面跑开去，剩光赤条条的牛二捂着下头那东西在太阳底下哇啦哇啦直叫。根据牛二的叫声，李光辉判断，女人们不单是剥光了牛二的衣裤，还叫他的那个东西受了一点教育。李光辉望望站到四面笑得前仰后翻的女人们，心里就想：原来这也是快活。平心而论，李光辉还是欣赏这种快活的，虽然这快活不无一点粗俗。李光辉接着想：假如是城市里，快活的原则就不是如此这般的。也就是说，城里人有别样的快活，却不会有这样的快活。李光辉能够作如是想，说明他不由自主地在某种程度上又在求同了，只是他自己没有意识到罢了。

我们晓得，李光辉努力与龙岩坡的群众求同，这不仅是工作队王队长的要求，也是李光辉自己的要求。我们也晓得，李光辉不仅在很多方面与社员们同了，比方说他的皮肤，他还想在更多的方面有所同。不过李光辉有时觉得在有些事情上，他有自己的原则，或者说，他有工作队的原则，但是龙岩坡的人也有他们的原则，尤其是龙岩坡的女人们。在两者之间，他对自己或者说对工作队的原则有所坚持。但是坚持之后，他又有些疑惑。这是因为，他是一个经常疑惑的青年。除此之外，他还是一个正在经历变化的青年。他自己就是这么认为的：二十一年的生活变化还不如在龙岩坡这半年多的变化来得剧烈，来得凶猛，来得不知所对。

牛二发出的哇啦哇啦的叫声，很久了还响在李光辉的耳畔。说明李光辉对此事一直在思考。就是说，他想到了那些恶作剧的女人以及她们的快活。他发现，那些女人的快活是建立在牛二的那个东西上头的。这是一个伟大的发现。因为他来到龙岩坡半年多了，总是觉得此地的女人非常之快活，非常之喜欢嘻嘻哈哈，他一直没有弄明白她们快活以及嘻嘻哈哈的原因。现在他终于搞明白了。但是，搞明白之后，他又陷入了新的疑惑。因为他要完全理解快活同那个东西之间的关系，还缺少经验的准备。

还有一桩事，很久了还在李光辉脑壳里像电影一样地放映着，这就是桃花的夜浴。现在他也似乎明白了一点：夜浴中的桃花，不仅仅是美丽的，而且也是快活的。因为他回忆起了，桃花一边洗浴一边还轻轻地哼着什么小调。如果不是快活，深更半夜的，也不至如此。这事又让他自问：我快活吗？最后，他对自己说：我太礼貌了。我们晓得，他这样说，是借用了广播的话。这就说明，广播的话，对他是有影响力的。

广播影响李同志，不仅仅在这样的一句语言上。刚来龙岩坡半个月的时候，我们晓得，李光辉无意中撞见了赤膊着坐在火塘边的广播，看到了她的翘翘的奶子和白生生的胸脯，于是产生了麻乱。虽然那只是一瞬，但那一瞬却是永驻在二十一岁的李同志心间了。他时时不由自主地回味着那样灿烂的一瞬，这是因为，成年以后，他这是第一次见识到女人的奶子之美。这奶子之美使他麻乱，而他又想抑制这种麻乱，于是在麻乱之外又生出了困惑。这个困惑当然也影响了李同志。所以广播在李同志心中绝非等闲之属。就在牛二发出哇啦哇啦叫声的那天晚上，李光辉又看到了广播的胸脯同奶子。事情也与刚来半个月时的那一回相仿。他到火塘的鼎锅里去倒开水喝，却不料撞见广播光着上身坐在堂屋里。这时候刚刚吃了夜饭不久，钟国民不晓得到哪个屋里串门去了，天色暗淡下来，堂屋里没有点灯，只有火塘里的火舔着鼎锅屁股，一闪一闪的红光把堂屋里映得忽明忽暗。广播的胸脯在这样的红光的辉映下简直美丽得令人眩晕。李光辉猛地站住了，手里端着茶缸，不知如何是好。这一回与上一回不相仿。因为上一回见到这情形，他就吓得朝房间里退去，结果遭来广播一阵轻蔑的狂笑。这一回他居然望了望广播的眼睛，而那眼睛也正望着他的眼睛。于是他看到那眼睛里闪跳着的红光了。事后他仍有些茫然：那眼睛里的红光到底是火塘里的火呢，还是广播的另外一门语言？如果是后者，那么这语言说的是什么呢？这一回同上一回还有一点不相仿，就是，最后李光辉走到了火塘边，从鼎锅里从容地倒了一茶缸开水，然后转身走开。在这个过程中，广播没有笑，只是拿那样的有闪跳的红光的眼睛盯着他。

在相仿的事情中，我们看到了不相仿处——比方说李光辉这一回没有吓得朝房间里退去。但事实真相却是这样：李光辉觉得他宁可忍受尴尬同难堪，也不愿忍受广播那样轻蔑的狂笑。在如此状态下，他走近了广播，不仅再一次地看清了她的胸脯同奶子，还看清了她那有红光闪跳的眼睛。就是说，在如此状态下，他的心过于麻乱，以至于感觉不到麻乱，就像战场上赴死的士卒，过于害怕，以至于感觉不到害怕一样。另一个不相仿的真相是：广播没有发出狂笑，不是因为李光辉没有吓得朝后退去，而是因为她觉得那样笑的话会把李光辉吓退，而她根本就不想有如此的结果。她不仅没有笑，而且还没有说一句话。在这种沉默里，她的眼睛闪跳着红光，的确是另外的一门语言。就是说，女人在这种时刻，只能拿眼睛来说话。她希望李同志能懂得，但是李同志却只有茫然。后来她披上了衣服，不是怕着凉，而是因为她有些失望。

　　李光辉回到房间里,抱起一本书就看。看了很久,却不晓得这本书写的是什么。就是说,所有的字他都识得,所有的字他又都识不得。其实这就是那本《钢铁是怎样炼成的》,早就看过了。后来他翻到了冬妮娅遇到保尔的那个情节,仿佛唤起了沉睡的记忆。就是说,他终于在这样的时候想到了一个叫做燕妮妹子的人。但是这个人很快就显得模糊了,她的脸一会儿变成了广播的脸,一会儿变成了桃花的脸。李光辉在自己的大腿上捏了一把,说:他妈的,走火入魔啦!他于是吹灭了灯,双臂枕住脑壳,打算考虑一些工作上的事,却慢慢又胡思乱想了起来。他当然想起了自己的家人同朋友,想起了城市的灯火和楼房,想起了过去生活的种种,他忽然觉得这一切都十分遥远,也十分陌生,根本唤不起丝毫的亲切感来。除此之外,他还有一种奇怪的感觉,仿佛那样的生活同那样的人,都是不真实的,而且都是不快活的。为什么会有这种奇怪的感觉,则不得而知。

　　不晓得过去了多长时间,总之李光辉枕着脑壳想着想着就有些迷迷糊糊了。可能在此之前他数了数,数到了多少,也不得而知。他在恍惚之中又听到水磨坊的柴扉吱呀一响,就猛地醒了过来,睁眼朝窗子看去,一轮皓月悬在万山之上,就像有一幅画挂在木板壁上惊人地美丽着。但李光辉无心赏画,有心捉贼,于是赤着脚爬下床来。

　　李光辉的心情是兴奋的,同时也是矛盾的。这是因为,一方面他希望能捉到那个贼一样的男人,另一方面他又希望捉不到那个贼一样的男人。如果后面的情况发生了,正是他所希望;如果前面的情况发生了,也是他所希望,只是这两种情况不可能同时发生,于是他的心情还是懊恼的。怀着如此复杂的心情,李光辉猛地推开了那扇柴扉。就是说,水磨坊的那扇柴扉,发出了有史以来最大的吱呀一响。

3

事情过去了很久,李光辉还在回味那一瞬的吃惊。因为他看到的那个男人是生产队长马大佬,那个女人是桃花。柴扉被推开,月光如水一般泻了进来,所到之处,洗得明晃晃的,所以一切看得是太清楚了。那一对男女的眼神教李光辉一辈子也忘却不了。对于马大佬来说,他的眼神是惊慌的,这说明他很害怕。对于桃花来说,她的眼神是不惊慌的,这说明她不害怕。在这样的事情上,男人同女人的区别如此之大,完全是李光辉料不到的。李光辉还回味着马大佬战战兢兢说的话:李同志,我犯作风错误啦。同时,李光辉也回味着桃花说的话:要看就走近些看呵兄弟。

事情过去了很久,李光辉觉得自己更加麻乱,而且更加困惑。他不晓得龙岩坡的女人为什么这么需要那种快活。当然,李光辉会想到一句古老的话:子非鱼,安知鱼之乐。但是见到鱼之乐,又安知鱼之乐,这实在是一件很烦人的事。跑到山顶上去吹风,也没有把这事吹到脑壳后头去。不过,麻乱也好,困惑也好,烦人也好,李光辉身为工作队员,没有理由不将此事禀报给王队长。王队长在报告上批示的是八个字:色胆包天,立即撤职!这就叫做八字方针。依据此方针,工作队也要将马大佬作为石头搬掉,罪名也仍是八个字:作风不好,乱搞女人。

上一回搬掉马石头,做了细致深入的工作,目的是调查他在任三年到底困了多少龙岩坡的女人。马大佬在任不到半年，究竟困了多少女人，这一回却没做细致深入的工作，原因是，不需要。按王队长的说法，就是，对群众有过一次解释，就不需要第二次解释。也就是说，一提"作风不好，乱搞女人"，大家就会明白这是怎么一回事，同时，大家也会赞同搬掉马大佬。

搬掉马大佬对于李光辉来说并不费神，费神的是在他之后谁来任生产队长一职。李光辉想来想去想了很久，决定向工作队推荐马五谷。这是因为，在想来想去中，他回忆起了马五谷说过的一些近似禅语的话，仿佛多少领悟了一点那禅语的内涵。就是说，那些当初听不懂的话，他现在明白原来都是针对马大佬而言说的了。这就证明马五谷同志心明眼亮觉悟高。而这样的素质，也正是一个生产队长所必需的素质。与此同时，作为受害人家属，马五谷也应当深恶痛绝坐在生产队长位置上乱困别人堂客的流氓做派。所以选择马五谷，也就是为了防止作风不好乱搞女人这类事件的再度发生。报告递呈上去后，王队长很快批了两行龙飞凤舞的字：经公社党委与工作队党组讨论研究，同意任命马五谷同志为麻岭公社青山大队龙岩坡生产队队长。就这样，马五谷从仓库保管员提拔为生产队长了。

马五谷与马大佬有许多不同之处。比方，他就不喜欢说"我认为"；又比方，他也不喜欢一张脸上要不就是得意，要不就是严肃，走起路来还要鹅步蟹行。马五谷比马石头同马大佬都显得有城府些，额头上皱纹很多，眼睛总是微眯，仿佛总是有什么东西需要回忆的模样。但因为他历来就是如此，所以群众并不觉得他是一阔脸就变。选择这样的人来坐在生产队长位置上，李光辉觉得可以放心了。

这一回的撤职同任命，李光辉没有请公社和工作队的头头们到队上来，也没有着意召开群众大会，总的来说，是低调处理的，所以喊口号、刷标语一类事情全都免了。只是召集生产队各组组长开了一个会，布置了抓革命促生产的各项任务之后，才宣布了撤职同任命，让组长们分别传达给各组社员。采取低调处理，其实不是出于李光辉的少年老成，而是王队长的授意。王队长在电话里同李光辉说，这样的事，如果搞得太热闹，等于是给工作队脸上抹黑。因为马大佬是工作队在搬石头运动中让他当上生产队长的，当初是一个成绩，现在又要搬掉他，不等于是搬掉工作队的成绩了吗？

顺便补充一句，李光辉到队部给公社里摇电话时，听到接线员的声音是一个陌生女子的声音，当时并未在意，只是说，请要工作队王队长。事后才想起，接线员怎么不是雷晓红了呢？

马五谷当上了龙岩坡生产队的队长，他倒看不出有太大的变化来。看得出大变化的是马大佬，听人说，他同牛二发牢骚，说他真是悔不该没有在当队长的时候讨个堂客。"当队长，讨个堂客还不易得么？"此外还有些别的牢骚，牛二听着也不感冒——他只感冒困别人的堂客是何快活。总而言之，马大佬变成了一个牢骚鬼，就像马石头变成了一条尾巴一样。这事说明，人受到打击，快活就会被剥夺，快活一被剥夺，人就会变成可怜虫。后来公社从各个生产队抽调几个社员去修水库，被马五谷派去的人里头，就有这两个可怜虫。所以说，马五谷还是很能治人的。以后男社员们都很服从他，因为不服从的话，很可能下回就会被派去修水库。众所周知，那桩差事很苦很累，一点快活都没有。不过马五谷现在说话倒不太像禅语了。这是唯一可见的变化。

最开始马五谷当上生产队长，群众的反应很是平淡，就好像这地方发生过什么事或没发生过什么事都一样，无所谓得很。李光辉倒是觉得蛮奇怪。后来他发现，龙岩坡的人对马五谷慢慢有些怕了，因为马五谷很会安排队上最苦最累的活计给不听话的人去做。就是说，马五谷很懂得通过什么手段树立自己治人的威信。他这么做，不事声张，只有当事人瞎子吃汤圆，心中有数；吃过了一回，就不想吃第二回。即使如此，你也可能吃第二回，这是因为，你不仅要听话，而且要聪明。而我们晓得，人在很多的时候都不会表现出聪明来。所以像牛二那样的人，动不动就被女人们摁倒在田塍上衣裤剥得精光，身上某物还要受到一点教育，痛得哇啦哇啦地叫，就只配去修水库。于是出现了这样的情形：大家为了表现出听话，还要表现出聪明，所以龙岩坡农业学大寨运动就有了明显起色。到了秋收的时候，每亩水稻平均增产一百斤。马五谷就同李光辉率了队上的几十号男女到大队去报喜，在大队报完了，又到公社去报，一路敲锣打鼓，还把牛二急调回来，因为他会吹唢呐。顺便说一句，牛二的唢呐其实吹不出什么调子来，只是会拿这个家伙吹出些乱七八糟然而很是热闹的声音来。一伙人把热闹的声音带到了公社里，刘书记同王队长连忙出来迎接，脸上都放出了红光，因为农业学大寨到底是学出名堂来了。王队长说，要把龙岩坡的事迹登到省报上去。刘书记也说，有工作队同没有工作队那就是不一样。说完了这句话，又还对王队长说，你们那个小李同志，真是很有培养前途的人啦。后来很有培养前途的小李同志就叫马五谷领着队上的人仍是吹着唢呐敲锣打鼓热热闹闹回龙岩坡去了，因为王队长要他留下来汇报工作，第二天再打转回去。

　　李光辉汇报完工作，王队长就叫他写一份材料，题目叫做《鸡毛也能飞上天》，说明龙岩坡在农业学大寨运动中起的巨大变化。李光辉问：增产一百斤就算巨大变化吗？王队长把眼睛一瞪，说：增产就是变化，一百斤就是巨大。李光辉听了想笑，因为王队长的话听起来押了韵,像是快板。但是他又不能笑,因为他要有一副很有培养前途的样子。王队长接着说道:你不要那么写实嘛,你可以写成增产五百斤嘛。人民群众需要榜样,晓得不,榜样的力量是无穷的,增产一百斤的榜样可以激励人,增产五百斤的榜样更加可以激励人嘛。李光辉点点头,表示听懂了由一百斤改为五百斤的伟大意义。王队长又说:你要列几条经验,最好是搞成十条,十全大补嘛。结果李光辉就留在公社里写材料,熬了一个通宵,苦不堪言。这是因为,经验要凑成十条,实在是太难太难。这样的事,李光辉不惯于做,所以虽然熬了通宵,也只勉强凑成了五条,离王队长的要求还差一半。第二天在公社食堂吃早饭时遇到王队长,问他写完了没有,他只好老实答道没有,因为搞十全大补很不容易。王队长说:小伙子,你就不能聪明一点吗?李光辉瞪眼望着王队长,不晓得如何一来才能聪明一点。王队长就说:找找报纸,报上多的是介绍经验的文章,抄它几条不就是了嘛。王队长还说:榜样就是典型,所以典型就应当集合别人的经验,这样典型才能完美,才能起到教育社会的作用。李光辉毕竟机灵,一下子就明白介绍经验的文章是如何作法了。吃完早饭,半个上午就把材料写好了。轻松过后,想想心中又总觉得不大对劲。没有这么多经验,却要凑成这么个十全大补,不是弄虚作假么?怀着这种心情,他把材料拿给王队长看,后者把老花镜戴起来,点上一支烟,一边抽着一边看,看完了,中指在材料纸上弹了弹,大声说:很好,很好,刘书记没有说错,你真是很有培养前途的年轻人啦。这个材料,公社要报到县里,县里要报到地区,地区再报到省里,要让全省人民都知道,只要农业学大寨,鸡毛就能飞上天!

好不容易交了差,虽然心情还是有点不大对劲,但毕竟轻松了。要吃了中饭才能走，所以开饭之前的那点闲暇无事可打发，李光辉就信步来到公社电话总机房。房子里头坐了个他没见过的女子，二十一二岁的模样，很胖，皮肤很黑。李光辉想起那天打电话到公社，接线的不是雷晓红，可能就是这个黑皮妹子，就坐下来同她搭讪。问起雷晓红时，黑皮妹子说：你不晓得？雷姐姐上调了呵。李光辉说：上调了？上调到哪里去了？黑皮妹子说：就是招工呢。招到凉水井镇化肥厂去啦。李光辉说：哎呀！这时李光辉脑子里呈现了那一回去凉水井镇化肥厂背化肥的情景。那个肮脏邋遢的地方，那个臭气熏天的地方，工人戴着后头有布片的黑不黑灰不灰的工作帽，脸上整个是面目全非。李光辉曾经很有感慨地想过，在这猪圈一样的化肥厂当工人，还不如在一日只吃两餐的龙岩坡当农民。如今漂亮的雷晓红好不容易轮上招工，结果是招到了这样的所在，成天要给弄得面目全非，脏得不像个人样。李光辉的心情不由得又有点麻乱。这是因为，对于雷晓红，他内心里很有点喜欢，也很有点同情。他觉得，该红颜女子，一旦到了那样的猪圈里，一生都会彻底完蛋。此外，他还觉得，把雷晓红搞到那个化肥厂，简直不是招工，而是发配，不是照顾，而是惩罚。后来李光辉还想起了雷晓红"做掉"的那一回，整夜整夜地哭，像她这样的女子，被人玩得厌了，随便找个垃圾地方一扔，就没事了。现在又换上了一个黑皮妹子，换了一种新口味。李光辉叹了一口气，不想再往下去想。那黑皮妹子见他忽然叹气，不知就里，就说：你不舒服吧？我这里有仁丹、济众水，还有清凉油呢……李光辉没有回答，站起身来走到土球坪里。在公社里，他的确有些不舒服，吃过中饭，就回龙岩坡去了。

第七章

1

李光辉下到龙岩坡搞工作队,一晃就是大半年了。在这大半年里,他经历了一些事,这些事使二十一岁的他发生了很大的变化。对于这些变化,有些他心里清楚,有些他心里未必清楚。但不管清楚还是不清楚,总而言之,他已是白马非马了。龙岩坡生产队在农业学大寨运动中每亩水稻增产五百斤也就是鸡毛飞上了天的事迹在省报见了报以后,李光辉被工作队省总部授予了先进工作队员称号。有一次王队长找他到公社里谈话,意思是要把他调到工作队队部来做秘书。李光辉想了想,婉言谢绝了,并且还声明说,自己很愿意在基层锻炼。王队长说,这样的机会,别人想争取都争取不到嘛,你居然就这么放弃,唉唉唉你这个脑壳呵!李光辉说,如果别人想,那就让别人来争取,反正我愿意待在龙岩坡。这是一句大实话。李光辉确实非常愿意待在龙岩坡。为什么会非常愿意,这就属于心里未必清楚一类了。不过也不是没有清楚之处,比方龙岩坡就教会了他,什么叫做人生的快活。自从李光辉在公社集训期间发现了女知青雷晓红同刘书记以及王队长的秘密关系之后,他对后者就有了深深的反感。后来得知雷晓红被招到了凉水井镇那个猪圈一样的化肥厂,反感就更加地深刻了。这也是他根本不愿意到公社里来的原因之一。同自己反感的人天天相处在一起，他觉得，离快活未免太遥远。

　　李光辉在龙岩坡，自觉得在很多的方面都懂了。比方，歇憩的时候大家打打闹闹，或说些黄段子，或打些色情山歌，他都没有什么难为情的了。有时候哪个男人开玩笑过了头，惹恼了女人们，后者一拥而上，把该男人剥得精赤条条，还教育教育他身上的某物，李光辉在一旁也抚掌称快。这的确也是一门快活，在这门快活当中，他忘记了自己是一个工作队员。就是说，他如果不忘记，就不会得到这门快活。此事说明，人只有忘记一些东西，才能得到一些东西。李光辉虽然没有这么有意识地想过，但他确实时常忘记一些东西，因此他确实也时常得到一些东西。有一天晚上，还不太晏，大约八点来钟吧，钟国民不在家，钟家两个小孩子困着了，李光辉坐在火塘边等鼎锅里的水烧开，广播从里屋出来，也在火塘边坐下来，握着把钻子，就着一盏煤油灯纳鞋底，忽然，她把左肩下衣襟的布扣解开，露出了雪白的胸脯。火光闪耀在两个颜色很深的奶头上。这时候，李光辉居然胆子很大地看着那两个奶头像精灵一样跳动在光影之中。他觉得非常好看，而且觉得看着很是快活。这就说明此时此刻他忘记一些东西了。广播感觉到李同志在看自己的胸脯，就很有些得意，索性把上衣整个脱了下来。光赤着的上身，在夜色暗影的烘托之下，显得玉一样地白嫩，肉艳得惊人。李光辉想说句什么话，结果这时他变成了结巴，我我我我我了半天，也不晓得究竟要讲什么。广播就仰面笑起来，不料失去重心，朝后咚地倒下去。李光辉站起来，不知是去扶她好呢，还是让她自己起来好。广播仰躺在木板地上，笑得两个翘翘的奶子颤个不停，后来就懒懒地朝李光辉伸出一只手来，说：扯我一把。李光辉握住那只手，用力一扯，广播坐起来，就势倒在李光辉怀里，又是咯咯咯咯地笑。李光辉怕她再跌倒，不由自主搂住了她的背，就感到了女人丰腴的背是如何光滑柔嫩。与此同时，也感到了自己剧烈的心跳同一股莫名的燥热。

后来李光辉拾起地上的衣服，披在了广播的肩上。后者捉住衣领，只说了一句话：你是个好后生，是个呆子。这是李光辉转身朝屋里走去时，广播在他背后说的，类似于刚来不久桃花半夜里找他借煤油时说过的话。两个让李光辉怦然心动的龙岩坡女人都说他是呆子，这就逼得他要想自己为什么是呆子的问题了。这就是说，他又有了疑惑。凡是有疑惑的夜里，他都会困不着，枕着自己的脑壳想事，然后，数数，并且不断地数错。

关于房东钟国民不在家，有一点需要补充交代的是，该房东是一个性子有点犟的男人，虽然他平日不大爱说话。有一回马五谷派工时让他同女人们一道到山里头砍竹子编畚箕，他讲了一句牢骚话，马五谷当时也没有说什么，沉着皱纹很多的脸走开去。过了一些天，公社里找青山大队要一个人到公社食堂去做饭——因为公社里长着黑玉米牙齿的伙夫强奸公社小学一民办女教师被公安抓到县里头去了。大队就把这个差事交给了龙岩坡。结果马五谷就把钟国民叫拢来，说：给领导做饭，这是光荣的任务——现在我派你去光荣。当然，事后大家都明白，钟国民是因为一句牢骚话而被马五谷派到公社去烧饭了。但是谁也不会说破。广播刚开始也以为老公真的是很光荣了一把，后来回过神来，就明白了到底是怎么回事。这天她站在禾坪里破口大骂起来。在这种时候，李光辉才晓得广播为什么被人称为广播。她的嗓子就像是"文革"武斗时的高音喇叭，你只听到一阵阵聒耳的噪声，却根本听不清楚所骂是什么。李光辉尖起耳朵，也只听清了几个单词，比方"天杀的"，比方"昧良心的"，比方"阴毒鬼"等等。我们都有过这样的经验，同某些人交谈时，我们根本不是在凭听觉听明白对方说的话，而是凭感觉来感受对方要表达的意思。现在李光辉就正是如此，他并没有听清楚广播骂的是什么，却凭感觉晓得了她骂的是谁，而且还晓得为什么要如此地骂。有些人围了拢去劝广播，广播却骂得更是汹涌澎湃。李光辉远远地站在门前看着，并不拢去劝说，这是因为：一、他去劝说，万一止不住广播，会很损自己的面子，他毕竟不是一个普通社员；二、广播骂马五谷，也不是没有道理的，李光辉也晓得后者为什么要派钟国民到公社里去光荣；三、如果他以工作队的名义去压服广播，弄得广播很难过，他心里也不会好受，因为他对广播很有些好感。后来围拢去的人更多了，人头遮挡住了广播，但广播的骂声依然不绝于耳。李光辉看看禾坪那头的马五谷，坐在地上抽喇叭筒，喷吐着沉默的蓝烟，好像什么都没听见。李光辉就觉得，马五谷真是很有城府的一个人。现在李光辉也看出来，整个龙岩坡，谁都不敢得罪马五谷，却只有广播，跳起脚来骂娘，敢作敢为，让他心生几分钦佩。直到吃晚饭时，李光辉才发现，广播骂得连嗓子都失声了。尽管如此，李光辉也还是进一步发现，广播的脸上洋溢着一种得意的光彩。看到这种光彩，李光辉对什么是快活又有了更多的理解。

自从马五谷当了龙岩坡生产队的队长，他的堂客桃花就不来守水磨坊了。这使李光辉感到，马五谷当队长后龙岩坡诸事都起了变化。有些变化让李光辉觉得很不舒服——比方桃花再不到水磨坊来值夜就是一例。许多天来他心里一直在琢磨广播同桃花都说过的那句话，琢磨自己为什么是个呆子的问题。就是说，在疑惑当中，李光辉时常想起桃花借煤油的那个夜晚，他觉得那个夜晚现在想来真是有一种难言之美，而他只是看住自己的一双赤脚，简直就是对那种难言之美的彻头彻尾的辜负。他后来一直希望桃花再来借一次煤油，如果她来了，踩着满天的星光,他李光辉保证不会再低着脑壳看自己的一双赤脚啦。但是桃花半夜里来借煤油,踩着满天的星光,他同她说什么话呢?或者说,他要怎样做,她才不会说自己是呆子呢?从这件事上,我们可以看出,李光辉虽然并没有明白自己为什么是个呆子,但他是绝不打算再做呆子。因为他已感觉到,要是继续做呆子,像桃花同广播这样的女人会一个也瞧他不起。我们已经晓得了,李光辉根本不愿意被龙岩坡的那些美丽的女人瞧不起。李光辉在很多一数数就数错的夜里,时常想起桃花来,想起她的粑粑头,想起她说他比麻雀的胆子还要小的话,想起她的夜浴,她的身体,他就不仅仅只是麻乱同疑惑,他下面还很有些情况不对头。就是说,这样想过之后,第二天早上醒来,他又要避开广播一个人到溪边上去洗滑溜溜的短裤头了。

现在我们晓得,李光辉想起桃花的时候,他的生理上会有何反应。同样的道理,李光辉想起广播的时候也会如此。这就意味着,李光辉在龙岩坡待的时间越长,洗短裤头的机会就越是频繁。有一阵子,房东女人广播发现每天早上李同志都很早起来到溪边上去,就明白是怎么一回事了。她站在堂屋的门口,一手撑在门框子上,一手撑在自己的腰上——看上去这又是一把茶壶了,拦住迎面从溪边走上来的李同志,大声说道:嗬哟,我硬是帮不上忙了啰。接着又说:嗬哟,李同志脸都是红的哦。李光辉进到屋里,过了半个钟头,脸还在发烧。这是因为,他觉得自己一切秘密都被广播看穿了。这时候,他感到自己就像牛二一样,被广播剥得精赤条条的了。吃上午饭的时候,广播煎了一个荷包蛋放在桌子上,两个小孩子眼睛鼓得溜圆的直盯着,喉咙里呱呱有声。广播把筷子一人脑壳上敲一下,说:看么子看么子,好吃样子,这是给李同志营养的呢!李光辉就觉得,广播对他真是好。

但他无法说出感激的话来。于是他又变成了结巴，我我我我了半天，惹得广播大笑不止。后来广播说：身子亏了可惜呵。李光辉就说：我身子好得很呢。广播说：身子好也不能浪费呵。李光辉当然听明白这是指什么了，脸于是又一阵发烧。广播故意装着天真的样子说：我这里实在没有上酒呵，你怎么脸就红了呵？搞得李同志不知如何对答。后来广播忽然沉默下来，望着李同志一言不发。李同志抬起脑壳来，四目相向时，只觉得广播眼里又闪跳着红光了，但奇怪的是这不是夜里，而且火塘里的火刚才广播做完饭已经把它弄瞎了。

结果在这天晚上发生了一桩事，这桩事彻底改变了李光辉的一生。

2

这天下午歇憩的时候李光辉找马五谷谈了一次话。谈话的主题主要是有关工作方法的问题。因为李光辉觉得，马五谷对社员们的报复心太重，搞出了群众怕干部的风气，这是非常之不好的。除此之外，马五谷城府太深，让人感到不可亲近，也是非常之不好的。作为工作队员，李光辉有责任批评教育基层干部，使他们能更好地带领群众农业学大寨，也就是让鸡毛飞得更高。谈话的地点是在一棵板栗树下。马五谷像是有预感似的，掏出烟袋来滚了一支喇叭筒，喷出一朵蓝云后，先开了口。他说：我若不是生产队长，谁人怕我？我是生产队长，谁人不怕我？这好像有点子先发制人的味道，李光辉于是说：我认为，关键不是叫群众怕你，而是拥护你。马五谷又喷了一朵蓝云，说：一个人没有权力，谁人拥护？一个人有了权力，谁人不拥护？这又有点子禅语的味道，李光辉于是说：我认为，关键是如何用好权力，因为权力是党和人民交到你手中的。你一定要注意处理好干群关系。这时马五谷就不言语了,眼睛微眯,好像有什么东西需要回忆的模样。这就显出他的城府来了,同时也显出他们之间的空气的尴尬来了。过了一会儿,李光辉又说:关于你派钟国民到公社去做饭的事,群众是有一些议论的。一个生产队长,对于群众发点牢骚的事,应当采取引导同教育的态度,而不能采取压制同报复的态度,这样会影响社员们的积极性,鸡毛飞到天上去,搞不好也会掉下来的。李光辉还说了些别的话,但是马五谷不再做声了,只是沉默地听着,眼睛微眯,又是那副有什么东西需要回忆的模样。忽然之间,李光辉觉得他这副模样很是讨厌。他也说不清这讨厌的由来,但确实有了这种感觉,而且有了这种感觉之后,他也沉默了下来,不想再多言说。他抬起脸来,看到板栗树上停了一只红背的花鸟,叽叽叽叽地叫着,非常好听。他于是站起来,丢下马五谷同他那不断喷吐的蓝云,独自走到山顶上去吹风,哇地叫一声,忘了讨厌的心情,脑壳里是一片澄明。

吃完夜饭以后,李光辉走访了两户山腰间的马姓人家。这说明李光辉依然在坚持做细致深入的思想工作。有一户人家他去的时候就已经上床困觉了。当时还很早,李光辉看看手腕上的上海牌夜光表,不过就是八点多一点而已,他伸手推开堂屋的门,听得里头女人的呻吟声一阵阵水一样泼过来。他以为这家人家的女人生病了,而且病得很是严重,就急忙推开里间那张被柴烟熏得黑不溜秋的木板门,冲了进去。屋里头黑灯瞎火,李光辉就像是掉进了一瓶墨水中。这时他就看到两条模糊的白影子一齐坐了起来,呻吟的声音也一下止住了。李光辉的瞳孔迅速适应了屋里墨水的颜色,这才看清楚了,原来那两条模糊的白影子是这人家男人同女人的赤条条的身体。对于不速之客的撞入,这对男女的反应除了弹坐起来,就是瞪大了各自的眼睛。李光辉用力眨了眨眼睛，这时屋子里的一切都清晰起来，他看到那女人有一对很大而且造型非常好看的奶子，还看到她曲起腿来时身体一波三折的迷人线条。李光辉呵的叫一声，返身跨出门外。这时身后传来那男人的声音：李同志，么子事？李同志头也不回地答道：没么子事。没么子事。然后又是那女人的声音：进来坐呵李同志，我起来啦。但是李光辉朝山脚下走去了。他甩开手大步地走，耳畔回响的是那女人的声音。那声音非常悦耳，仿佛是山下草蓬间溪流的浅唱。就在刚才，这声音却是一种呻吟的声音。一个人发出两种截然不同的声音，一种是给别人听的，一种是给自己听的。而这两种声音李光辉都听到了。关于后者，李光辉呵的叫一声，就是因为他一下子顿悟了这声音表达的是什么。就是说，李光辉终于明白了那对男女在床上是干什么了。进一步说，李光辉还明白了，快活的事也能叫人发出呻吟之声。

李光辉朝山下走着，夜风吹着他那发烫的脸，他的耳畔是呻吟之声，他的眼前是一对造型很好看的大奶子。他抬起脑壳来，看到山高月小，水落石出，这个山野之夜真是美轮美奂。而这美轮美奂又是与他的所闻同所见相融与合为一体了。这是个凉爽的秋夜，可是李光辉却走出了浑身的燥热。他解开衣襟，让广大的风吹着赤裸的胸膛。与此同时，他深深地感到，那呻吟之声同那对造型很好看的大奶子分明是太折磨人了。他忽然觉得除了燥热，还有一种难过。这难过就像虫子一样，狠狠咬着他的年轻的身体。他又呵的大叫一声，之后，他听到四面山里都是狼嚎一样的回音了。他于是又感到了害怕。

李光辉并不晓得，他所感到的害怕，其实就是一种预感。众所周知，一个人的命运发生重大转折时，他都会有所预感，有时候这预感就是通过害怕来释放的。李光辉走回家时已是大汗淋漓。他就拿了一条大毛巾来到溪边洗浴。月亮照着群山，水里鳞光跳跃，空气里是一股野草的袭人的香味。他脱掉衣裤的时候，发觉下头那年轻的东西直翘翘的。这使他惊异，也使他尴尬。但他心里清楚，这东西是如此状态，要怪刚才的所闻所见太过强烈，也太过刺激，一直没有从脑壳里头挥发掉。尤其是那种呻吟之声，越是不去想它，它越是响彻在耳畔，让人莫名地烦恼又莫名地亢奋。李光辉低头看着下面那直翘翘的东西，试着用手握住，而且试着使一点气力，不一会儿，他就感到自己也快要呻吟了。一种快感电了他一下，迅速麻遍全身每一个细胞。他于是又呵的叫了一声。正在这个时候，他听得广播的声音从屋里传出来，那声音十分严厉，好像是在咒骂什么人。与此同时，广播家的黑狗也汪汪地吠了起来。李光辉感到有情况，连忙把衣裤三下两下朝身上套去。

李光辉跑回家里，黑狗在堂屋里转来转去地吠着，只听得广播的房间里有什么东西碰得嘭嘭直响，他一把推开房门，从背后泄进来的月光里，李光辉看到有个男人骑在广播的身子上，后者的嘴被那男人捂着，于是脚就乱蹬乱踢。也许广播的气力很大，该男人在上面压不住，像喝醉了酒一样东摇西晃。李光辉大吼一声，一把从后头抱住他，把他摁倒在地上。这时广播爬了起来，大声骂道：你狗日的想占老娘的便宜，老娘拿菜刀切了你的狗鸡巴。说完冲到灶屋里，一会儿手里果然拿了一把菜刀过来了。与此同时，李光辉从该男人转过来的一张皱纹很多的脸认出来，原来他不是别人，是队长马五谷。

3

后来当然真相大白。原来广播那天跳起脚来骂马五谷，后者就起了报复她的心思。他想到的男人对女人的有效的报复，无非就是强奸。于是这天晚上他偷偷摸到广播的家里，拿竹篾片拨开门栓子，上去就摁住已经困着了的广播，急急地脱她的裤子。广播睁眼看到黑乎乎直喷粗气的人影马上辨出是马五谷来，心里头就火冒三丈。因为广播很不喜欢这个马五谷，何况自己的男人因为说了一句牢骚话被他整到公社去做饭，心里就很是恼着恨着，虽然骂过一餐，也仍是余怒未消，今日居然爬到自己身上来脱衣刷裤，真是狗胆包天，于是拼力扭打了起来，打得鸡飞狗跳。但那两个小孩子却困得死死的，一个也没醒过来，还不如那条黑狗，晓得吠着也是帮她助威。幸亏李同志及时赶到，因为论气力，女人究竟是拗不过男人的。

马五谷的胆子也的确是太大了，这是因为，他明明晓得，工作队员李光辉就住在堂屋隔壁的房间里。这只能说明，他对事情的把握未免估计过高。就是说，他以为广播会屈服于他的权力。除此之外，他还想到，广播也正需要男人。更重要的一点是，自从他马五谷当了生产队长，想要困哪个女人，哪个女人都没有过反抗。这也就意味着，在女人的身上，他充分感受到了权力的无可抗拒的力量。所以在马五谷皱纹很多的额头里逐渐地形成了一个概念，这概念就是：拥有权力的男人，才是真正的男人。同时，一个相关的概念也逐渐地形成：权力使人惧怕，也使人服从。明白了这一点，我们就会明白马五谷为什么胆子如此之大。但马五谷分明是失算了，这是因为，广播是一个根本无所惧怕的女人。她不但拒奸，而且还气呼呼地要拿菜刀切了他的狗鸡巴。

李光辉划亮一根火柴，把广播屋里的煤油灯点燃，看到广播衣裤都被扯得稀烂，几乎是赤裸着身子站在门口气得抖抖瑟瑟。她的身后，黑狗仍在狺狺地低吠着。而她手中的菜刀的刀刃在灯光里闪跳着一点令人心悸的寒光。这时马五谷业已坐起来了，正慢慢拴自己的裤带头。他脸上的表情在灯光里显得十分木然。虽然一切都在他的意料之外，但这也并没能使他就如何惊慌失措。李光辉看出，他的木然的表情似乎是在说着一句话：事已至此，你要如何办就如何办吧。他的态度倒真是让李光辉感到吃惊。就是说，广播的勇敢让李光辉钦佩，而马五谷的木然让李光辉惊愕。

不难料到，事情的终结就是，不管马五谷如何木然，他还是被李光辉撤了职。这一回不同于上两回，李光辉来了一个先斩后奏。就是说，第二天上午他就召开了队委会紧急会议，在会上，李光辉先以工作队的名义宣布了撤销马五谷生产队长一职的决定，然后再说明原因。这个原因也是与会人所熟悉的：作风不好，乱搞女人。当时马五谷本人也在场，一言不发，叼着喇叭筒烟，慢慢喷吐着蓝云，眼睛微眯，同样是一副似乎有什么东西需要回忆的模样。权力从此离他而去，他也许是在回忆它的滋味吧。我们晓得，马五谷脑壳里有了一个概念：拥有权力的男人才是真正的男人。假如真是这样，那么马五谷从此就不再是一个真正的男人了。但他有何感慨，李光辉仅从他的表情上还看不大出。有城府的人就是如此，总是让人捉摸不透。因为捉摸不透，李光辉就感到自己远不够少年老成。宣布了撤职决定，李光辉还宣布，新的生产队长人选暂未确定，也暂不酝酿，由他本人先代行其职。散会以后，他就给工作队王队长写了一份材料，呈报了上述种种。王队长很快龙飞凤舞地作了批示：鉴于龙岩坡生产队历任队长均犯有严重作风错误，同意李光辉同志意见，暂由李光辉同志代理队长职，至于生产队长人选，因前车之鉴，拟慎重考察后再作确定。于是从这天起，李光辉就代行龙岩坡生产队队长职了。

我们说过，那天晚上发生的那桩事，彻底改变了李光辉的一生。这是因为：一、他看到了马五谷企图奸污广播的事实。这个事实告诉他，任何男人拥有权力，就可以困别人的堂客，不管别人的堂客愿意不愿意。由于这桩事，他还联想起了公社里发生的事，也就是女知青雷晓红同刘书记和王队长之间的事。现在他明白，后者能够困前者，并且困得前者要到卫生院去"做掉"，就是因为后者拥有既可以把前者调到公社里做电话接线员，又可以推荐前者招工的权力。所以在这个晚上，李光辉认真思考了这个既让他憎恶，又让他好奇的权力。这就意味着，李光辉在这个晚上对权力的诱惑产生了极大的兴趣。由于有了这个兴趣，也就有了他要代行生产队长一职的念头。二、事情发生后，马五谷不发一言地走掉了，广播手里的菜刀当时丢到了地上，就是说，她并没有拿它切掉马五谷的狗鸡巴。其实有没有切掉并不要紧，要紧的是，丢掉菜刀之后，广播猛地扑到了李光辉的怀里，气息吹到后者的脸上如迎面吹来了遥远的风，而且后者还仰起脸来喘息着说：我给你困！给你困！我们晓得，这个时候煤油灯已经点亮了；我们还晓得，广播几乎是赤裸着的。她的光滑丰腴的身子在李光辉的怀里颤动，使这个二十一岁的青年浑身的血液就像鼎锅里的开水一样沸腾起来了。"我给你困"这句话，是李光辉二十一年来第一回听到的话，这句话带着遥远的风一样的气息吹到他脸上同心上，所产生的魔力当然是可以改变一个人的人生的。李光辉的手不由自主地摸了一把广播的翘翘的大奶子。这时候，他的血管里的血液就不是鼎锅里的开水了，而是熔炉里的铁水。他感到了窒息，同时也感到了眩晕。此外，他还感到自己像是发了高烧的病人，他的身体快要被燃成灰烬了……

有一点需要说明，那天夜里，李光辉并没有困广播。这是因为，他当时感到了窒息同眩晕，而且他还感到自己像是发了高烧。换句话说，他当时根本没有力量去困眼前这位丰腴饱满几乎是赤裸着身子的女人——尽管她自己强烈要求给他来困。与此同时，他还非常害怕。到底害怕什么，他也一时想不清楚。总之，他把自己的手从广播的翘翘的奶子上收回来，然后摇摇摆摆着站起身，像踩着棉花一样飘飘地进到了自己房中。这个时候，他听到广播的哭声了。这是他第一回听到广播的哭，而平时他听到的都是广播的笑。那哭声并没能放开来，是嘤嘤的低泣。这样的哭，仿佛很不符合广播的敢恨敢爱的泼辣个性。但她确实就是这么嘤嘤低泣着，反而显得更加伤心无助。这哭声像是一道溪水，慢慢冲洗着李光辉的脑壳，使他渐渐退了高烧，淘去害怕。而这时他便有了一种前所未有的冲动，他简直想冲了过去，抱住广播哭泣着的赤裸的身子，然后，同她困——不管是在床上还是在地上。这就说明，那天夜里，李光辉虽然当时并没有困广播，但是后来却非常非常想困。不过他也只是强烈地想，在这件事情上，要把想变成行动，他的勇气还远远不够。

同时需要说明的是：那天夜里，李光辉彻底失眠了。他的眼睛圆睁着，一会儿冷静一会儿冲动地想起许多事来。关于冲动，那就是说，他多次想爬起来，冲到广播的床上，不顾一切地深入到她的身体里头去。这个夜晚是李光辉一生中最刺激的一个夜晚。二十一年来，他第一回如此强烈地感到需要女人。他的下头已经胀得生痛生痛。他拿手去握住，一会儿他的手就滑溜滑溜地全湿了。而这时他听到了鸡的啼唱。新的一天开始了。李光辉坐起来，看着窗子外头蓝蒙蒙的山影同天空，隐隐感到，他的身心都已发生了大变化。

4

　　事情过去两天后,马五谷找到李光辉,自己要求到公社去修机耕道。那是一件苦差事,平日他当队长时都是罚不听他的话的男人去干的。李光辉理解为他这是自我惩处,同时也是逃避人家的白眼同嘲讽——他毕竟在当队长期间得罪了许多人,于是李光辉就点头同意了。就是说,李同志只是点了点头,连话都懒得跟他说。他这样表态,就是为了表示自己也并非没有城府。一个人,当了头头,点头表示同意,摇头表示否定,这就是城府。城府是可以学的。世界上的事,没有什么是不可以学的。当然李光辉想表现得有城府,这是他在向马五谷学。就是说,马某人是他的反面教员。这样,马某人就同他的两位前任一样,去干苦差事去了。顺便补充一句,两位前任是马某人在任时罚去的,现在马某人自己将自己也一并罚了去。

　　马五谷撤了职,桃花就要到水磨坊来守夜了。这天断黑边上,李光辉吃了夜饭坐在溪边上抽喇叭筒烟——这是他在许多同之外又新添的一同。他看到山腰间袅袅地下来了一粒人影。近前一看,原来是桃花。她手里拿了一只纳了一半的鞋底,粑粑头也仍是抹了些刨木花水,闪动着黄昏昏黄的微光。见到李光辉,她停住脚,打了声招呼,脸上绽开着好看的笑容。这笑容使李光辉大为感动。这是因为,他觉得,龙岩坡的女人从来都是乐天的。他到此地搞工作队已经十个多月了,还从来没有看见过女人们脸上的愁容。桃花虽然老公被撤了职,自我罚到公社去干苦差事,她却没有丝毫的羞耻感,除此之外,她同马大佬困觉的事被李光辉撞见过,她也没有丝毫的羞耻感,反而见到李同志还绽一脸好看的笑。所以桃花就显得比平日笑着时还要楚楚动人。

李光辉就问：今夜里守水磨坊？桃花答道：嗯呐。李光辉说：好久不见你值夜啦。桃花答道：嗯呐。李光辉又说：我屋里还有两瓶煤油呢。这下子桃花没有"嗯呐"了，她有些讶异地看看这位李同志，发现他并没有望着自己说话，而是把脑壳扭到了一边。后来这句话让桃花坐在水磨坊里一边纳鞋底一边想了很久。直到她打了一个呵欠，才懒得再想了。当然后来她还是想了，不过想出来的是这么一句话：这个李同志好怪，说话莫名其妙。

桃花懒得再想了的时候，李光辉却在房子里胡思乱想。这主要也是由桃花引起的。这个女人脸上绽开那样好看的笑，嗯呐嗯呐的声音也那样地好听，不由得身心起了变化的李光辉不胡思乱想。在胡思乱想当中，李光辉眼前老是浮着桃花夜浴的样子，说白了，就是眼前老是浮着桃花的一丝不挂的裸体。这时他感到下头又有了情况。后来他想控制自己不再去想那汉白玉一般的夜浴的裸体，但是他已经对自己失去了控制力。于是下头又开始胀得生痛生痛了。这一回他却不敢拿手去把握。因为他害怕再弄得一手滑溜滑溜的。这说明李光辉变得乖巧多了。不过乖巧归乖巧，就是说，一切乖巧都不能阻挡李光辉胡思乱想，不能阻挡他眼前老是浮着桃花一丝不挂的裸体。我们晓得，一个年轻人，二十一岁，遇到这样的麻烦，那是会有后果的。所以接下来，我们就看见是什么后果了。

在描述后果之前，我们要先来描述李光辉的心理活动。这就是说，他起先是胡思乱想，接着眼前老是浮着桃花的裸体，后来他就非常盼望桃花听懂了他的话，来找他借煤油——因为这时候已经很晏了，四下里极是安静，墙角的虫子唧唧地鸣叫，溪里的流水淙淙地呢喃。虫声也好，水声也好，仿佛都在提醒，这个夜晚不应当只有这么一点点动静，这个夜晚应当非同寻常。这是因为，李光辉有一种按捺不住的激动，只觉得浑身燥热无比。他想桃花要是不来找他借煤油的话，那他就非把煤油送到水磨坊去不可，不管桃花是不是需要。他的心理活动就是要为自己的行动寻找借口。换句话说，如果一个夜晚非同寻常，那它总要有非同寻常的理由。

如果我们简单一点说明所谓后果的话，这后果就是：经历了这个非同寻常的夜晚，二十一岁的工作队员李光辉便不再是童男子了。

李光辉不再是童男子，是因为他同桃花发生了性的关系。这是他有预感的。当桃花下山来朝他绽开那样好看的笑，还嗯呐嗯呐说话时，他就强烈地感到今天晚上非需要这个女人不可了。如此强烈地需要一个丰满性感的女人，若是在平时，李光辉肯定会非常害怕。就是说，他不是害怕这个女人，而是害怕他本人。但是他今夜已是抗拒不了这种强烈的需要了，我们说李光辉起了变化，这就是最大的变化。龙岩坡的女人对于李光辉来说可谓一生中最大的诱惑。他过去抵抗着这种像春天山崖上的野花一样浓烈芬芳的诱惑，现在这种抵抗业已土崩瓦解。即使不是土崩瓦解，那也是滑稽可笑。这就是说，他有了预感之后就非常之想同桃花在一起了。我们说过，要将想变成行动，李光辉的勇气还远远不够。但是这个夜晚非同寻常，虫声也好，水声也好，一切都对李光辉形成了莫大的鼓励。一个年轻人，受到如此鼓励，他就再也按捺不住激动，从房子里走出来，踏着石板路来到了水磨坊——他其实手里根本就没有提着什么煤油瓶。当那扇柴扉发出他极为熟悉的吱呀一响之后，他就不再是童男子了。

需要说明的是，当李光辉进入丰满性感的桃花的身体之前，他在想象当中就已经完成了对桃花的身体的进入。这是因为，他走出自己的房间的时候，脑壳里又幻出了桃花的汉白玉一般的裸体。他的下头仍是胀得生痛。于是这痛感就使他觉得下头这个几乎成了悍然大物的家伙会与那个汉白玉的身体发生不可理喻的纠缠。当他想到这一点，在他的脑壳里就幻出了自己进入那身体的全部过程。这简直是一个奇迹，因为李光辉从来没有做过爱，也从来没有见识过别人做爱。在现在这样的时代里，一个二十一岁的年轻人，万一自己没有性经验，也至少晓得做爱是怎么一回事。但是在七十年代，像李光辉这样的人，哪怕已经二十一岁了，就连性常识也是多半不懂的，要想在脑壳里幻出做爱的全部过程，只能被称为奇迹。在奇迹产生之后，李光辉几乎是浑身冒着火焰来到了水磨坊。换句话说，李光辉二十一岁的青春被欲望之火蓬蓬地燃着了。

第八章

1

不知是听到第几声鸡啼，李光辉醒来了。他睁开眼来，在朦胧的熹光之中看了看怀抱中的桃花。后者困得极是香甜，鼻息像三月的熏风，吹在他的胸脯上，使他感到人世的美是遥远而广大的，同时也是懒洋洋的。虫声依然在那里，水声也依然在那里，但是过了一个夜晚，它们就变成了竖琴和诗，吟唱着一个年轻男人所领略到的生命的快活同心满意足。桃花的粑粑头已经解散了，乌黑的头发泻了半床，赤裸着的身子弯得像一张饱满的弓，李光辉伸出手来轻抚着这张弓，有一种无限明媚的心情，好似要拿它弹射到日子的最深最深处。这时他的轻抚将桃花弄醒了，准确地说，是将后者的身体弄醒了，这身体便如乞讨的手掌一样仰摊开来，强烈地示意他再度进入。这种等待同鼓励的姿势一下子就让李光辉亢奋了起来，于是李光辉在黎明时分又一次地燃烧了自己……

在整个过程中，桃花都是闭着眼睛的——闭着眼睛干，闭着眼睛呻吟，完事之后闭着眼睛又打起鼾来，而且身子再一次地弯成了一张饱满的弓。这就是我们所说的，她只是身体醒来了。换句话说，李光辉在半夜里是同醒着的桃花做爱，黎明时分是同梦中的桃花做爱。但两者都让李光辉感到了无与伦比的快活。他坐起来，从口袋里摸出烟丝滚了一支喇叭筒，抽了一口，觉得恍兮惚兮，舒服至极——以后就再也戒不脱这种东西了。这就是说，女人同烟草，自此成了他生命的必需。

抽完这支喇叭筒，天色就亮了许多。李光辉慢慢穿好衣服，在站起身之前，满意地在桃花的臀部上摸了一把。这个动作一点都不温柔，甚至相当粗鲁，就像土耳其人对待自己的女俘一样，连李光辉本人都感到有些吃惊。他不晓得自己为什么会有如此粗鲁之举，但同时他又感到仿佛需要一个这样的举动，才能注释他现在的心情。他站起来，跨过地铺上的性感的弓，吱呀一声，走到了柴扉之外。一股新鲜的、略带湿润的山风迎面吹来，他的衣角抖动不已，他沿着石板路朝木屋子走去，脑壳里是一片兴奋的空白……

关于李光辉半夜里走入水磨坊的情形，可以略作补充如下：当时桃花正在灯下纳鞋底。这个姿势李光辉已经相当熟悉——就像他熟悉柴扉的吱呀声一样。就是说,桃花好似永远有纳不完的鞋底。这证明桃花的崽女们在不断长大,而她的美丽却一如既往。我们说过,龙岩坡的女人从十八岁到四十五岁,在皮肤的细腻上几乎看不出明显的区别。我们还说过,龙岩坡的女人,到了四十多岁,其娇嫩尚且如少女一般。李光辉从桃花的身上就看到了这一点。如果桃花不是留着粑粑头,而是扎着小辫,到了遥远的省城里,人们一定会在猜测她的年龄时闹出许多笑话来。桃花纳鞋底的姿势是很有美感的,这样的姿势在省城里是看不到的,所以李光辉一见之下就很有几分冲动。而在冲动之前,桃花早已仰起了她的脸,钻子在头发间来回熨了熨,说:李同志来啦?李同志这时正在冲动,处于严重的失语状态。桃花一点也不奇怪的样子,又说:坐呵李同志。李同志四面看了看,除了地铺,没有可坐之处。而桃花就正是坐在地铺上纳鞋底。这就意味着,他要坐,就是坐在桃花的身边,坐在充满了诱惑或暗示的床上。他当然就坐了下来。结果一屁股没坐好,朝后一仰,倒在了床上。桃花就笑得只拿拳头捶他的腿,还说:好玩好玩好玩,李同志太好玩啦!后来桃花忽然止住笑,眼睛亮亮地望定李光辉:李同志,今夜里我要你好好陪我玩!李同志还在失语状态之中,而且也没有完全反应得过来,桃花就动手脱他的衣服了。

我们晓得,在从自己的房子里走出来到吱呀一声拉开柴扉,李光辉脑壳里都在想自己如何使这位丰满性感的女人投怀送抱的问题。虽然他并没有任何性经验,但在他的感觉里,女人在这种事情上一定十分被动,甚至不是那么情愿的。一个女人主动地对一个男人说今夜里我要你好好陪我玩,并且还动手脱这个男人的衣服,这种情形是李光辉完全不能料想的,所以他竟然莫名其妙地挣扎了起来。这时桃花把眼睛瞪圆了,大声说:那你来做么子,深更半夜的?那种理直气壮的模样倒着实让李光辉吃了一惊。他想真是的,我是来做么子的呢,这么深更半夜的?他仿佛一直在做梦,现在忽然醒过来了,于是就一把抱住桃花,摁倒在床上,抱得死死的,直到过了好久,才听到怀里有一种闷闷的、游丝般的声音:我要死啦……

有关李同志半夜里走入水磨坊的情形便是如此。这情形可以这么解释:有很多的事是出人意表的,而真正的快活往往都来自这个出人意表。

我们说李光辉已不再是童男子,其实这句话的关键,是说李光辉已不再是昔日之李光辉了。众所周知,陶渊明老先生说过一句非常有意思的话,叫做"觉今是而昨非",李光辉后来的心态就是觉今是而昨非的心态。他回想起来,龙岩坡的女人其实早就给过他足够多的暗示,他如果及时领悟并及时接受那些暗示的话,那么他的快活的时光可以至少提前半年来到。就是说,他享受快活的时光可能已经有半年多了。现在他已在龙岩坡待了快十一个月,而作为农业学大寨的工作队员他只是在湘西工作一年,那么他剩下的时间也就只有一个多月了。他可以料想,剩下的时间,将是他一生中最为快活的时间。也就是说,他刚来的时候简直都不敢正眼一望的龙岩坡的女人的那份惊人之美,他可以尽情地享受了。经过桃花,经过这一夜,他晓得她们是需要他的,而不是瞧不起他的。反过来,他也是需要她们的。因为他深入她们,就是深入到生命的欢悦同快活。

但是,不管怎么说,李光辉想起所剩的时间只有一个多月了,多少便有些懊恼同沮丧。他甚至悔恨自己为什么不早谙世事。这就是觉今是而昨非的态度。

顺便补充一句,李光辉从水磨坊里出来,脑壳里是一片兴奋的空白。他沿着石板路朝前走,快走到自己的木屋时却忽然折转身朝山上走了去。就是说,他忽然想到山顶上去坐一坐,因为这是他在龙岩坡养成的习惯。觉今是而昨非的态度就是在山上的一块绿茸茸的大石头上产生的。

2

你如果坐在绿茸茸的大石头上,迎面吹来凉爽而清新的风,看着迷蒙的山影,听着隐约的鸟啼,可能你就会像李光辉一样,想起许多遥远或并不遥远的事情来。现在我们要描述的,就是李光辉在这个清晨的时辰坐在绿茸茸的大石头上想起的如下一些事情。首先,他回味了昨天夜里以及今天早上同桃花做爱的滋味。顺便说一句,在回味的过程中,李光辉下头那个东西又直翘翘的了。他站起身,在大石头旁的一棵板栗树下撒了一泡热辣辣的尿,然后又坐下来,过了好半天,那东西仍是直翘翘的。这就说明,快活的事情是让人亢奋的,并且这亢奋是不由人的意志为转移的。我们晓得,李光辉在一个晚上同醒着的桃花和梦中的桃花都做了爱,因此,他不再是童男子了。关于这一点,李光辉一点怅然都没有,相反,还极是得意。就是说,他觉得自己在龙岩坡早就不应当是童男子了。在如此美好的女人同如此美好的身体跟前做一个童男子,真是羞耻或者愚蠢。如此美好的女人,如此美好的身体,当他深深地进入时,那每一个毛细孔都在拼命释放的巨大快感震撼着他的同时也在向他宣告,从前的所有日子都是苍白的,毫无意思,毫无快乐,也毫无人味的。我们说李光辉回味同桃花做爱的滋味,这就是最强烈的滋味。也就是说,谁一生中只要感受过一次这样强烈的滋味,谁就会从此改变整个的人生。接下来,李光辉莫名其妙地想起了外婆，想起了工厂团委的同事，以及那位在记忆当中日渐模糊起来的燕妮妹子……换句话说，他想起了与现在的生活完全不同的从前的生活，想起了与龙岩坡的人完全不同的都市的人们。但我们可以肯定，李光辉是"想起"，而不是"回忆"。二者的区别是，后者是带有感情的，而前者则未必。比方李光辉想起燕妮妹子时就没有任何回忆所带来的亲切同温馨。他只是想，同龙岩坡的女人相比，这位看上去长相不俗的中学同学到底缺少了一点什么呢？我们晓得，曾有好多个不眠之夜，李光辉被这个问题所困扰，而现在，经历了一个美好的夜晚，经历了一个美好的女人，他终于搞明白了，原来燕妮妹子根本不是缺少一点什么，而是，她根本就不属于一个能够让男人享受到人生快活的女子。后来李光辉放开来想，在他认识的省城的女人里面，有谁能像龙岩坡的女人那样，充满了生命的绚丽美感同强烈的快乐欲望呢？坐在绿茸茸的大石头上，李光辉用一个摇头的姿势表达了他的感触。顺便说一句，李光辉想到外婆时眼前又再一次地浮出了被人民政府毙掉的土匪头子麻老三七十多岁的堂客负柴疾奔的身影——劳动产生了健康同美丽，产生了米勒画笔下线条饱满、生机勃勃的农妇，也产生了一个山野老妇负柴疾奔的矫健身影。有了这样的印象，李光辉才感到，城市的女人多少都是有些病态的，无论是年轻的，还是年老的，也无论是生理的，还是心理的。二十一年来，李光辉没有真正从内心深处爱恋上谁，也不懂得应当爱恋上谁，为什么一到龙岩坡，哪怕是来的第一天，他就被这方土地上的女人那种强烈的美感惊呆了呢？只有这方土地，才能使李光辉渐渐明白，什么样的女人值得他去爱恋，去进入，去燃烧。同时，只有这方土地，才能使李光辉像一棵山中年轻的树，蓬勃地生长出生命的绿油油的欢悦。有了此番感慨之后，李光辉又想起了另外的一些人和事。比方，王队长同刘书记，一想起他们，就不由得想起了雷晓红，后者现在凉水井镇臭气熏天的化肥厂里上班，虽然被弄得面目全非，但毕竟是当了工人，"工人阶级领导一切"是那个时代最时髦的语言，所以她现在总算是很时髦了，尽管她"做掉"过，并因为"做掉"而把身体搞得弱不禁风。但我们晓得，李光辉曾经有过一个态度，那就是如果把他招工进那个猪圈一样的化肥厂，他不如在龙岩坡当一辈子一日只吃两餐的农民。关于王队长同刘书记，李光辉的态度只有厌恶同憎恨，这是因为他们利用可以调到公社守电话总机或推荐招工的权力困了女知青雷晓红，而且他们当中不知是谁让后者受了"做掉"之苦；最重要的是，后者的结局比"做掉"之苦更苦——她将在那样一个肮脏的地方结束自己的青春同美丽。再比方，李光辉还想起了马氏家族的几位生产队长——马石头、马大佬以及马五谷。他们都是因为作风不好，乱搞女人下的台。想到这些被自己搬掉的石头，李光辉有了一种非常复杂的心态。一方面，马氏三队长都是快五十岁了的丑陋男人，而他们却随意地困了世界上最富于美感的女人，也许某些女人是出于对性事的兴趣，但更多的情形恐怕是出于对权力的屈从——当然也有不屈从的，比方说广播，不过她只能算作是例外。对此李光辉怀得有一种痛恨。我们可以理解成李光辉对马氏三队长的痛恨，也可以理解成对权力形成的淫威的痛恨。另一方面，马氏三队长的作为又让李光辉对权力产生了浓烈的兴趣。马氏三队长拥有权力时同失去权力时是完全不一样的两类人，叫李光辉一想起就觉得大有意思。除此之外，李光辉还觉得马氏三队长曾因为拥有权力而享受了人间艳福，虽然都被搬掉了，但是作为男人却很是值得骄傲，所谓此生足矣。不过想起他们被搬掉后的委琐模样，李光辉又觉得他们有几分可怜，这倒不是因为他们都被发配去干苦差事，而是因为他们从此不可能再随意享受到人间艳福了。

关于李光辉坐在山顶上的一块绿茸茸的大石头上想起的人和事，还有很多很多，但我们只能撮其要，描述以上这些。这仅仅是因为，我已经够啰唆的了。

3

后来忽然下起了豆大的雨，满山遍野都是春蚕吃桑叶的沙沙声响。李光辉于是摘了片很大的阔叶顶在脑壳上朝山下疾步走去。他看到房东的两个小家伙背着书包戴着斗笠到大队上的小学去上学，那条黑狗跟在他们的屁股后头走了一截然后立在雨中大摇其尾一再表示古得拜，古得猫令，古得什么什么。李光辉走进堂屋时看到广播坐在火塘边上，土林蓝的衣服没有扣，只是虚虚地掩在胸前，懒洋洋地看着火舌舔着鼎锅的屁股，神情就像如今退了休的前厅长前局长无事可干只好坐在客厅沙发上泡电视的模样。李光辉上前打了个招呼，说：吃啦？广播没有做声，只是直了直腰。李光辉又说：看见娃崽同细妹去上学啦。广播仍没有做声，而且也没有直腰了。李光辉觉得奇怪，就在火塘边坐下来，望着广播的眼睛，发现这双眼睛在火光中闪烁了愤怒同伤心，就颇感到意外，说：怎么啦？怎么啦？这时广播把脑壳抬起来了，直视着李光辉，慢慢地说道：我是不是让人瞧不起？李光辉说：怎么啦？怎么啦？广播说：你回答我，我是不是让你瞧不起？李光辉说：哪里的话哟，我怎么会瞧不起你哦，我还怕你瞧不起我呢！广播停顿了一下，问道：真的么？李光辉长劲点了点头。广播忽然声气大起来：那你为什么不肯同我困？！李光辉被这句话着实吓了一跳，于是又变得结巴了，我我我我了半天，不知如何回答才好。广播声气仍然很大地说：以为我不晓得？昨天夜里你困到水磨坊去了！你肯同桃花困，为何不肯同我困？这时候，李光辉总算明白了广播眼睛里的愤怒同伤心。总而言之，他被广播的愤怒同伤心深深地打动了。

我们晓得，有很多事情是出人意表的。比方广播的愤怒同伤心；又比方，李光辉被广播的愤怒同伤心深深打动之后，他们就在火塘边的地板上滚成一堆狂热地做起爱来；再比方，在高潮来临的时候，广播在李光辉的肩上狠狠地咬了一口，从此后者的肩上永远地留下了这一时刻的难忘纪念。这事说明，龙岩坡的女人表达自己的激情，有着与众不同的方式。李光辉在剧烈地一痛之后，也仍然是被深深地打动。因为广播的激情如火如荼、如醉如狂，让李光辉真正体会到了什么叫做忘乎所以的境界。

现在我们可以补充一些细节，来证明广播的激情。我们在上面的文字里交代过，广播的士林蓝衣服就像水磨坊的柴扉一样，并没有扣上，是虚掩着的，所以当广播说了一句：如果你真的不是瞧不起我，那好，那你就来！之后她就把衣服唰地一把剐掉，露出了雪白的胸脯同奶子。那奶子大而翘翘，颤动着热烈的期待同燃烧的欲望，使李光辉这一次再也无法控制住自己，也无法想得那么多了，于是他猛地一把抱住了面前这位勇敢地表达自己的需要的女人……刚刚经历了桃花，现在又经历着广播，李光辉觉得后者比前者更加热烈、更加奔放，像火山喷涌，像白浪滔天，势不可挡。

后来一切都停止了，只听得雨点打得屋外头四下里炒豆似的响，衬得堂屋里分外地静谧。李光辉闭上眼睛躺在地板上，连动一下的气力都没有了，脑壳里又是一片兴奋的空白，于是倦得困着了。过了一会儿，他感觉到一只手伸过颈子将自己抬坐起来，这时一股异香扑鼻而来。他睁开眼，看到广播另一只手上端了只热气直冒的蓝花陶碗。广播说：是两个荷包蛋，补补阳气。坐好，我来喂你！这事又说明，像广播这样的女人在激烈狂放之后还有温存体贴，的确是太美好了。这时候广播仍没有穿衣服，光赤着饱满成熟的身体，而李光辉就软软地靠在这样的身体上，充分享受着这份人世上难得的美好。在他的脚旁，躺着广播的洗得发了白的士林蓝的衣服，那衣服蜷缩着，默默保持了等待包藏一份惊人的肉艳之美的姿势。

4

　　雨还在下着，这是秋天最后的雨水了。天气正在迅速转凉，但是山里的人仍是穿着单衣。时间如白驹过隙，李光辉就要结束他在龙岩坡搞工作队的日子了。他坐在窗前，望着天上的一朵雨云，心情异常复杂。桌子上是一张白纸，上头写了"报告"二字，下面则点墨无着。这是因为，李光辉一时找不到措辞。他的报告是打给工作队总部同本单位领导的，打算一式两份，内容大略是：一、他要求继续留在龙岩坡，但不是以工作队员的名义；二、继续留在龙岩坡，但也不代理生产队长职；三、他愿意在龙岩坡当一个农民，因为他热爱这方土地，就是说，他不想再回到省城里去了。看到以上内容，人们就会明白，李光辉是想辞掉公职，永远生活在龙岩坡了。对于这样的想法，任何人都会哂笑不已，莫说是王队长，或李光辉原来单位上的领导和同事，就是他的家人同朋友，包括父母与外婆，甚至像燕妮妹子那样的人，没有一个会理解的，更莫说是赞同。人们永远不会晓得一个二十一岁的在别人看来是很有前途的年轻人为什么会作出如此荒唐的人生选择。这个世界只有一个人清楚这样的选择的重要同正确，这个人就是李光辉本人。

  李光辉在纸上写下"报告"二字之后没了下文，并不是他不坚定，而是他心情异常复杂。这是因为，他要彻底告别从前了。一个人要是彻底告别从前，他的心情就会如此复杂。但是我们要说明的是，李光辉心情是复杂的，然而思绪却是清晰的。首先，他觉得自己实际上在这近一年的时间里，已经差不多在很多方面与龙岩坡的社员们同了，就是说，他已经像当地人一样适应在这样的环境里生存了——哪怕是一日只吃两餐。其次，他觉得自己相当年轻，才二十一岁，有的是身体本钱，完全能够自食其力。最重要的一点，是他觉得在龙岩坡，日子再苦，也是快活的。这是因为，龙岩坡有世界上最富于美感的女人，她们天性快活——不但自己快活，而且还能给男人创造快活。李光辉认为，他完全可以凭着自己的聪明同年轻以及见多识广博得她们的好感，并进入她们同她们一起创造生命的快活。还有一点也很重要，就是，自从他经历了桃花，经历了广播，他就再也离不开龙岩坡的女人了。就是说，只有龙岩坡的女人，才能使他的青春得以燃烧，迸发出灿烂夺目的生命异彩。不过，有一点李光辉是清楚的：他绝不会像马氏三位队长那样，利用手中的权力来得到那些丰满性感的身体。在他的报告里，他将庄严地写上"放弃代理生产队长一职"，换言之，他将放弃一切权力。他要赢得龙岩坡的女人，但依靠的将是他自己——来自身体同头脑的力量。所以说，李光辉是自信的。这种自信他以前从来没有过，是龙岩坡的女人——比方桃花同广播——给予他的。他对她们充满了感激，充满了爱慕，同时充满了骚动的激情。

  当他坐在一张粗糙的木桌子前拟想报告的腹稿时，门被广播推开了。她手里又端了那只蓝花陶碗，碗里飘着熟悉的、打了汤的荷包蛋的奇异香味。这时李光辉才感到肚子实际上已经饿了,他急忙站起身,接过蓝花陶碗,又望望眼前这位胸脯饱满的女人,于是张开了迎接一切美好事物的青春的胃。

在本书结束之前,我的一位朋友在电脑显示屏上读完了以上部分。他对我说,李光辉的故事是没有典型意义的;他对生活的选择是荒唐的,甚至是淫秽的。他还不无遗憾地指出:看来你对他还是蛮欣赏的。我说:你说得对,我对李光辉是欣赏的——我欣赏一切有意味的人同有意味的事,不管这人和事是否有典型意义。至于荒唐或是淫秽,那是你说的,而不是我说的。对于同一桩事,每一个人都会有不同的说法。朋友点点头,说:我同意你的看法,但我坚持我的意见。然后,他又问我:后来呢?李光辉的后来呢?这时我沉默下来了。是的,一切故事都是需要这个"后来"的,而李光辉的故事却没有"后来"。龙岩坡在遥远的湘西山区,那个地方原先出土匪,后来土匪被共产党剿灭了。经历了许多日子,那地方有过一场农业学大寨运动。运动的直接目的是要像剿灭土匪一样剿灭贫穷,但是运动过后,那地方贫穷依旧。有一个名叫李光辉的年轻的工作队员在长达一年的工作任期结束之时没有随队回到省城里去,而是留在了龙岩坡。龙岩坡穷山恶水,生长贫困同愚昧,这是李光辉所憎恶的;但同时,龙岩坡也生长健康同美丽,生长野性的欲望与快活,这又是李光辉所喜欢的。他是留在那个地方了,内心隐秘的快乐永远无人知晓,也无人理解。就像我的朋友说他是荒唐的和淫秽的一样,有很多人说他是愚蠢的、可笑的。如果他的故事有"后来",那么这个"后来"就可以证明他的选择究竟具有什么性质。遗憾的是,李光辉的故事确实没有这个"后来"。这是因为,龙岩坡太遥远了,即使有多种现代交通工具能够解决距离的问题,但我们的思维方式也未见得能够抵达彼地。这就意味着,龙岩坡是可以抵达的,而李光辉所选择的人生我们却根本无法抵达。

1997年9月2日—10月22日于长沙

马小丁从前很单纯

马小丁

从前马小丁是个很单纯的孩子,现在当然也不能说他不单纯,只不过他发生了一些他自己也说不清楚的变化——还不止是说不清楚,他甚至自己都没有怎么感觉得到。他的父母怎么会感觉得到呢?一年以前他上高一的时候,他还跟他的妈妈经常说说班上同学的事。

"胡军脸上长了青春痘。"他一边吃饭一边说,"他给前排的张慧递条子,写我爱你呀什么什么,被物理老师发现了,罚他站了半节课。"

"刘志邀了隔壁班上的杜红看电影,还偷了他爸爸的钱请她吃麦当劳。他爸爸告到学校里来了,要把他的腿打断。他爸爸好凶的样子。"

"小丁,"他妈妈问他,"你没有跟女同学写过什么条子吧?"

"我才不会呢,丑死了,那种鬼事情!"

他妈妈于是从他的脸上看到了单纯。他妈妈放心地扒了一口饭。

现在马小丁不跟他妈妈说班上的新鲜事情了。现在马小丁变得很沉默了。现在马小丁放学回家后总是把自己关在房间里，从里面把门锁上，他妈妈想进去都要敲老半天的门。

"你关着门搞什么名堂？"他妈妈问他，同时拿眼睛四处搜索，妄图发现一点什么不正常的迹象。"呵，搞什么名堂？"

马小丁一脸不耐烦的样子："你说我搞什么名堂？"

"你关着门不是搞学习，是在听音乐呵，呵！"他妈妈终于发现他拿肘臂挡着的随身听。一根黑色的耳机线从他的肘下探头探脑出来，暴露了他的秘密。

"休息的时候才听一听，上课还有课间休息呢。"马小丁是这么解释。

他妈妈坐下来，望着儿子的眼睛。"小丁，你记住，妈妈这辈子最恨、最恨、最恨，就是不诚实的人。"

马小丁从他妈妈眼睛里看到了一种他完全不明白的复杂的眼神，但他根本没有想要弄明白的意愿。他只是说了一句："我没有不诚实。"

"小丁，你要听妈妈的话。"他妈妈又说。

"小丁，你不能让妈妈伤心。妈妈将来只有依靠你了。"他妈妈还说。

"我要做作业了。好多作业。你让我一个人待着好吧。"

"你呀，不晓得要什么时候才能懂事。"

他妈妈站起来，叹了很长一口气，走出去，把门带上了。马小丁也站起来，走过去把门从里面锁上。

马小丁的房间很凌乱。马小丁从小就是一个不大爱整洁的孩子。这一点都不像他妈妈刘娟，也不像他爸爸马明亮。他们都是爱收拾自己的人。他妈妈有时候开玩笑地唠叨:"我们小丁将来是个要人伺候的人呵。"反正他也听不懂,因为马小丁是个单纯的孩子。

马小丁床边的墙上贴着几张不晓得从哪里弄来的招贴画。都是一个人的,一个模样长得有点像邓丽君的女歌星南子。正面的、侧面的、半身的、全身的。基本上是牛仔服,很叛逆的样子。

"这个南子是唱什么歌的?我怎么没听过她的歌?"有一回吃饭的时候刘娟问她的儿子。

"说了你也不晓得。"马小丁爱理不理地答道。

"你越来越不爱跟妈妈说话了。问三句才答半句的。你这是怎么了?"

其实马小丁也不知道这是怎么了。

马小丁等他妈妈走了,就把扔在枕头上的电话子机拿起来,拨给玩得最好的同学张小小,然后他拿起笔来,按张小小说的,把今天的家庭作业全部抄下来了。他们班上现在有许多同学都是这么做作业的,在电话里互相抄答案。这方法又快又好。马小丁他们这个学习小组共有五个同学,张小小是超级电脑迷,为了腾出更多的时间打游戏,他提议大家轮流做作业,一个人做,四个人在电话里抄答案;这样大家都有时间玩了。其余的人都表示赞成。当然马小丁也赞成。这是很好的主意。但是这里头有一个问题,就是一个人做的题目如果有错误,那么五个同学的错误都会如出一辙。老师只要稍微留意一点,就会发现这个明显的漏洞。幸好,老师从来就没有发现。张小小说:"我认为世界上最笨最笨的笨蛋就是老师。"大家于是都笑了。马小丁也笑了。

马小丁抄完了作业就和衣躺倒在床上。他把随身听的耳机塞在耳朵里,听的是南子的一盒名叫《远方有一朵云》的歌带。慢慢地世界上别的东西都没有了,只有歌声像一条小路,把他引到了蓝蒙蒙的梦的深处，那上头也许就停泊着一朵云。

后来马小丁让尿憋醒了。他也不晓得这是什么时候。他爬起来，打开自己的房门，穿过客厅上厕所，看见他妈妈刘娟在打电话，脸上有种他从未看到过的表情。他妈妈看见他走出来，就停止了说话，手捂在话筒上，并且怪怪地望着他。但是马小丁迷迷糊糊的，拉完一泡好长的尿又回到了房间里，把门从里面锁上。穿过客厅的时候望都没有望他妈妈一眼。

他脱了衣服缩进被子里，又把随身听的耳塞塞在耳朵里。不到一分钟，他再次睡着了。

刘娟

四十二岁，刘娟还很漂亮。这在她们煤气公司的同事们中间自有公论。除了漂亮，她还显得特别年轻，看上去比实际年龄要小个十来岁。所以她脸上的笑容总是漾漾着某种说不出来的自信。自信使女人又总是辐射出难以言喻的魅力。她们财务科从财院分来了一个大学生，也姓刘，叫刘春，是个长得很帅篮球也打得很棒的小伙子，来上班不到两个月就迷上刘娟了。这小伙子忙前忙后地向刘娟大献殷勤，比方给她倒茶啦，给她修电脑鼠标啦，给她送财务报表啦，等等，非常非常外露，一点含蓄都没有。如今的年轻人真是勇敢，无所畏惧。刘娟刚开始的时候感觉很好。被人爱，尤其是被一位优秀的年轻人所爱，这种感觉无论如何都是不错的，有点像红酒，不醉人，却使人微醺。但是很快她就觉得不对头了。这年轻人的嚣张越过了道德的界限。本来只是开玩笑以姐弟相称,后来他的目光根本就不是什么弟弟的目光,而是情人的目光。那么火辣辣的,那么毫无遮掩的,那么恣意燃烧的昭示于他人,让刘娟感到害怕。而且她晓得,公司里所有的同事都在观察她的反应。谁都晓得这事情取决于她的态度。她不能暧昧,一点都不能暧昧。她要表明自己是一个正派的而不是随便追求所谓罗曼蒂克的风情女人。她不能让任何人在生活作风问题上对她飞短流长。她为怎样给自己以证明想了整整一夜,然后她就采取了行动。第二天下午,天空飘起了小雨,公司的班车来接下班的人回家,小伙子撑着伞站在财务科的阶级旁等她。

"娟姐!娟姐!"他朝她喊,因为她钻到戴眼镜的吴大姐的伞下了。

他在她背后又喊了几声。她装作根本没听见。她上了班车,车上的人都拿眼睛望着她。她说了一句自言自语的话:"莫名其妙!"声音拉得很长,嘴角流露出鄙视的样子。于是大家看出来,她对他是拒绝的、不耐烦的、受不了的。

小伙子当天晚上写了一封情书,第二天上班的时候,他从她后面走过来,把信封飞快地扔进了她的半打开的抽屉里。她把它拿出来,抖开信纸,厚厚的五页,密密麻麻的字,她瞥了一眼开头的几行,马上站起来,说:"刘春,请你不要这样。你虽然叫我娟姐,但是我们是同事。同事之间是只能有友谊而不能有其他什么感情的。你还年轻,请你不要冲动。"

财务科里当时有十来个人,都听到了她的吐词清晰的话,也都看到了她的严肃的表情。

那个年轻人简直是惊呆了。脸上的尴尬神情说明他对这样的结果毫无思想准备。他不晓得此时此刻自己应当是愤怒还是悲哀。

这事发生三个月之后那个名叫刘春的小伙子就南下去了深圳。这地方让他的青春受了伤。这个本来快乐无比的年轻人有好长一段时间沉默不语，让人看着都有点子心疼。

刘娟事后也觉得自己做得有点太过了。但她同时又安慰自己，不这样又怎么办呢，大家都眼睁睁地看着我？她最终还是觉得自己是对的。虽然她伤害了刘春，但她借此保全了自己的声名。她给了大家清白的证明。过去大家只晓得她漂亮时尚，现在还晓得她清白正派。

实际上，她是那种很让男人倾心的女人。到了她这种年纪，既成熟美丽，又活力四射，嘴角挂着对一切事物的会心的微笑，还加上她懂得打扮自己，懂得如何使自己看上去仪态万方。莫说是那个走掉了的大学生，就是公司里其他的男性同事，也莫不对她垂以青眼。而她很清楚自己在男人心目中的位置。所以，她更加自信，更加漂亮，更加有魅力。这么说来，她也应当更加幸福才对。不是吗？

事实并非如此。

她现在变得非常苦恼，甚至不是一般的苦恼，而是精神痛苦。只有坐在她对面桌子上的吴大姐才察觉了一点端倪。后者注意到她总是坐着发呆，眼睛望着窗子外头，目光涣散迷离。她们一同上洗手间，穿过长长的过道。吴大姐问她："你好像最近一段时间有点心神不宁。你还好吧，没什么事吧？"

她笑一下，声音在走廊上回旋："我很好，什么都好。我只是有点贫血。"

"哦，那你要吃一点补血的。金箭牌的驴胶冲剂好像还不错。你试一试看。"

她表示了谢意。但同时她感到自己的心事流露在表情上了。这引起了她的警觉。她嘱咐自己，不要让别人欣赏她的悲剧。

她觉得自己的事情是悲剧吗？是的。一个理应幸福并受到珍视的漂亮而迷人的女人，居然被自己的男人所背叛，这不是悲剧是什么？

她蹲在洗手间的时候不由自主地想起了那件事。她有一种想哭一哭的感觉。但是旁边的位置上还蹲了一个吴大姐。这是个好心肠的但是嘴巴却有点多的女人。她不能让她了解这一切。她了解了，等于全公司的人都了解了。

她在自来水龙头下冲手，冲了好半天。凉凉的水冲在手掌和手背上，给她多少带来了一点冷静。面对人生的不幸，她需要的就是冷静。

她坐回到电脑跟前，眼睛虽然盯着屏幕上的财务表格，心里却慢慢凝固了一个坚定的意念。这就是冷静带给她的。

她的心律不规则起来。这说明一场白刃战就在眼前了。

老沈

北京是个伟大的城市！老沈打开一份晚报，无意间瞥到了这么一句话。当然这话是老外讲的。一个勾鼻子蓝眼睛的老外站在故宫博物院大门前的一张照片，下面的说明文字里就有这句让老沈觉得很可笑的话。因为在他看来，每次到北京开会，会期只要超过三天，北京就是个大而无当的城市，而且是无聊的城市。北京有什么好呢？三月的街道上，沙尘暴打得眼睛都难以睁开。天空昏黄昏黄，大白天，汽车都开着灯像梦游的臭虫一样爬来爬去。晚上出去散步，沿着招待所的灰灰的围墙，显得一个外地人是多么孤零。所以他很早就躺在床上，看一会儿电视就睡觉。

正因为如此,一般到北京出差,他能躲过去的就躲过去。他不喜欢出差,尤其不喜欢出差到北京。他对老外称之为伟大的城市没什么好感。每次一下火车或是飞机,他就感到鼻子很紧,嘴唇干燥,扁桃体生痛。他有点水土不服。本来国家教委举办的这个培训班他是让副校长老王来的,可是老王心肌炎发作,住进了医院。别的副校长也是因为一些缠夹不清的原因都不能来,只好他亲自来了。作为一所省重点中学的校长,他是理应来参加这个培训班的。培训班请了三位美国和欧洲的教育学专家来讲课,课程表早已传真给了他。看上去这些课程都非常有意思,其中包括了世界最前沿的中学教育心理学的研究成果。这对作为校长的他其实是有用的。

培训班时间说长不长,说短不短,一个星期。老沈对北京的不满主要表现在课余时间的无聊上。他在北京没有亲戚,没有朋友,甚至也没有一个可以让他稍稍依恋一点的地方。他听人说王府井的步行街如何如何有意思,有天黄昏的时候去了一趟,只是买了两包果脯就打转了。那是他女儿叮嘱过的。他女儿喜欢吃北京的果脯。他对王府井的感觉就是所有的人、街道、建筑、商店,除了果脯,全与他无关。怎么这座伟大的城市给了他如此强烈的陌生感和拒斥感呢?

他老是给女儿小聪打电话。小聪就问他爸爸你什么时候回来?你要给我带果脯呵。他和女儿很有话说。他告诉她今天上了什么课,一个什么专家,荷兰的,黄色的头发,皮肤好白,汗毛坐在第五排都看得清清楚楚,鼻子翘得看上去好像很骄傲的模样。外国人真有意思。他总是把六岁的女儿逗得哈哈直笑。这时候老沈是幸福的。四十岁的时候才得了这么个宝贝,她是他的快乐的源泉。

"有什么人找爸爸吗?"

"有呵，好多好多，都是你的电话。"

"都是哪些人呵？"

"张伯伯，李伯伯，还有……我记不清啦。都是妈妈接的电话。我也接了。"

"你怎么讲呢？"

"我呵，我说，喂，请问，是找我爸爸的吗？"

老沈笑起来了。老沈说，我还有一位小秘书呵。

女儿的声音很清脆，就像好多年前有一回他到烟台去出差，清晨一下火车，漫天都是大雾，他一个人在宁静的街上走着，有一辆单车从后头越过他，他看不见骑车的人，却只听见单车的铃声在白茫茫的雾里清脆的叮叮响着。他觉得那铃声真像久旱之后听见雨滴打在窗台上一样让人兴奋激动。女儿的声音就是那天清晨的单车铃声。

女儿告诉他，还有外地的电话找他呢。

"是吧？你晓不晓得是什么地方的人呢？"

"对啦，有一个就是北京的。我找找看，她还留了电话号码。是个阿姨。"

"阿姨？什么阿姨？"

"呵我找到啦。你记住呵。"女儿把电话号码报了出来。还说了一个名字：龙小梅。

龙小梅？他怔了一下，马上兴奋起来。

"小聪，你快把号码再给爸爸报一遍好吗？"

龙小梅，这个龙小梅，她怎么知道我家里的电话？

他并不认识她。——不，这么说不完全正确。他其实在伊妹儿里认识了她，但是他们没有见过面。半年前他在《教育心理学》杂志上发表了一篇文章，谈的是对当前的中学教学法的若干质疑。几天后，他收到了一封署名为龙小梅的人的伊妹儿。她是从杂志社问到他的电子信箱地址的。她谈到了对他的观点的共鸣，还谈到了她觉得应当商榷的地方。她认为他的观点很尖锐，也很有普遍性。但她仍觉得根本的问题还是出在现存的教育体制上。他感到她也是教育系统里的人。可能是老师，也可能是教科人员。他给她回复，一封不长不短的信。之后，他们经常互通伊妹儿。最初话题都是围绕在现存教育的弊端上。看来她是一个非常有思想的女人。从她的成熟的表达上看，她的年龄应当在三十岁到四十岁之间。她的文字很精练，也很精彩，常常妙语惊人。他很欣赏女人的智慧，他觉得这个名叫龙小梅的人很有精神的美感。后来，他们的话题延伸开来了。有一回，她看了《哈利·波特》，还跟他谈了读后感。她说尽管这是一本在全球都畅销的书，但是，她根本就不喜欢。还有一回，她听了一场小提琴演奏会，居然谈到了帕格尼尼。他不知道帕格尼尼，因为他不懂音乐。他问了学校的一位音乐老师，才晓得帕格尼尼是个什么样的人物。他觉得自己结识了这么一位有趣味的女人，真是有点幸运。但是，忽然，她不再给他写伊妹儿了。他很爱面子，也不主动给她发信。她就这样仿佛在世界上消失了。两个多月来，没有她的任何消息。这使他感到了生活的某种虚拟意味。

现在，她突然给他家里打来了电话。她怎么晓得他家里的电话号码呢？她不晓得他在北京。他也只晓得她是北京的，却一直没好意思在伊妹儿里问她的工作单位。他猜测她的工作应当与教育有关。她自己也没有提到过工作单位。英特网上的生活就是这样，不需要的东西完全可以剥离开来，被省略掉。她为什么不给他发伊妹儿，却给他打电话呢？她已消失了两个多月，怎么忽然像三月春天的一朵花一样呈放在这个季节里了?

他看了一眼抄在晚报上的电话号码,伟大的北京给他的无聊顿时一扫而空。他摸出一根烟来点上火,慢慢抽着,直到把这根烟抽完,然后他就拿起了电话。

这时是晚上八点过一刻。

刘娟

马小丁塞着耳塞睡着的时候刘娟的确是在打电话。马小丁进入的是一个世界,他妈妈刘娟进入的是另一个世界。后者充满了战争爆发前的紧张感。

电话线那头的人,就是自己的敌人。这个敌人她从没见过。一年半以来,她对她的形象有过各种各样的猜测。她对她只有一种感情,就是强烈的憎恨。这个她没见到过的敌人一出现,她的全部生活就被毁坏了。现在,她的丈夫马明亮一个星期至少有三四个晚上不回家过夜。他的心和他的身体都被这个可怕的敌人俘虏过去了。他就是回到家里,和她再也没有了夫妻生活。她压抑了性,压抑了情感,压抑了一切生活的热望,她就像一颗引线呲呲作响立即就要爆炸的炸弹。——决战的时候到了。

夜里十二点半钟,她拿起了电话。

在此之前,她把要说的话都早已想过了。不只是坐在家里的沙发上,而且在公司财务科的皮转椅上就想过了。不是一时的冲动,而是想了好长的时间,是非常冷静地想。她晓得一场白刃战是势不可免的。

她考虑的是如何使自己得到胜算。

三个月前她就晓得了这个号码。她到电信局去打了马明亮的手机的单子。所有的通话记录全调出来了。她看到一天至少有十个这个号码。通话明细上全都是这个号码。从密度上可以看出这个女人在马明亮生活中的重要。而作为妻子，马明亮几乎从来不打她的电话和手机。他要是不回家，顶多也就只跟儿子马小丁说上一声。他们夫妻之间的紧张关系早已叫马小丁察觉到了。这是她非常伤心也非常担忧的。所以后来马小丁慢慢变得沉默不语了，她觉得其中大半的原因就是家庭关系紧张造成的。而责任最终应当在这个敌人身上。她恨马明亮，但她更恨这个女人。她凭什么要闯入属于她刘娟的生活？凭什么？

她抬头看看客厅墙上的钟，十二点半。马明亮这个时候不回家，就意味着他根本不会回来了。他不回来，那就是在这个敌人的温柔乡里。

她拿起话筒，拨了那个在她心里默念了几万遍的号码。尽管她一再嘱咐自己要镇定，但她的心还是跳得特别厉害。

当她听到对方终于在响过很长的铃声后拿起话筒喂了一声，她的泪珠不自禁地涌出了眼眶。这让她吃了一惊。因为在拨这个电话号码之前，她已经坐在沙发上镇定了小半天了。她用没拿话筒的那只手把泪珠轻轻拭掉，这个动作相当迅速，于是她的镇定的恢复也相当迅速。战胜敌人的强烈渴望把她牢牢抓住了。

"把马明亮叫过来！"她听到自己的声音里有一种氢气一样发飘的东西，虽然她说得一字一顿，而且希望有一种语言的力量。

对方愣了一秒，然后说："谁，你是谁？"

"你晓得我是谁。"这时她的声音变得沉稳而有力了。

"你不说你是谁,那就对不起,我要挂话筒了。"

这样的回答是她没有料到的。一瞬之间,她的心里有一点乱。她脱口而出:"别挂话筒。我要我老公接电话。"

对方又停了一秒钟:"他不在这里。"

"撒谎,你撒谎!"接下来本来有一连串的咒骂,但她控制住了自己的冲动。这是她事先给自己叮嘱过一百遍的。

对方沉默下来,但也没有挂话筒。

"我不是来和你吵架的,陈虹。我晓得你的名字叫陈虹。我晓得我的老公马明亮就在你旁边。你让他来跟我说话。"

其实这只是个幌子。她根本不要跟马明亮说话。她要说话的对象就是这个她没见过面而又毁灭了她的生活的敌人,这个名叫陈虹的女人。

对方果然中了计:"有什么事我可以传达。说吧。"

"那就是说,他在你身边是吧。"

"他在我可以传达,不在我也可以传达。"

她心里又升起了万丈火焰。她想高声怒骂她是不要脸的、夺人老公的婊子。你有什么资格他在呵他不在呵地说话,你是他什么人,他又是你什么人?这么一种不要脸的口气!

但是她克制住了。她是好样的。一个女人能克制愤怒都是好样的。

"那好,"她说,"请你传达,我要他回家。因为他是我的老公,是我儿子的父亲。他除了属于我们这个家,什么人都不属于。"

"是吧,什么人都不属于吧?"

"对。法律上是这么规定的。法律,你懂得它的力量吗?"

"我不懂。"对方说,"不过我懂得在法律之外还有一种力量。"

"哼,"她笑了一声,"我明白你说的那种力量。我可以告诉你,法律的力量是永恒的，也是强大的；而你说的那种力量是短暂的，也是脆弱的。"

这时马小丁从他的房间里出来了。他上厕所去拉尿。她中断了一下。她对着话筒说了一句："我过一分钟再跟你说话。你不要挂了。"

等马小丁走进了自己的房间并且把门从里面锁上，她才开始说："喂，喂喂。"可是对方已经把话筒挂上了。这又有点出乎她的意料。因为在打电话之前她分析过对方的心理，她认为陈虹既然是一个偷人老公的女人，那她和她短兵相接的时候一定会表现得心虚。不承想她居然以撂下话筒来表示对情人的结发妻子的蔑视。

火焰又升起来了。火焰又被压抑下去了。

她再次拨了那个电话。仅仅响了一声，对方就把话筒拿起来了。说明这个名叫陈虹的女人还是准备应答的。

她的姿态也是战斗的姿态吗？

马明亮

马明亮就躺在陈虹的身旁。为了接电话，他和她换了一个位置。她靠近床头柜的那一头，他则靠里头。他本来是就着床头柜的台灯在翻阅一本汽车杂志。他是一个车迷，特别迷恋越野车，迷恋力量和速度。在他的公司的大班台上就摆着三辆汽车的模型。这使得他的办公室看上去有点特别。

像任何夹在两个女人之间的男人一样，他有一种难以言表的尴尬。作为刘娟的丈夫，他不希望老是想着她的好的地方；作为陈虹的情人，他不希望老是想着她的不好的地方。那样都使他难堪,使他沉重。——那当然是他很不愿意的。作为一个尽力不去想未来的男人,他只想品味每一分钟眼前的快乐。这快乐就是陈虹带给他的。她是一个聪明的女人,漂亮精致的女人,善解人意和柔情万种的女人。同时,她也是一个不幸的女人。她的丈夫死于车祸,留下她和一个三岁的女儿。但她的不幸不是从一辆东风牌载重汽车的轮胎上才开始的。事实上,她的丈夫是一个粗暴的男人,一个在外面混得不好,只要心里有一点气就以虐待老婆来平衡自己的衰男人。但凡在社会上不堪一击的男人也就是在老婆跟前最凶悍的男人。两年前的那次车祸是以一种不幸结束了另一种不幸。相比之下,她宁愿接受寡居的不幸。她至少得到了一种曾经渴望的宁静。一次偶然的机会,马明亮和她相识了。隔了一阵,很巧,他和她在一家大商场的电梯上相遇。他从上面下来,她从下面上去。他们打招呼,然后就在三楼的咖啡厅里坐下来喝冰镇矿泉水。他们觉得彼此像老朋友一样没有距离感。说话随便、轻松,他们都惊异于这种感觉。

"我仿佛早就认识你了。"他对她说。

"我也这样觉得。"她回答道。

"你在什么单位上班?"他问。

就这样他们开始聊得慢慢深入起来。他们彼此都觉得很有话说,也有很多话要说。两个多钟头过去,他们都大致地了解了对方的情况。就是从听到车祸故事的那一瞬间起,马明亮就觉得陈虹是一个不幸的女人。他瞧着她的眼神里柔柔地多了一点怜悯的闪光。

然后,他们的故事开始了。两个人都很快地陷入了情网之中,不能自拔。起初他很隐蔽,他为自己晚上很晚回家寻找借口。后来谎言说多了,自己都厌烦起来。直到刘娟和他吵了一架,他就索性不再对自己的异常举动作任何解释了。

那天吵架的情形马明亮可能一辈子都不会忘记。吵架的前一天晚上他睡在陈虹那里。他是第二天中午才回来的。一般情形,刘娟中午是不会回家的,儿子马小丁也不回家——他在他外婆家里吃中饭。马明亮推开门一看,发现刘娟坐在客厅沙发上,眼睛肿泡泡的,像是哭过了一场。他居然不认为她这样子与自己有关。他问她:"怎么啦,你?"

她不回答他,只眼瞪瞪地望着他。那是一种结婚这么多年来第一次看到的眼神。这眼神让他的头皮都紧了一下。他这才意识到了自己的境地有几分危险。

"怎么啦,你?"他近乎机械地重复了一遍如此愚蠢的话,并装作好像很轻松的样子,在刘娟对面的沙发上坐了下来。

她仍不回答他,仍然是用那种让他头皮发紧的眼神望着他。如果那眼神里有火,那么这火可以把他焚成灰烬。他别开了自己的目光。他有点不敢与那样的眼神对视。

"你中午怎么回家?"他又开始说话。可能是他觉得声音可以缓冲这种箭在弦上的紧张,同时也可以掩饰自己的不安。

"马明亮,"隔了大约十分钟,刘娟才发出了自己的声音,"你算不算一个人?"

这是马明亮盼望的。他就是想让她开口说话。她那样望着他,让他感到害怕。她一说话,他就觉得天下太平了,没什么大不了的了。

"你这是什么意思?"他翻着眼睛望着老婆,"我不算人算什么?"

"畜生!"

"你不要骂人呵刘娟,我没惹你呵。"

"畜生!你不是人!你以为我不晓得你在外面干什么?"

"咦嗬，那你倒是说说我在外面干什么了？"

这时候马明亮心里轻松起来。他明白了老婆愤怒的是什么。而且他觉得自己并没有什么把柄在她手中。他刚才是白白地害怕了一场。

"男人嘛，"他接着说下去，"他的世界在外头。女人的世界才在家里面。这个区别难道你还不晓得？"

刘娟又是那样地望着他。

"谎言！马明亮，你让我们的家庭充满了谎言！过不下去啦！我不想过下去啦！"

"好笑。你还没到更年期吧。你怎么这样说话了，呵？"

"马明亮，你心里有鬼。你不要以为别人不晓得你在外面干什么！"

马明亮越发觉得刘娟并没有掌握什么把柄。她这么吵闹只是表示了她的怀疑，同时也是诈他一诈。

"你说你在公司里加班。你以为我不晓得把电话打到公司里去问是吧？你根本就是在撒谎。你在外面有女人！"

"谁呵，你说呵，指出来呵。刘娟，你不要瞎吵闹。你这样吵，等于是把自己的男人朝家门外头赶，朝别的女人的怀里赶，对你有什么好处？"

"好呵，我赶你啦，你赶紧朝别的女人的怀里钻呵，赶紧呵！你以为你还没这样是吧？"

马明亮就是从这天起，不回家来时不再对刘娟解释什么了。他只是嘱咐自己，要小心一点，不要露出任何蛛丝马迹来，让刘娟揪住了。

两个女人在电话里说的话他都听得清清楚楚。他此时此刻是什么感受？一个是老婆，一个是情人。她们没有表面的吵骂，气氛却是剑拔弩张。陈虹拿着话筒的时候看都不看他,就好像他根本就不在身旁似的。他拿着她没拿话筒的那只手,在上面轻轻摩挲,表示对她的抚慰。意思是你不要怕,有我,我在你身边。还有一层意思,就是:全都怪我,给你惹麻烦了。中途由于马小丁的出现,电话中断了。刘娟让陈虹等一下,不要挂了。可是陈虹还是把话筒搁在了座机上。这时,她才侧过脸来望了望他。她的眼神有一点复杂。他看出其中有一种东西叫做怨艾。

"她怎么晓得我的电话号码?"她轻轻地说,像是自言自语。

他把两只手摊了摊。

他的确是不晓得。他没料到刘娟会到电信局去调他的手机通话记录。任何人,只要看了他的通话记录,都会立即熟悉一个号码,陈虹的号码,他的秘密爱巢的号码。他每天要打至少十个以上的电话给陈虹。

为什么要打那么多的电话呢?

一方面,这说明他对陈虹十分痴迷。他觉得每一分钟都需要她。她对他的磁场太强大了。另一方面,这说明他想控制她。不管他有没有意识到这一点,事实就是如此。一个男人强烈地喜欢一个女人,他会认为这种喜欢就是爱。于是他就会不由自主地产生同样强烈的控制欲。他要了解她每一分钟都在干什么。这不是出于关爱,而是为了防范。只要晓得她身边有别的男人,他就有一种紧张感。他会莫名其妙地生出许多想象来,并且受到这些想象的折磨。就好像只要在他的控制之外,陈虹就会干出让他一想起来就钻心疼痛的事情。

刘娟又把电话打过来了。两个女人的交锋重又开始。

老沈

八点四十分,老沈走到了天虹大厦大厅的门前。

在电话里,龙小梅告诉他,出了招待所朝右走五百米,再转右走一百米,就是天虹大厦。她从家里出来,走到天虹,也是差不多的距离。这正好是两点之间的中心位置,谁也不多走一点路。

玻璃自动门在老沈跟前打开的时候,老沈就想:她是什么模样呢?

根据她的声音,他觉得她一定很好看。因为她那一口纯正的北京话非常柔和,让他想到她脸部的线条也一定非常柔和。这是与她的伊妹儿提供的形象联想有区别的。他读她的文字,总是想象她的嘴角挂着聪明而略带讽刺的微笑,脸上有一种通常在男人身上才有的智力优越感。但这一切与柔和无关。她以前给他一种凌厉的印象,现在则给他一种柔和的印象。难道一个人身上兼有两种完全不同的风格吗?

她接到他的电话,他告诉她他就在北京,她说:"呵,真的呵,真的在北京呵。"声音里充满了一种明显的喜悦。

"你住在哪里?"她问。

当他说出了招待所的名址,他听到她轻轻叫了一声:"你知道吗,我离你住的地方很近,很近。在北京,这种距离几乎可以说就是紧邻。"

然后她问:"现在几点钟了?"

"八点十八分。"

"那我们见个面吧。"她很果断地说,"通了那么多封伊妹儿,我们连面都没见过。"

老沈反而显得有点犹豫。想到其实是盼望着的会面,这个男人有点畏怯了。他为什么要畏怯?几分钟之前,当他要打这个电话,要把这个消失了两个多月的人的声音捕捉住,他还是勇敢的。最大的可能,也许就是他不自信。这个将近五十岁的男人,想到要见一个比自己小十几二十岁的女人,她是聪明的,而且可能是美丽的,他就不自信了,因此也就畏怯了。

"天虹大厦,十五分钟就可以走到。八点三刻我们在大厅里见面好吗?天虹大厦你去过吗?"龙小梅说。作出了要见面的决定之后,女人的思维就直线前行了。

"好吧。"老沈期期艾艾地说,"但是我不晓得天虹大厦在哪里。"

老沈走到大堂里,看了一下表:早到五分钟。老沈晓得,男女约会,男人应当早到,这是礼貌。除此之外,老沈也可以先镇定一下自己。出门的时候,他在洗漱间照了一下镜子,觉得自己的模样实在不敢恭维。一张快满四十九岁的脸,一点红润都看不见,好像生活只给了他呆板,却没有给他生动,只给了他无聊,却没有给他快乐。这副嘴脸去见一个没有谋过面的女人,是不是有点自讨没趣?

但是,不管怎么说,老沈站在大堂里,朝玻璃窗外看去时,他再也不感到北京是那么大而无当,那么沉闷乏味了。

八点四十五,玻璃自动门像透明的帷幕一样朝两边打开来,她出现了。

可以肯定就是她。他感觉到这个女人就是龙小梅。反过来,她也晓得他是谁。她一进来,目光就像一只蜻蜓一样准确地落在了他的身上。

他们都朝对方走了过去。

四目相对。他们谁也没有开口。他们站住了。他们的眼神里一点意外的惊讶都没有。

刘娟

刘娟慢慢掌握了战斗的主动权。她开始不断地说话,她的情敌退却到只有倾听的份了。电话中断之后的重新开战,她还能感觉到陈虹的斗志。现在,随着她的语言的轰炸,她感到对方有什么东西在渐渐瓦解。

当然,她的语言的轰炸并不是詈骂或挖苦,而是最厉害的一招,对那个女人以女人的立场将心比心。她要对方设身处地地替她和马小丁想一想,一个完整的家庭被外力所颠覆会是怎样的一场灾难。

"当然我不怪你,"她对陈虹说,"在所有的感情悲剧中,我们女人都是受害者。我相信你也是受害者。你爱马明亮,但是你能得到他吗?如果我不能得到他的心,你也照样不能得到他的名分,我们就这么耗下去,成为悲剧的角色吗?"

对方沉默着,但是刘娟知道她在认真倾听。

刘娟对陈虹说,她没有爱人家丈夫的权利。"因为他是属于我的,"她强调,"即使他的心不属于我,也是属于有我在内的这个家的。你难道不晓得他很爱他的儿子马小丁吗?"她接着举了几个马明亮怎样溺爱马小丁的生活细节。这样的细节,是只有女人才最有感受,也只有女人才最明白其中的感情含量的。所以接下来她就引入很要紧的结论了:"尽管我和马明亮之间出现了感情危机,但是我们却有一个共同的儿子,这种血缘上的联系,就算断了一根感情的纽带,它也还是牢不可破的。而你和他呢?也许你们之间是有所谓的爱情吧,但是这种东西多么脆弱呢?它能战胜血缘吗?如果你以为可以,那你就太幼稚了。但是我相信你是聪明的,你应当看到了这一点。你只是为情所困,你下不了决心。你被马明亮的花言巧语蒙蔽住了。你能够相信一个有妇之夫的男人的海誓山盟吗?"

她的语速不疾不徐,包含了进攻的力量、无法招架的力量和直捣黄龙府的力量。她一直不停地那么说,差不多说了半个多小时。她几乎成了一个成功的演说者,每一簇语言的箭矢都直刺敌人的心脏。而她的态度却一点都不盛气凌人。她不是一个悍妇,也不是一个爱情搅局者,她只是一个女人,站在女人的立场将心比心,给对方指出无法逾越的困境。她还指出了唯一的一条道路,那就是对方退出这场使所有参演者都痛苦的悲剧。

这样的电话对谈是她蓄谋已久的,所有的台词也都是背得滚瓜烂熟了的。

这是一次赌博。但事前她就估计到自己将稳操胜券。她只有一个信念,就是要把自己的老公从这个名叫陈虹的女人手里夺过来。不管这个女人对马明亮多么有魅力,多么重要,她都要夺回来。马明亮是她的,是这个家的,也许他是不爱她了,但那又如何?在中国,有几个家庭是有爱的家庭?大家的生活都是一样的,就像一张卷子被大家彼此抄袭了答案一样,这没有什么了不起的。这很正常。生活的车头出了轨,她现在就是要让它回到生活的正常秩序上来。谁也别想挡住。

谁也没有力量挡住。

她说完了,停顿下来。对方仍是沉默。但她感觉到有泪水在对方从没见过的脸上流淌。她还晓得,在这么安静的夜晚,话筒里的她的声音,一定都被马明亮听到了。

陈虹

是的,刘娟的女人的第六感很准确。陈虹的确是流泪了。泪水无声地在她的饱满的脸颊上流淌着。刚开始她还用没拿话筒的那只手的掌刃轻轻地抹着。她不想让马明亮看见,于是转过身来背对着他。后来她就让泪水放任地流着,就好像这冰凉的东西与己无关了。

她是被刘娟的将心比心的女人立场打动了吗?

不是,根本不是。她拿着听筒,任由那个女人滔滔不绝地说话。她有时候听进去了几句,有时候完全走了神。她突然不想说任何话。但她也没有厌恶地撂下话筒。就在她突然决定不再说一句话的时候,她的泪水就流出来了。莫名其妙,而且抑止不住。事后她问过马明亮:"我为什么这么没用?回击她的话都没有说上一句,眼泪就出来了。"事后和当时,她都没有明白自己为什么要流泪。一个与他们的两人世界无关的人闯进来了,而那个人用那么自信的口气说着她根本就不想听的废话和蠢话。她和马明亮之间的幸福和快乐被搅得乌七八糟了。想想当时的情形吧:她给女儿披了披毛巾毯,在她因为熟睡而红扑扑的小脸蛋上亲了亲,就去洗澡。马明亮躺在床上抽烟,翻看一本他在街对面报刊零售亭上买的汽车杂志,她一边让温水冲着身体一边搓着三角短裤，口里哼哼着一支名叫《城里的月光》的流行歌曲。那短裤是马明亮送给她的，一次就送了三条，质地很好，很柔软。马明亮说，你穿着它，会显得很性感。马明亮还说，内衣是女人的第二皮肤。有了这样的皮肤，马明亮看她的眼瞳里忽闪着让她有点不好意思的激动。还有洗澡液，很贵的洗澡液，也是马明亮买来的。用这样的洗澡液洗过澡，浑身都散发着一种撩人的香味。作为男人，马明亮真是很懂得女人的细节。他的细腻和多情与死去的丈夫的粗疏和鲁莽形成了鲜明的对比。遇上这样的男人，她觉得自己有一种苦尽甘来的幸运感。她把下身洗得特别干净。这是迎接马明亮的地方，是使他激动也使他安静的地方。她天生就有一种洁癖，多少年来都是如此，睡前要冲一个澡。不然她就觉得自己很脏。亡夫也喜欢躺在床上抽烟，为此她不知和他吵过多少次架，挨过他多少老拳。马明亮也是如此，她却心甘情愿地接受了。她甚至还喜欢看他靠在枕头上抽烟的样子。因为那样子里有一种特别的放松感。她觉得这放松感是她带给他的。

　　洗完了澡，她换上另一条浅红色的内短裤，裹上睡衣走进了卧房，微笑地望着马明亮。因为洗澡之前，这个男人暗示过她，他今晚要好好和她做爱。

　　马明亮把手中的杂志放下来，也望着她。她的睡衣没有扣，露出了胸前白生生的两个半球。其中的一个半球还看得见一粒葡萄干样的暗红色的乳头。

　　马明亮把烟头朝烟灰缸里一揿，坐了起来——电话就是在这个时候惊响的。

　　他们都愣了。十二点半，这时候有谁会打电话来呢？

　　他们都有一种不祥之感。电话铃声响了好久，陈虹看了看马明亮，才把手慢慢伸了过去。

就这样，她的幸福时光被搅了局。这个突然出现在她的生活中的声音让她产生说不出的厌恶。一开始，她还用抵触的语气和对方说话。她本能地脱口而出，说马明亮不在这里。但那个女人却指责她撒谎。她是撒谎吗？难道她要告诉对方马明亮就在她的身边才是真诚吗？不，那不是真诚，而是愚蠢。在她的潜台词里，她的意思是你要找的人其实是我，你找我好啦。你为什么要打着找马明亮的幌子呢？撒谎，你才是撒谎！但她不愿意同她争辩。她不屑于同她争辩。后来对方声明不是来找她吵架的。她心里笑了一下，你就是找我来吵架，难道我还畏惧你吗？在陈虹的脑袋里，装着一个恋爱女人的逻辑：她和马明亮是因为彼此相爱才走到一起来的。她只相信爱情，而爱情之外的一切都可以蔑视。她在心里说，你是谁？你不过是马明亮名义上的老婆。你们之间早已没有了爱。这是马明亮告诉她的。马明亮说，他这一生，爱情来得特别迟，直到四十七岁，直到他认识了她，才姗姗到来。

这个名叫刘娟的女人，她和她说话为什么那么振振有词，那么自以为是？她似乎理所当然地认为是她陈虹夺走了自己的老公，于是她就要理所当然地夺回去。她为什么会有如此可笑的想法？她难道不知道这样的想法除了可笑还特别可悲吗？

她不想和她说话。她只是机械地把话筒握在一只手上。而她的饱满的脸上泪水在流淌，一直不停地那么流淌。她后来以为是自己受到了伤害，以为作为女人她还很脆弱。但是最终她还是否定了这种想法。

马明亮说，女人流泪其实是不需要什么理由的。她同意他的说法。

"你老婆，"她看着他的眼睛说，"她想从心理上摧毁我。太可笑了。"

"你也不必恨她。"马明亮低头掏烟，"她认为我属于她，就像我是她脖子上的一串项链一样的。她当然不允许人家占有。你应该理解她。她就是这种类型的女人。"

"呵，我理解她，那谁来理解我呢？"她说，"我是哪种类型的女人呢？"

"我们不要再讨论这个话题了好不好？"

"谁愿意讨论她呀。是她找上门来了。她怎么晓得我的电话？"

"是呵，她怎么晓得的？"马明亮吐了好长一口烟。

老沈

老沈事后回想，他们四目相对的时候为什么一点惊讶都没有呢？难道他们彼此的模样都在意料当中吗？

其实不是。

他把龙小梅想象成一个典型的知识女性的样子，脸上闪动着灵气，眼睛很有神，嘴角挂着把什么事情都看得很透的那种微笑，穿着讲究，还有几分姿色，气质高雅，身材偏瘦，但是匀称、高挑。然而事实上，龙小梅的样子很普通。她就穿了一件红色的薄毛衣，中等个子，微微有点胖。她是走在大街上你不会随便望她一望的那种女人，约莫三十五六岁，留着短发，看上去还是很精神。不过平心而论，她不具有特别的吸引力。老沈想，幸亏如此。假如她很漂亮，他就会感到压抑。假如她太年轻，他也会很不自在。她就这么普通，以至于他看到她以后有一种明显的释然。他觉得她是这个样子，他们也就几乎平等了。

"就在这里坐一坐还是到外面走一走?"

这是她说的第一句话。她省略了初次见面的人的一切过门,直接开始了他们的浪漫,就好像他们是非常熟稔并且具有深深默契的老友了。

老沈的心弧形地跳动了一下。他预感到这个北京之夜将会发生他意想之外的故事。这一瞬,他感到他和她之间早已有了足够的铺垫,他们早就等着相见,并将碰撞出灿烂的生命火花。

"那我就只有客随主便了。"他是这么应答对方的。他觉得自己说话非常放松。

"那我们出去走走。"她说完看了他一眼,转过了背。

他跟在她身后,出了玻璃自动门。北京的夜空似乎突然变得很蓝,是那种幽深的蓝,像舞台的天幕。凉凉的微风吹了过来,让老沈的心里怀上了一丝软软的温情。

她放慢步子,等着后面的他与她并肩而行。

"你为什么很久不给我发伊妹儿了?"他问她。

"我也觉得奇怪。好像我突然把你给忘记了一样。人是多么古怪的动物。"

老沈笑了一下。他觉得她的解释太有意思了。"那你是个特别率性的人。"他说。

"也许你这样说是对的。我是有一点率性而为。就像苏东坡说他写文章一样,行于所当行,止于所当止。你觉得这样不好吧?"

"很好。这样轻松,没有负累。很好很好。"

她也笑了一下。他感到这笑声里有一种特别默契的东西。就好像这一笑,两个人走得更近了。

"那你为什么突然想到要给我打电话呢?"

"很简单,我想起你了。一个远方的朋友突然出现在我脑子里,挥之不去,于是我决定给他打电话。"

"电话号码是怎么晓得的呢?"

"这太容易了,问你们的城市的114不就成了?"

"呵,呵呵!"老沈笑起来。"你真聪明。"

"这就算聪明吗?"她说。

他们在一张街边的长椅上坐下来,背后是一排柳树。这个地方比较幽静,很适合恋人们谈情说爱。

他们靠得很近地坐着。有一点点凉意,但那是很舒服的凉意。

"我一直想问你,你是不是也在教育部门工作。"他说。

她点了点头。"我就在这个区的教育局的教科所。我学的就是教育学。"

"难怪。我还是没猜错。"

"你还猜了我什么?"她侧过脸来望着他,瞳孔里像躲藏了两颗星星。

"我不敢乱猜。"

"你不够坦率。"她微微笑着说,"我主动给你写信,你一定猜我是个什么样的人了,对吧?"

"猜是猜了,但是不敢乱猜。"他还是这么说。

"我与你的想象差别很大对不对?"

"不不不,我想你就应当是这个样子。"

"令人失望的样子。"

"不不不,一点都不。我是说真的。"

她突然开怀大笑,把手扪住脸,手肘支在膝头上。老沈有点慌乱地望着她。

"我们这样子像约会的情人,对吧?"她抬起头来问老沈。

"不过我的确觉得我们之间没有距离感,一点都没有。"

"我也是这种感觉。刚才我们走出来,我就觉得这种感觉挺奇怪的。好像我身边走的不是一个初次见面的人,而是……,怎么说呢,我不说了!"

他们沉默了一会。这沉默反而增添了一种说不出来的亲昵感。

"我们再散散步吧。"她站起来,把一只手伸向他。

他犹豫了一秒钟,就握住了那只手。他也站起来,两个人手拉着手慢慢沿着一排柳树走着。老沈觉得那只手真是柔软。他的心又弧形地跳了起来。

"这么晚了,你家里面的人会不会……"

"今天晚上是我们两个人的,你不要想到其他人身上去好不好。"

就好像这是一场蓄谋已久的幽会。他们慢慢走向了夜的深处,也走向了一个故事的深处。

马小丁

早上,刘娟在微波炉里给马小丁热了一杯牛奶,还热了两个前一天买的包子,另外再给他煮了一个鸡蛋。她是一个尽职的母亲。马小丁吃早餐的时候,她都穿着睡衣坐在餐桌旁看着他,看着这个一天一天长大的孩子。他已经比自己高出半个脑袋了。

"放学要早点回来,呵。"她跟他说。

"中午在外婆家，要多吃一点饭。长身体的时候，不要偏食，呵。"她又跟他说。

马小丁头都没抬一下，只顾吃东西。

"你爸爸又没回来。老是出差。"她似乎有意无意这么提了一句。

为什么要这么提呢？掩饰。她要掩饰这个家庭的无可救药的裂缝，不想让烦恼着她的事情也同样烦恼着儿子，不想让他的成长岁月覆盖着太多来自家庭的不幸的阴影。虽然她感觉到儿子可能已洞明了一切，但她仍然要制造波澜不惊的假象。当然，有时候，她会不自禁地流露一些情绪，说出一些诸如"妈妈将来只有依靠你了"一类的不祥之言。但在潜意识里，这些话其实都是说给自己听的。她认为话里的潜台词马小丁应当听不明白。

"你不要吃东西都戴着随身听。什么东西那么好听？"

马小丁根本就没听见她的唠叨。

"我晓得你根本就不是听英语，你是在听流行音乐。你真是个不懂事的孩子。"

马小丁吃完早餐了，站起身来，把书包提在手里就朝门外走。

刘娟拍了拍儿子的背："骑单车千万不要听随身听。汽车来了你都听不见，很危险的！"

儿子把一边的耳塞取下来，很大声音地问："你讲什么？"

马小丁到楼下社区的单车棚里取了自己的那辆赛车就朝三公里之外的学校蹬去。耳塞里送来南子的歌声。他那么迷恋她的声音，仿佛她的声音须臾不可少。他的赛车"之"字地跑着，从隔离墩的缺口越过斑马线到了马路的中央。一辆捷达出租车在他身后鸣笛，他根本就没听到，脑壳一点一点地蹬着车子。出租车从他左面穿过来，与他平行的时候司机把右边的窗子摇下来骂了一句："小鬼崽子不要命啦！"

他的眼睛的余光看见红色的捷达了。他转过脸,看见了司机愤怒的表情,还看见司机嘴巴张大在喊叫着什么。马小丁听不见。马小丁喜欢把随身听的音量调得振聋发聩。他冲那司机做了个鬼脸,仍是"之"字地在马路上大摇大摆地骑着他那有不锈钢龙头的赛车。这辆赛车只要八百多块钱,可是配这配那的钱超过了车价本身。

第四节课是语文。眉心里有颗痣的王老师在讲评作文的时候严厉地批评了马小丁。她说马小丁同学写作文像写小说一样。

"作文怎么可能像写小说一样呢?你把自己当成韩寒了?当成少年才子了?"

王老师讥讽的时候马小丁的身后有人笑起来。那是黄英的声音。这个马小丁的小组长生着一张柿饼脸。她最崇拜韩国的安在旭和美国的阿汤哥。在班上她喜欢的男同学是胡军。因为胡军的个头已长到了一米七八,还因为胡军是全年级最调皮同时也是篮球打得顶极棒的角色。马小丁把头朝后转过去,盯了黄英一眼,目光里有一种巨大的轻蔑。

王老师说,作文,一定要按照她的格式来写。"我再一次重申,作文都是有格式的。我研究了历届高考的优秀作文,从中找出带规律性的东西。你们只要按照我的要求来写,就能应对高考作文。你们用不着自由发挥。你们要学会戴着镣铐跳舞。像马小丁同学这样,不按作文格式来写,思维像野马无缰四处乱跑,怎么行呢?要知道,我们的作文训练,是要培养你们应对作文考试,要在作文考试中尽可能拿高分,而不是培养你们成为小作家。明白吗?"

马小丁耳畔是整齐的回答:"明——白——!"

"你,马小丁,明白吗?"王老师走到马小丁课桌前。

马小丁抬起头来望着这位吹着波浪头的四十多岁的女老师,不知她说的是什么。因为他刚刚走神了。近来同学们都发现马小丁喜欢走神。你跟他说话，他眼睛一眨也不眨地望着你，可是他的眼神很飘，说明他的思想像云一样不知跑到哪里去了。

"我问你，"王老师重复了一遍，"你明白吗？"

马小丁声音模糊地说："明白什么？"

下了课马小丁就去找黄英。"你这个柿饼，你笑什么笑？"他叫着她的小名，对她吼道。

"我有我的自由。我笑还要你批准嗳？"

马小丁骂了一句粗话。是突然之间迸出来的，事先并没有想好的。黄英的柿饼样的脸白了，马上又红了。她居然一时说不出话来，就像被射中了一箭，身子晃了一下，转过背就跑了。马小丁觉得很奇怪，自己怎么会骂那么粗俗的脏话，涉及到了女孩子身体的某个他并不了解的部位。他释放了自己的愤怒，但随之而来的是有那么一点不好意思。他经常看到别的男同学这么骂女同学，于是他要向黄英发表愤怒的时候就不由自主地进行了模仿。他获得了瞬间的快意。

他肚子有点饿了。中饭他都在外婆家吃。他朝学校的单车棚走去。老远就看见自己的赛车的不锈钢龙头闪着一点强烈的高光。他被偷掉过两部特别好的山地车。那都是他生日的时候爸爸送给他的。所以这部赛车他用了两把锁。他加了那么多的零部件，使它看上去显得很酷，当然不能让它再被盗走。他弯腰去开绕在铁柱上的链条锁的时候背上被人拍了一下。他扭过头，看见胡军站在他的身后，两只手叉着腰。一米七八的个子，旁边还站着矮了大半个头的柿饼脸的黄英。

"喂，你，骂了她？"胡军对他说，脸上是一副无赖的模样。

马小丁站起来，把链条锁绕在车凳后。"哪个要她讥笑我？"

"啪"的一声，他背上挨了胡军一拳。

"你不要打人呵！"他怒目盯着这个班上个头最高的男同学的长满了红痘痘的脸。

在班上，他最讨厌的就是这张红痘痘上有许多发白的脓头的脸。这个家伙没事就喜欢挤那些脓头，先是出白的脓汁，接着就出红的血水。于是这张脸就有了许多永不消失的瘢痕，看上去让马小丁觉得可笑又恶心。这家伙还四处吹牛，说班上凡是长得漂亮的女同学都喜欢他，追求他。一上课就写什么爱呀爱的条子递给前后左右的女同学。总之，马小丁对他是惹不起躲得起。他从不跟胡军玩。

"你打他，"胡军对黄英说，"扇他一个耳光。看他还敢不敢骂我的妃子。"

黄英却朝后退了半步。她哪里有打人的胆子？

"你打不打？打不打？"胡军对黄英吼起来，"不打你就跟我滚。"

黄英的声音抖抖的："我打，我打。"

她闭上眼睛，朝马小丁的脸上扇了一巴掌。

马小丁骂了一句："你这个臭柿饼。"

胡军笑起来。胡军说："你打了，还要不要我打？"

"算啦。打过了。算啦。走吧。"黄英说。

这时候张小小来了。"小丁你的脸怎么这么红？"

胡军又笑："他让女同学化了一下妆。"

马小丁说："去你的妈。"

胡军的笑收住了："骂谁？嗯，骂谁？"

"谁该骂就骂谁。"

胡军一把揪住马小丁的衣襟就要打他。张小小过来拦住了。张小小说："算啦算啦算啦，什么事了不起还要打架。算啦。"

"欺负我的妃子，胆子不小嗳。"

张小小打架肯定不是胡军的对手。但是张小小特别聪明，也让胡军很佩服。而且胡军总喜欢抄张小小的作业，所以他还是要给张小小一点面子，就松了手。

"走吧。"他朝黄英说，一摇一摆地走了。

张小小是马小丁的朋友。张小小关切地问："没事吧小丁？"

"去他的妈！"马小丁朝地上吐了一口痰。

老沈

培训班负责票务的李大姐挨个登记返程的机票。课程今天下午就结束了，明天组织大家去爬八达岭，后天就再见了。老沈说，他还要在北京办点事，行程还说不准，回去的票干脆他自己解决就是。李大姐说："呵，那好吧。"老沈顿了顿，又补充了一句："明天我就不去八达岭了。我总共去过三次。没什么好看的。"李大姐说："春天去过吗？"老沈摇了摇头。"没去过？去！"李大姐很热情的样子。老沈又摇了摇头："唔唔唔，不去不去，我有事情要办。"

其实老沈根本就没去过八达岭。他到北京来过无数次，一点不像别的游客一样看这看那的游兴那么浓。他每次到北京，都是从落地开始就盼着早一分钟回去。

但是这一回，他根本就乐不思蜀了。

昨天晚上的那一场浪漫是他这一生第一回经历的，多么令他陶醉。昨天晚上，他握着她的手，在宝石蓝的夜色里漫步。沿着那一排柳树，一直朝前走。灯火亮起来了。另一座宾馆出现在眼前。他们站住了。

"进去喝一点什么？"龙小梅说。

他们坐在咖啡厅靠窗的位子上，并排，而不是面对。他们要了燕京啤酒。他们举起杯来，碰了一下，以示对这场浪漫相逢的庆贺。咖啡厅里人很少。背景音乐像轻烟一样缭绕着。从窗子里望出去，灯火并不怎么热闹，给了老沈一种在他们周围世界开始入眠的幻觉。

他们的手又握在了一起。

"你的手心有点潮湿。"她对他说。

他尴尬地笑了一下。"可能，有点，激动吧。"

她也笑了。

"你激动就手掌心出汗吗？"她轻声地问。

"我不晓得。我以前不这样。今天晚上是……"

"我没有要你解释什么。我只是随口问问。不要紧张好吗？"

老沈听话地点点头，脸上浮出了近乎孩子气的微笑。忽然他觉得从打电话那一刻起，他就被她领导了，掌握了，控制了。这种感觉真是有点古怪。有什么不好吗？老沈不觉得有什么不好，相反，虽然有点古怪，但古怪得让人心悦诚服。作为一个自尊心很强烈的男人，老沈倒十分情愿被这个名叫龙小梅的女人所领导，所掌握，所控制。具体点说吧，今天晚上他把自己交给她了。他晓得她会把他带到一种什么样的故事当中去。

一切如他所料，喝过啤酒之后，他和她上了楼。是她去登记的。她身上带了身份证。她是特意带的吗？

她用磁卡开了十二楼的房门。一间双人间，摆着两张等待的床。

"招待所住得好吗？"关上门之后她问。

"不怎么样。"

"我不能忍受肮脏。所以我出差晚上都睡不好。"她沏了两杯茶,在椅子上坐下来。

他本想说我倒是很随便;肮脏是可以忍受的,只是不能忍受一个城市的大而无当。话到嘴边却又咽了下去。

"唔唔,我也睡不好。"他把话说得比较含糊。

"今晚我们都不回去。今晚我们要好好在一起说说话。高兴吗?"

他当然表示高兴。他的脸上又浮出了近乎孩子气的微笑。

"由喜欢一篇文章到喜欢一个人,你觉得这个过程需要多长?"她问他。

他不知所措。他望着她,而她也正望着他。她的目光里有一点跳跃的亮点。

"我不晓得……"他呢喃地说,"也许很漫长,也许很短暂。"

"那我们是短暂吗?"

"我想……我想应当是吧。"

"你很可爱。你不像个四十多岁的男人,倒像个二十出头的年轻人。你可能自己都不知道自己身上吸引人的地方。"

"是,我是不知道。我没想过我会有什么地方吸引别人。"

"从这一点来说,你的可爱里包含了一点傻气。"

说完她就笑起来,笑得那么厉害,身子都抖起来。老沈这才发现她的跳动的胸部是那么饱满。

是什么给了老沈巨大的勇气?是那样的笑和那么样跳动的胸部吗?就在这个时候,老沈忽然把她抱住了。仿佛她笑得要朝后倒下去,而老沈反应敏捷地挽狂澜于既倒。

她在他的怀里了,这个领导者、掌握者和控制者,丰满的下巴朝向他的脸,猛然把头昂起,嘴唇伸了过来。

多么绵长而热烈的吻。老沈像从悬崖上掉了下去，而下坠的过程却永无止境。最后，他们都瘫倒在床上，就好像他们用尽了此生的一切力量……

他们做爱了。他们彼此燃烧、彼此融化、彼此不知彼此了。

之后，她到盥洗室冲了一个澡。披着浴巾出来的时候她说："哎，你也洗一下吧。"

老沈软泥样地瘫在床上，动也不想动一下。

她走过来，坐在床沿上，伸出手来在他的赤裸的背上拍了拍。"洗一下吧。"

老沈哼了一声，根本就不想爬起来。他已经燃烧透了。他成了灰烬了。

后来他当然还是去冲了个澡。因为他想起来她是有洁癖的。她不能忍受肮脏。

"千万不要睡去呵。"等他回到床上来时她是这么对他说。"我要听你说话。"

她的肉体疲惫了，但精神却依然亢奋着。当然，他也并没有睡意，他只是太累了，他把力气使尽了。

他们搂抱在一起，开始慢慢说话，并且通过说话慢慢恢复力气，恢复由动物的人到社会的人的过程。他谈到自己的学校，谈到越来越复杂的学生教育和管理，谈到教师一加课就想到要加钱，言语之中他流露出了对他的事业的厌倦之情。

"说下去，"她始终捏着他的柔软的耳垂，"不要停止说话。"

他把手从她的腰身下抽出来，枕在脑后："我想听你说说你自己。"

"你想听什么？"

"随便。只要是你的情况。让我多一点对你的了解吧。"他说。

马小丁

外婆搞了马小丁最喜欢吃的墨鱼炖排骨。马小丁吃午饭的时候神情有点发呆。

"考试啦?"外婆问他。

马小丁摇了摇头。

"我的丁丁怎么不高兴呵?"

"没有,外婆,没有不高兴。"

外婆问马小丁,妈妈最近没和爸爸吵架吧。马小丁说,不晓得。

"怎么不晓得?"

"他们要吵也不当着我的面,是不晓得嘛。"

外婆就叹了一口气。

"外婆,你给我一点钱。"马小丁忽然说。

"你要多少?"

"八百块。"

"你说什么,多少?"

"八百,外婆。"

"八百!丁丁,要这么多钱干什么用呵?"

"外婆,你有还是没有嘛!"

"外婆身上从来没有过这么多的钱,八百。"

"六百呢?"

"也没有。"

"三百。"

"也没有。要这么多的钱干什么,你一个中学生?"

"外婆,我没说,等于没说。你忘记吧。我刚才什么都没说。"

"告诉我丁丁,一定要告诉我,你要这么多钱干什么用场,呵?"

"我没说。我什么都没说。我开玩笑好不好外婆?"

中午马小丁没有在外婆家睡觉。他吃完饭就骑着他的赛车走了。外婆一个人坐在客厅的藤椅上,落寞地望着一只黄毛的小猫。

马小丁进了学校附近的一个网吧,通过OICQ他呼到了一个网名叫做红鼻子狗的深圳的网友。他们在聊天室里聊起天来。他们是一对从没见过面而又特别有话说的朋友。马小丁给自己取的网名叫瘸子马。一个半小时后,马小丁就到学校里去了。他在校门口碰到了柿饼脸的黄英。他狠狠地瞪了她一眼。黄英说:"马小丁,我已经不恨你了。你也不要恨我了好吧。"马小丁说:"我恨,就是恨!"黄英说:"好,那你就恨。你恨我也恨。"说完黄英就转身气冲冲地走了。

放学的时候马小丁和张小小推着单车在街上走。他们住在同一个方向,但是张小小住得更远。他爸爸在一家快要倒闭的钢厂当车间主任。他妈妈下岗了,在他叔叔的建筑工地上煮饭。他们不骑在车上而是走路,就是想一路上慢慢聊天。张小小是马小丁在班上玩得最好的同学。而且,张小小特别聪明,脑壳反应非常灵敏。他的绰号就叫"奔腾四"。张小小最喜欢模仿老师说话,学得像极了,常常惹得马小丁大笑不止。他还喜欢讽刺学校里的老师和班上的干部,在他们的姓氏前加上"猪罗"二字,比方"猪罗张""猪罗王""猪罗刘"等等。马小丁听他骂人心里头就特别畅快。张小小家里很困难,父母工资收入很低，而且他的外婆得了脑血栓，住院治疗要花非常多的钱。他们家里欠了亲戚朋友上十万块钱了。张小小说，他根本就不想念书了。他想出去打工挣钱。他要替爸爸妈妈还债。马小丁很同情张小小。马小丁经常从家里偷钱来悄悄塞在张小小的书包里。有一次塞钱的时候被张小小发觉了，才知道书包里突然拱出来的钱原来是马小丁给的。从那以后他们就成了最要好的同学。

张小小跟马小丁说，胡军是个没脑子的家伙，你不要跟他计较。黄英你也不要跟她计较。你就当作不认识他们！马小丁哼了一声，没说什么话。张小小以为马小丁为中午放学时候的事还在生气，于是又劝了几句。

马小丁说："没意思。"

张小小没听明白，还以为马小丁说的是胡军和黄英，但他念头一转，猜想马小丁也可能是说王老师。

实际上，马小丁表示了对他的生活的恶心。这比蔑视胡军和黄英，蔑视在作文课上对他进行打击的王老师更为严重。

马明亮

马明亮回到家里的时候刘娟和马小丁正在吃晚饭。他们侧过脸来望着他，却一言不发。

"小丁，跟爸爸装碗饭。"他一边说一边把公文包放到客厅的沙发上。

"回食堂来了呵。"刘娟一脸鄙夷的样子。

马明亮看了一下儿子,哼了一声,坐在了饭桌上。

马小丁把饭送到了他手中。

"小丁,考试了吗?"

"还没有。"

"最近学习成绩怎么样?"

"还好。"

"有进步吗?"

"不晓得。"

"有就有,没有就没有,怎么不晓得呢?"

"嗯。"

"跟爸爸汇报一下你的学习情况。"

"爸爸,我在吃饭。"

刘娟说:"哟,变得关心儿子的学习了呵,变得有爱心了呵,在什么地方进修了呵?"

马明亮看她一眼,冷冷地笑了一声。

吃完饭,刘娟对马小丁说:"小丁,到自己的房间里去做作业。"

马小丁说:"今天没有作业。"

"没有作业?不可能,怎么会没有作业?那你就进去搞搞预习。把明天要上的课预习一遍。"

马小丁没再说什么,怏怏地进了自己的房间,把门从里面锁上。

饭碗菜碗摆在餐桌上,刘娟也懒得收拾,她对正准备起身的马明亮说:"你不要走。"

"有什么事?"

"我跟你有话要讲。"

"讲吧。"

"到里面屋里讲。"

"就在这里讲。"

"小丁会听到。"

马明亮说:"那好吧。"

他跟她走进了睡房。刘娟把门关上,把锁头摁下去。

"你坐下来。"她说。

"我就站着。我还有事要出去。"

"你有什么事?你不就是到那个叫陈虹的女人那里去吗?她对你那么有吸引力吗?"

"你有事就说事,废话少讲。"

"马明亮,我要跟你离婚。"她望着他的眼睛说。

马明亮没说话,也迎着她的目光望着她。

"你听清楚没有?"刘娟说。

"我不晓得你是讲什么。"

"我讲我要跟你离婚。"

"这是一句严重的话,你没想好就不要轻易讲出来。这句话是有后果的。"

刘娟说:"我、我还有什么没想好的。早就想好了。是你逼得我这么想的。"

"我相信这不是你要讲的话。如果你想把我拖回来,你就不要讲这种把我朝外面推的话。我说了这是有后果的。"

马明亮说完就拉开门要走出去。

刘娟在后面喊:"马明亮!我还没讲完话呢!马明亮,你不要走!"她冲过来,用身体堵住了房门。

作为一个男人，马明亮被别人视为事业有成。他开了一家物流管理公司，专门负责长途货车的物流调度和配送。他的业务现在已扩展到了十多个城市。他很聪明，一辆车都不投资，却把许多货运公司的资源整合起来，控制了几十个车队在中国大地上南来北往的货运流程。这是一个新兴的行业，它降低了所有车队的运营成本而又大幅度地提高了运营效率。他办了公司网站，手下的电脑程序设计员设计了货物流通的全程监控，客户只要上网查询，就会知道自己的货物现在运到了什么地方。他的公司只有三十来个人，但是业务量却做得像个非常大的公司。他带着手提电脑，在任何地方都能了解公司的一切运作。

他穿得很随意，一点儿也不像个赚了很多钱的人。他在生活中除了是个车迷也没有什么其他特别的爱好。抽一点烟，但是烟瘾不大；喝一点酒，但是酒量很小。他是一个擅于控制别人也擅于控制自己的人。但是在陈虹面前，他却感到越来越迷失自我。

他爱她吗？他相信，他对她的那种感情就应当叫做爱。他非常迷恋陈虹。迷恋，是的，也许这种说法比较合适。他觉得她一颦一笑都是那么迷人，她说话也总是那么体己，加上生活的不幸给了她的神情蒙着一层淡淡的忧郁，她更加显得与众不同。他看哪个都不如看她顺眼。在他的公司，有好几位招聘的年轻女大学生都溢于言表地喜欢他甚至崇拜他。其中一两位也不乏聪明漂亮，至少是青春猎猎，朝气逼人。但他不为所动。应当说，他马明亮并不是好色的男人，也不是一有钱就变坏的男人。在认识陈虹之前，他并没有过任何风流艳史。为什么他一见陈虹就那么动情了呢？他想过这个问题，但是他找不到答案。他只能用一种最简单的现成说法来解释：投缘。他和她投缘吗？当然。他们有话说，而且，他和她很容易就建立起了语言默契。他知道,其实这是非常难的。他和刘娟这么多年的夫妻,日子越过越疏离,原因就是缺少沟通的默契。他和别的女性也很难建立语言的默契。他是一个并不怎么习惯进行内心交流的人。他在女人面前甚至有某种程度的羞怯和紧张。陈虹,这个女人给了他极度的放松。他喜欢在她面前说话,什么都说,想到哪里就说到哪里。他从来在女人面前没有这么轻松过。而她呢,是最好的倾听者,脸上挂着不凋谢的会意的微笑。她是他的真正的红颜知己。

她给了他一种强烈的生活对比。在这种对比中,刘娟在情感上显得那么陌生,在生活上显得那么粗糙,在沟通上显得那么困难。他和刘娟这么多年是怎么过来的?在这种对比中,陈虹越来越显示出了她的重要。他不能没有她,一天都不能够没有。假如他出差,他就一天到晚打她的电话。即使不出差,即使就在同一座城市里,他也一天到晚打她的电话。他越觉得她重要,就越迷失自我。

他甚至越来越强烈地产生了一种渴望:他要与刘娟离婚。他要与陈虹名正言顺地在一起生活。

刘娟

刘娟堵在门口,不让马明亮离开睡房。她对马明亮说,她要与他离婚。马明亮说,他是不会轻易说出这两个字来的,但是假如他什么时候说出来了,就再也不会有挽救的余地了。

"你自己想好吧。"他说。

刘娟怔了怔。她在掂量这句话的分量。

马明亮说:"请你让开,我要出去。"

刘娟说:"马明亮,马明亮,你今天要跟我把话说清楚!"

马明亮瞥了一眼他的老婆。他看出刘娟的眼圈已经黑了,她的原本饱满的面颊也明显地消瘦了。马明亮心里轻微地颤动了一下。仿佛这一瞬之瞥让他看到了老婆所受的伤害。他一下子很不是滋味。

"你想听我说清楚什么?"他的口气软了许多。

"你是要那个婊子还是要我?"

"你口里要放干净一点。哪个是婊子?"他刚刚软了许多的口气忽又硬了起来。

"哪个是婊子你心里最清楚。"

"你要是这么说话那我们也就没什么好谈的了。"

"呵,我骂她做婊子你觉得伤心是吧?"

"我告诉你,刘娟,人家可不是你想象的那种坏女人。你骂人骂得太难听了。"

"呵,她是好女人。她多么好呵。她夺走别人的老公。她多么好呵。"

"她没有夺走别人的老公,是别人把自己的老公推到她身边去的。"

"那我是婊子好吧。我不要脸。我把自己的老公往别的女人身边推。我是世界上最坏的女人,最不要脸的女人,好吧。这么讲你过瘾吧。"

"刘娟,我不想这么跟你讲话。这么讲话是浪费时间。你不是说想跟我离婚吗?我会考虑的,我会认认真真考虑,可以吗?"

"我晓得我是留不住你的心。我就是留住你的身又有什么意思呢?你走吧,到你的那位好女人那里去吧。我继续把你往她身边推吧。坏女人是我,不是她。你走吧。"

刘娟哽咽起来。眼泪大颗大颗地从她消瘦了的面颊上滚落下来。

"你一下子是骂,一下子是哭,你就不能理智一点吗?你还把电话深更半夜地打到人家家里去,像话吗?"

刘娟哭着叫吼起来:"我不像话!我深更半夜把电话打到良家妇女家里去,把你们的鸳鸯梦搅乱了,我是不像话!马明亮,你不是人,到这个时候你还处处维护那个臭婊子!"

马明亮索性在床沿上坐下来:"你骂吧,骂个痛快。你有好多要骂的话都倒垃圾一样倒出来,一点不要剩。我不走,我坐在这里听。"

"马明亮,"刘娟悲切地喊,"你昨天晚上就在她家里。她接电话,你就在她身边。我的天啦,我为什么会遭到如此的报应?"

"我说了,你要理智一点。你那样做就能解决你想要解决的问题吗?你想过吗?"

"我是蠢,"刘娟喃喃地说,声音小了许多,"太蠢了。我没有料到你已经变到这种程度了。你根本不要我们娘崽了。"

泪水又哗哗地在面颊上流淌起来。

"你不要哭好不好?"

"不哭,"刘娟说,"不哭。我再也不会哭了。我什么都明白了。"

泪水还是哗哗地在面颊上流淌着。

这天晚上,马明亮到底还是留在了自己家里。他有一种隐隐的不祥之感,觉得如果他走了,家里头会出事。他在很多的时候和很多的事情上,都有过这种不祥之感,尽管事后证明这种感觉只是对某种担忧的过分夸张。刘娟很快就上了床,蒙着毛巾毯在黑暗里抽泣。他在床边上站了几分钟,不知所措。要不要说几句安慰她的话?他想了想,摇摇头。哄小孩子的把戏,有什么意义呢?但是不说几句安慰的话,他又太显得铁石心肠。她会更加伤心。怎么办？马明亮，这个最能控制局面的男子汉，真的是一筹莫展了。

后来他离开了睡房，在客厅里一个人坐了一会儿。他想整理一下思绪，可是做不到。他有点心烦意乱。他抽了一支烟，然后敲了敲马小丁的门。马小丁把门打开了。灯光照在儿子的脸上，两只眼睛里有种奇怪的神情。

"小丁，爸爸妈妈只是讨论一些家里的事情，有点争吵。你不要介意。"他这样解释着，生怕是刚才的两个人的战争惊悚了儿子。

"我不晓得你们说些什么。我在听音乐。"马小丁说。

"听音乐？做作业还听音乐？"

马小丁把鼻子皱了皱："我一直都是这样做作业的。"

"难怪，你总是把门关上，原来你是听音乐。"

"我又没少做作业。不信你检查。"

"你可能是做了作业，但你不是专心做的。要晓得，一个人是不能一心二用的。"

"你就能够一心二用，爸爸。"

"你说什么？"马明亮诧异地问，"你是指的什么？"

马小丁说："我没指什么。"

"那你为什么说爸爸一心二用呢？"

"我是说着玩的。"

"小丁，爸爸晓得，你不是说着玩的。小丁，你到底要说什么？告诉我。"

"我什么都不想说。"

马明亮觉得再问下去也不会有什么结果，叹了一口气："儿子，你长大了。"

马小丁点点头："我是长大了。"

"长大的标志就是不与爸爸说心里话了吗？"

马小丁说："心里话是逼着说的吗？"

马明亮说："好吧，爸爸不逼你。爸爸只希望你认真读书。最近考试了吗？成绩怎么样？"

马小丁嘟哝着说："只晓得问考试成绩。只晓得问考试成绩。永远都只关心这个。"

"你是学生。学生最重要的事情就是把学习搞好。当然要关心这个。"

"你参加一次家长座谈会吧，你就什么都晓得了。"

马明亮一时语塞。作为马小丁的父亲，最近三年来他一次家长座谈会都没参加过。他是忙，公司里的业务发展很快，他要应酬的事情也很多，但是，他就真是抽不出时间来参加儿子学校的家长座谈会了吗？他本来没有意识到这是个问题。因为刘娟愿意参加家长座谈会，而且她还喜欢向各科老师打听马小丁的学习情况。但马小丁说了这么一句话，他忽然觉得作为父亲自己原来是很失职的。他没有真正地关心过儿子。他对马小丁的成长一点都不了解。他只会在儿子生日的时候买最漂亮的山地车给他，带他去吃一餐肯德基。他感到了忽然袭来的惭愧。

"小丁，以后爸爸一定参加家长座谈会。下一次通知来了你就告诉爸爸好吗？"

马小丁嘟哝了一句什么话，马明亮没听得清。"你说什么，儿子？"

"没说什么。"

"我刚才听见你说了什么。"

"我没说什么。"

"好吧，你不愿意告诉爸爸就算了。"

停了几秒钟，马小丁忽然说："爸爸，给我点钱好吗？"

"你要好多？"

"八百。"

"嘿，你要这么多钱干什么？"

"你别管。"

"那不行。你要讲清楚我才能给你。"

"那我就不要了。"

"不告诉我做什么用场呵？"

"不想告诉。"

"我晓得我儿子反正不会拿钱做坏事。好吧，给你吧。"

马明亮拿出八百块钱放在马小丁的桌子上。马小丁也没显得格外激动。马明亮又跟儿子说了些要好好学习之类的话，然后就回自己的睡房去了。

他躺在床上，把灯熄了。他感到身边的刘娟并没有睡着。他朝空气里说："这么吵吵闹闹，会对马小丁产生影响的。他现在正是身心发育的时候。"

隔了几秒钟，刘娟把毛巾毯掀开来，说："不要脸，本来平平静静的家庭，是谁让人吵闹的？"

"好吧，我不说了。"

"马明亮，你睡到那个女人那里去。这里不是你的家。你的家在外头。你滚。"

老沈

后来龙小梅终于睡着了,老沈却一直不能入眠。他太亢奋了。他一生都未遇到如此突如其来的艳事。他在中学当校长,平时为人师表,要显得庄重肃穆、不苟言笑。加上学校的环境本来就很保守,他当校长有如林妹妹进了贾府,不敢乱走一步路,不敢乱说一句话,他甚至都没有跟女老师们开过玩笑。今天晚上,在北京,在这个陌生宾馆的十二楼的房间里,在这张同样陌生的床上,他彻底解放了自己。在这样的时刻,他才感觉到自己真正像个人,一个挣脱了所有束缚的人,一个动物本能大于道德本能的人,一个能够从每一个细胞里释放快乐的人。

不能入眠,伴随着亢奋,当然还有某种困惑。老沈一直在回味龙小梅跟他说的话。龙小梅告诉他,实际上,她和她丈夫的关系非常好。她丈夫是中国科学院从事天体物理研究的学者,在国际上都是有名的。她很崇拜自己的丈夫,因为他有才华和学问,又有情趣,而且还很爱她。老沈很惊讶:既然如此,她为什么要背叛他呢?老沈想,自己无论如何是比不过她那么优秀的丈夫的。她为什么要这么毫不思量地委身于他呢?难道她丈夫是性无能者,没有给她带来足够的快乐,以至于她要在外面寻欢?

他很委婉地问到了这个问题。他问她她和丈夫的性生活有这么愉快吗。龙小梅的回答又使他吃了一惊。

"愉快。大多数的时候都愉快。"她捏着他的耳垂说。

老沈还奇怪于她通宵不回家,她丈夫会怎么想呢?

"你不要问这么多。我都不担心,你担心什么?没事的。"

老沈想,女人是多么可爱而又奇怪的动物。她什么都有了,为什么还不能满足?为什么还要偷欢?

老沈感到捏着他耳垂的手慢慢松开了。她睡着了。老沈翻过身来面对着她。她睡着的样子像一只小猫。她的睫毛很黑,就像幕布一样,覆盖了她的梦吗?她的梦是什么梦?她的呼吸很急促,她在梦里被什么东西所追逐吗?

他们醒来的时候快到中午了。实际上老沈也就睡了那么两三个钟头。他是天亮之后才有了一点睡意的。就在楼下的餐厅,他们把早餐和中餐一起用过了。龙小梅对老沈说,她下午有些事情要处理,等吃过晚饭后她再回来。"你下午可以随便上哪儿去走走看看。明天我就可以全天陪你了。"她俯下身来,也不管旁边的餐桌上坐了人,在他额头上吻了一下,然后像蝴蝶一样飞走了。

老沈觉得有许多目光粘在了自己的额头上。他有点不好意思地低下了头,装作喝茶的模样。

老沈走出餐厅后不想马上回十二楼的房间去,当然更不会回那个招待所去。他走到宾馆外面,不知要到什么地方才好。培训班的那些学友此时此刻都在爬八达岭。他不晓得那样的活动乐在何处。征服吗?爬上了长城就意味着征服吗?人的心理其实是那么脆弱,需要一些仅仅是象征性的鼓舞来取代不安。这不是可笑的吗?老沈宁愿要无聊,也不要可笑。他沿着一条有一排柳树的街朝前走。微微的风吹了过来,他看到灰蓝的天空中飘满了柳絮。远处的立交桥上,车像惊惶的虫子一样爬着。它们需要的除了速度还有什么别的?老沈走到一个小店里,买了一盒"中南海"牌的香烟。他只是偶尔抽抽烟,并没有烟瘾。他有一个姓赵的朋友去了美国,原来是个烟瘾很大的家伙,去了五年后回来探亲,把烟戒掉了。他对老沈说,他那么大的烟瘾,一天抽三包,别人都问他,你是不是特别苦闷?所以抽烟被认为是苦闷的象征。所以老赵也就不抽烟了。当时老沈问他:未必不抽烟就不苦闷吧?老赵笑了一下,没说什么,只是耸了耸肩。老沈就自问自答地说:人可能是害怕象征什么。

"中南海"牌的香烟是北京的本地烟。老沈每次来北京,都看到有人抽这个牌子的香烟。他正好无所事事,也不是老赵说的苦闷的象征,他买了一盒来抽。抽了一口,觉得劲头太大,就吐在了空气里。他对自己说:无聊的象征。

下午显得格外漫长。他慢慢走着,看见一个四合院门口有两个人在下象棋,就走拢去看。那两个人的棋都下得很臭,叫老沈看不上眼。反正无事可干,也索性把一局棋看完了。正打算走开,背后叫人拍了一下,有个人问:"要不要碟?"

"什么碟?"老沈回过头去,看见是一位有张粗糙的脸的中年妇女。

"就是这个啦。"

那女人把左手的食指和拇指围成一个圈,右手的中指插进圈里来来回回地捅着。老沈马上明白这是示意什么了。

"不要不要不要不要!"老沈边说边走开。身后传来了那个女人和刚才下棋的两个男人的浪笑。老沈觉得这个地方很是龌龊。

老沈像只没头苍蝇一样乱窜着。他心里头巴望下午快快过去。幸亏有个龙小梅,他多少改变了一点对北京的看法。不然的话,这样的下午,他一定会想到两个字:自杀。

马小丁

上午上了化学课、语文课、物理课和政治课。马小丁不知道老师们讲了些什么。他沉醉在自己飞扬的意绪里了。他的思维的小鸟根本就不在课堂上。课间操的时候,他就把张小小拉到了一边:

"小小,我有非常非常重要的事要跟你讲。"

张小小问:"什么事?"

"我现在不能跟你说。放了学再说。"

"搞什么这么神神秘秘的?"

第四节课上完,马小丁就在放学的人群中逮住了张小小。他把张小小叫到一家面馆里去吃面。

"你不到外婆家吃饭?"张小小问。

"我要和你一起吃面,我有重要的事跟你说。"

那件事如果从头说起是这样的:马小丁在网上结交了一个网名叫做红鼻子狗的朋友。他们每天中午都会在一个叫"月光小船"的聊天室里聊个把小时的天。红鼻子狗告诉他,他是深圳的一名职高学生。红鼻子狗是个乐迷,他晓得全世界所有重金属摇滚乐队的主唱手,晓得一切乐坛新人的名字和他们的代表作,那个名叫南子的歌手就是他向马小丁推荐的。"你要注意这个人,她唱得太好了。"于是马小丁四处去找南子的CD,可是马小丁的城市里根本就没有南子的歌碟卖。红鼻子狗从深圳给他寄过来了。马小丁迷信他的网友。他听了南子的歌,觉得的确不错,但是更重要的是,他理解了南子的歌声仿佛就理解了红鼻子狗,他倾听南子就仿佛在倾听红鼻子狗的心跳。他在南子的歌声里听到了叛逆和抵抗,听到了拒绝和轻蔑,听到了对自由呼吸的召唤和对浪迹天涯的向往。马小丁,这个高二的学生,这个心灵里萌发朦朦胧胧激情和朦朦胧胧孤独的孩子,当然对歌声里表达的一切入了迷。于是他慢慢产生了他自己都不清楚的变化。昨天中午,红鼻子狗告诉他,南子要在深圳办巡回个唱。"你来不来?"对于马小丁来说,这就是召唤。这就是让他入了迷的东西对他的极度诱惑和遥遥挥手。"我来,你想办法搞到票。"他在网上回应红鼻子狗。他还敲了一行字:"我可能还带一位朋友来。"

他要带的朋友就是同学张小小。

"我不能去。"张小小把面条夹在空中说。

"为什么?"马小丁问。

"我不能去。不为什么。"

"你总得说出不去的理由来嘛。"

"跑那么远,我没有钱。"

"嗨呀小小,我有嘛。我昨天晚上找我老爸要了八百块钱。够我们两个人花了吧?"

"我不能用你的钱。"

"为什么?我们这么好的朋友。你还分彼此呵?"

"我爸爸妈妈要是晓得了,会打死我。"

"一样,我和你一样,但是我不怕。小小,你怕什么怕的?"

"我们家和你们家不一样,你们家里有钱,我们家没钱。所以我们家要让我好好读书。要是读不好书,考不上大学,我爸爸妈妈会急死的。我是他们的指望你晓得吗?"

"小小，我讨厌你开口闭口就是读书。我讨厌学校，讨厌老师，讨厌班干部，我只想在外面流浪。我一天都不想待在学校里。我肯定要到深圳去。我只希望你能和我一起去。"

"小丁，我也不喜欢学校，我也不喜欢这么多作业，这么多家长座谈会，这么多模拟试卷和模拟考试。我也想和你一起到外面流浪，我还想挣很多很多的钱来替我妈妈还债。但是我不能去，哪儿都不能去。我不能面对我妈妈伤心的样子，晓得吗？"

马小丁又劝了他的朋友好久，但是张小小始终只是摇头。

"那这样好不好小小，"马小丁从口袋里拿出一枚镍币来，"我们投个币。你要国徽还是要粮食？要是你中了，就不去，不中，就和我一起去。我们搭今天下午五点半的火车走。"

"我不投。"张小小表情很坚决。

"投吧小小，你要相信你自己的运气。"马小丁央求的口气说。

"好吧。就试一次。"张小小终于松了口。"要粮食。"

镍币在空中划了个银色的弧线，落到了桌子下头，摇了摇身子，瘫了下去。

"哈，国徽！"马小丁欣喜地叫起来。

陈虹

昨天晚上马明亮没有来，陈虹心情有些糟糕。为衣裳弄脏了这点小事吼了女儿一下，把小女孩都惊吓哭了。她这才觉得自己有点失态。左哄右哄，把田田哄睡了，一个人坐在客厅里看电视，眼睛望着屏幕，脑子却在走神。来了那个电话，马明亮第二天就回家去了。他是害怕他的老婆吗？不，他是怕老婆受了伤害，回家抚慰去了吧。男人都是这样，两头都要：家庭结构的稳定，婚外恋情的甜蜜。陈虹一这么想，心情当然就没有道理不糟糕。她把马明亮留在茶几上的烟抽出一支来，点上火，闷闷地吸了一口，结果呛了一下。她不会抽烟。但她觉得抽支烟，也许心情能平静一点。她开始怀疑马明亮对她的感情是否真实。她脑子里像眼前的电视一样回放着他们从相识到如今的种种情节和场景，以验证自己的判断。她渐渐得出了结论：这个名叫马明亮的男人是爱她的，但是，还没有爱到能为她舍弃自己的家庭的地步。他说过，他跟老婆刘娟之间已经感情淡漠。这她相信。但她不相信他会因此而和他老婆分道扬镳。怎么说呢？她陈虹好歹也是个明事理的女人，她不会强迫马明亮和他的老婆离婚。这样做，是有后果的。将来他们万一在一起了，万一不幸福了，他会怨恨她。她不会做别的处在婚外恋中的女人通常一意孤行要做的蠢事。

那么，她爱马明亮吗？当然，无可置疑。这个男人身上表现出来的一切她都爱。简单一点说，他就是她心目中最爱恋的那种男人。甚至他不怎么爱卫生，脖子后面一股淡淡的油腻味她都迷恋不已。她经常从他身后搂住他，贴紧他的脖子，像在医院的吸氧舱里吸氧一样地深深吸着那股若隐若显的油腻味。她要他，从灵魂到肉体。她要他，从局部到整体。她要他，从现在到未来。她要他，从秘密的情人到永远的爱人。她一直坚忍地等待，希望他自己解决好自己的问题，然后，奔向她，和她手挽手，踩着鲜花，走向浪漫的婚礼红毯。

她就是这么憧憬着的。不但憧憬，而且也化为日常的行为：她在慢慢地改变着他，增加着自己的感情砝码，使他一点一点倾斜于她，使他一刻也离不开她。

但是，一个电话就击碎了许多许多的东西。她看到了脚边的瓦砾、梦的碎片。

她憎恨他的老婆吗？她不能区别憎恨和厌恶。她也不能区别对方和自己的位置。她只是看到了需要，她需要马明亮，马明亮也需要她。而她呢？马明亮的老婆呢？当然，她也需要。可是问题的复杂就在于，按照陈虹对马明亮的了解，她看不到他需要那个名叫刘娟的女人的地方。那么，她为什么要打这个电话呢？为什么要用那样一种咄咄逼人的语气来说话，她的自信的基础是什么呢？她为什么认定是她陈虹夺走了她的老公呢？笑话，老公是能被人夺走的吗？她拿法律来威胁她，拿他和他儿子的血缘纽带来威胁她，一副胜券在握的样子，她不觉得自己可耻、可笑、而且可怜吗？一个妻子，完全失去了丈夫的爱，她还能被称为妻子吗？她想尽办法挽救死去的婚姻，她不觉得自己徒劳吗？

陈虹又呛了一口。她咳着嗽，把半支烟掐灭了。

她脑子里装着马明亮。因为她爱他。她觉得只要自己努力，马明亮就会同他的老婆离婚。但她从来没有这么要求过马明亮。她知道自己适合马明亮。她看得出来。马明亮喜欢和她说话，喜欢和她做爱，马明亮还喜欢她的女儿田田。马明亮也表示过，他的下半辈子就和她陈虹一起过。有爱情的生活姗姗来迟，马明亮说他一定要好好珍惜。

但她也清楚马明亮内心里的矛盾。要坚决抛弃自己的家庭，恐怕他还没有这个勇气。他不是顾及自己的名声，也不是顾及舆论的压力，他是怕伤害刘娟和马小丁。他为什么越不过这道心理障碍呢？

陈虹越想越烦恼。她的眼泪又淌了出来。马明亮回家去了。他是去救火了。他知道她的感受吗？男人原来也这么辛苦，要两头讨好。他真能做到两头都讨好吗？

陈虹是妇幼保健院的护士长。她穿着白色的护士服的时候显得非常好看。第二天上午,她在病房里巡查,同事小李跑过来叫她接电话。她穿过长长的走廊,来到值班室。是马明亮打来的。马明亮说:"你为什么不开手机?"他们刚认识的时候,马明亮每天打来七八个电话。所有的同事都知道有一个男人在热烈地追求她。她觉得太多的目光在盯着自己,多少有点难为情。她和马明亮说了,叫他少来一点电话,有什么话见了面再说。马明亮说,他等不到见面的时候,他太思念她了。"给你买个手机好吗?"于是他给她买了个摩托罗拉的折叠式小手机。这样,她在病房里工作的时候,就再也不会有人在走廊里喊:"陈虹,那个男的又来电话啦!"走廊里飘荡着回音,让她觉得自己的私生活没穿衣服。

陈虹不解释为什么没开手机。她只淡淡地说:"我在上班。"

"你生我的气了陈虹。"马明亮在电话那头说。

"我不生气。"

"真的不生气?"

"有什么气好生的?"

"你听我解释陈虹……"

"你不要解释。你应当回家。毕竟你有一个家。你有责任回去。"

"陈虹!别这么说好吗?你这么说我心里不舒服。"

"你要我怎么说?"

"陈虹,中午我们一起吃饭,我有话要跟你说。"

"你现在不能说吗?"

"陈虹,你不要误会我。中午我们一起吃饭,呵,我叫司机过来接你。"

"不行,我中午要上班。有话你现在就在电话里说。"

"陈虹,你晓得的,这个世界,我只对你一个人有感情。我……"

"还有你儿子。"

"那不一样。那种感情是血缘带来的。而你是我在这个世界上唯一选择的。不一样。性质不一样。"

"我不想听你说这些。我很多事情要忙。病人在等着我。我在上班。对不起,我挂了。"

电话那边还在叫着陈虹陈虹的时候她真的就把话筒挂断了。她接电话的时候,值班室里坐着的两位护士姑娘识趣地走开了,她们站在走廊上轻声说话,看见她出来了,朝她笑了一下。她们有点羡慕她。她们没有看见过马明亮,但她们知道他是一个热烈的男人、孜孜以求的男人、顽强又有毅力的男人。

龙小梅

龙小梅在家里吃了晚饭才到宾馆里来。十二楼的那间房子里,老沈一个人靠在床头看《新闻联播》,抽着无聊的中南海牌的香烟。

"你吃饭了吗?"她进门来就问他。"呵,这么重的烟味!"

"不想吃。"老沈说。"我特别不喜欢一个人吃饭。"

"对不起,特别特别地对不起。现在我们下一楼餐厅里去吧,我陪你吃点东西。"

"我不饿。"

"像什么话,空着肚子。"

"我不怕饿，只怕无聊。你来了我就高兴了。"

"那我泡方便面给你吃，行吧？"

桌上就有宾馆里准备的方便面。龙小梅麻利地泡上端到老沈的手上。

"你在家里吃的饭？"老沈一边吃方便面一边问。

"是的。我们家里的那位是大少爷。什么家务事都不知道做。"

"那他有福气呵。"

"你呢？你在家里做饭？"

"当然。我在学校里是校长，在家里是厨师长。"

龙小梅笑了起来："多么好的男人呀。"

龙小梅在家里吃过饭，收拾停当，就对他的书呆子老公说，她有事要出去，要是太晚了，可能就不回来了。

"你睡在外面？"书呆子老公问。

"不放心呵？"她说。

"放心，我老婆我还不放心？"

"那就不要多问了。我也有自己的生活空间对不对？"

"对对对。老婆永远正确。老婆万岁。"书呆子老公是这么说。

龙小梅看着老公一脸呆相，心里涌出一丝内疚。但很快也就过去了。她对书呆子说："你老婆永远不会在感情上背叛你。你放心。"

"放心，我真的放心。你走吧。"

他们没有孩子。也没有生存上的忧虑。他们的日子过得很平静。也许过于平静，缺少了某种快乐。没有意外闯入生活，也没有激情使生命兴奋。书呆子对性的要求非常之低。他的手触摸她的身体的时候，就像触摸一只实验室里的玻璃器皿。她感觉不到他的手掌的温度。但是她要，他还是能满足她，并使她愉快。然而，很多的夜晚，当他发出轻微的鼾声的时候,她还是把自己的手伸向了自己的下体。

她需要亢奋,需要像焰火一样的喷射。

吃过方便面,老沈问,今晚上他们上哪儿去呢?

"哪儿都不想去。就想和你待在一起。两个人在一起。我想要你拥抱我,彻底征服我。"龙小梅说。

老沈给了她激情,给了她燃烧自己的机会。她喷发了,然后就瘫在床上不能动弹了,就像一堆燃烧过后的灰烬。她痛快地呻吟着,啸叫着,让老沈不得不捂住她的嘴巴。老沈没有见过如此澎湃的高潮。他感觉身子下面是一条被扔在沙滩上剧烈弹动的大鲸鱼。他也亢奋了,变得如此勇猛,如此长驱直入,如此身手不凡。然后,他也成了灰烬。隔了好久,他才在想,只有这样的艳遇,才能迸发男人生命的火山。只有这样了不起的对手,才能使男人真正像个猛士。而他和老婆呢,从来,对,从来,没有过如此的倒海翻江,如此的波涛汹涌。为什么?因为他戴着面具。他在扮演尽责的丈夫。在龙小梅跟前,他摘掉了面具。他成了雄性的动物。他沉睡在生命深处的原始的冲动终于爆发。他成了一头狮子。

龙小梅呢?在变成灰烬之后她脑子里一片空白。等她恢复了意识,她只想到要到笼头下去冲洗自己的身体。她爬起来,像喝醉了酒一样歪歪劣劣地走到澡缸里,把热水扭开。

她的身体被热水淋着多么舒服。她用手轻抚着自己骄傲的双乳,开始回味刚才的那一幕壮烈表演。从她接到老沈的电话的那一瞬,她就知道会有这一幕。就像听到咯嗒一响,她知道有一扇门会被打开一样。电话里老沈的声音一传过来,她的身体就苏醒了。于是她义无反顾地奔来了,就像燕子奔向旧巢,落叶奔向秋天。

她想到了书呆子老公。她在心里说，对不起，我的宝贝，让我的感情忠实于你，身体忠实于我自己吧。

刘娟

沮丧。刘娟坐在财务室，眼睛望着电脑屏幕上的报表，心情只能用两个字来形容：沮丧。

在这种时候，她的脑子里所幻象出的，尽是折磨自己的画面。所有的画面都晃动着马明亮这个负心汉和那个名叫陈虹的妖精。他们的脸忽近忽远，面目可憎。仿佛她陷入了一条长长的望不到尽头的七弯八拐的胡同，胡同两侧的墙上全是这些画面，掠夺着她的视线。她被沮丧包围了，走不出来了。

于是她忍不住了，伏在桌子上哭了起来。吴大姐从她的位子上走过来，抚着她颤抖的肩："什么事，小刘？跟我说说，什么事？"

她不会跟她说的。她不会跟任何人说的。这是她的耻辱。从昨天晚上起，她就感到自己彻底失败了。她抓不住马明亮。他的心已不属于她。她败在那个妖精手上了。她在跟那个妖精打电话的时候是怀了决胜的勇气的。可是现在她明白了，真正的对手并不是那个她从未见过面的妖精，而是自己的老公马明亮。她根本战胜不了他的心。就夫妻感情而言，她成了彻头彻尾的弃妇。"弃妇"，这个名字多么可怕。这个名字带着摧毁的力量轰击她的心头。

"遇到了什么伤心事？"吴大姐仍在抚着她颤抖的肩，一副过来人的口吻，"哭吧，哭完了心里就好受了。"

她哭着,耳畔听到同事们的窃窃私语。她感觉到了财务室门口站满了好奇的人们。她止住了哭声,然后,抬起了头。

在她的男同事们看来,她依然是那么楚楚动人。

她告诉自己要坚强。她想到了今后的日子。她当然想到了离婚。这个可怕的灾难当她一想起来心就立即破碎了。没有马明亮她能生活下去吗?她试图让自己回答这个残酷的问题。但是,她不知道答案。尽管她已开始恨他,但一想到真正要离开他,她就不知所措了。茫然,巨大的茫然,她陷在了命运的迷雾之中。

她的男同事们找到了献殷勤的机会,过来帮她处理一些应当是她处理的事情。吴大姐以莫大的热情追问她发生了什么事,以满足上年纪的女人的永远年轻的好奇。每当有人不幸,这位到了更年期的老女人就格外兴奋。你不能指责她不安好心,但她就是有说不出来的兴奋。

"没什么,真的没什么。"她开始平静下来。

有个男同事递了一杯热茶过来让她喝,脸上浮着怜香惜玉的表情。

她在沉默中度过了一整天。

在这一天的沉默里,她回忆了自己的不短暂但也不漫长的一生,回忆了与马明亮相识相爱然后结婚生子的人生过程。她和马明亮怎么了?从什么时候开始,她和他之间的感情变得一点一点淡漠的?她到底爱不爱马明亮?马明亮什么地方值得她来爱?反过来,她有什么地方值得马明亮来爱?回忆使她产生疑惑,产生锥心刺骨的疼痛。崩溃了,这个家庭。一切无可挽回了,虽然她作了挽回的努力,但她知道,那很徒劳。

从前那个名叫刘春的大学毕业生那么热烈地追求她,遭到她无情的拒绝和伤害,她为什么要拒绝和伤害他?她为什么不能敞开心扉去迎接?难道她要忠实于没有爱的婚姻?现在想起来,她真是有一点后悔。她什么都没有尝试过。她对感情生活的全部感受都是来自马明亮。她从来都没想到过要在她和马明亮之外再获得别的情感体验。她为什么那么满足于和马明亮的家庭生活？她认真审视过这种家庭生活的情感缺失吗？这么些年月她原来是糊里糊涂过来的。现在她的生活抛锚了，她这才发现，自己被扔在沙滩上了。

下班后，她回到家里，呆呆地坐了一会儿，想到儿子要放学了，就到厨房里去做饭。她拿起一只杯子到米缸里舀米，下意识地舀了三杯。她、马明亮还有马小丁，他们三口之家平常在一起吃饭就是舀三杯。后来就变得经常只舀两杯。为什么下意识地要舀三杯呢？她在心里责骂自己。愚蠢，犯贱，难道你还对他心存幻想吗？

眼泪又涌了出来。她在模糊的白光里慢慢洗菜。

饭菜弄好了，她把它摆在桌上，凝听门外楼梯上儿子的脚步声。

窗外传来《新闻联播》播完之后的天气预报声，可是马小丁还没回家。

她站到阳台上张望。一对年轻的夫妇推着婴儿车在楼下的街心花园里散步，这画面让她心里面痛得好厉害。

马小丁

刘娟不知道，马小丁是不会回来吃晚饭了。当刘娟站在阳台上张望他的身影的时候，他正在南去的一列火车上。他买了一盒盒饭，吃完之后就倚着车窗看黄昏中大地的景色。

他动员张小小和他一起去深圳，但是张小小还是没有答应。虽然扔了镍币,张小小输了,他还是不肯来。张小小最怕他妈妈伤心。

"我保证为你保密。我发誓,任何人都不说。但是我不能去。"张小小最后说。

马小丁不能勉强他的朋友,带着一种遗憾,他登上了下午五点半的火车。在这之前,在小面馆吃完面,他就没再去学校了。他也没去外婆家。他直接去了火车站,买了一张坐票,然后在售票处对面街上的一家网吧里登录了他的"月光小船"。他告诉红鼻子狗,他买了下午五点半的火车票。

"我们怎么见面?"他在网上问。

红鼻子狗说,他会到车站去迎接他。"我戴一顶白色的耐克棒球帽,手里拿一张《计算机世界报》站在出站口的左边。"

想到要见到他的网友,马小丁就非常激动。车窗外,广大的农田和远处的河流浴在夕阳的余晖之下,看着就让人心旷神怡。马小丁觉得自己像一只从笼子里飞出来的小鸟,有一种从未有过的自由的感觉、飞翔的感觉、风在耳边呼啸而过的感觉。哈,多么美妙!他把随身听拿出来,戴上耳机。在南子的歌声里,他又看见了流浪的云朵,看见了白色的世界公民,看见了大地上掠过的树影……

他是什么时候睡着的?他的梦像是在一只摇篮里。逃学的快乐被梦放大着,也被梦包裹着。耳机里的歌声一直播放不停,直到随身听的电池彻底用光。他醒来是因为广播在大声地报站,深圳到了。所有的人都背着行李包站起身来。他看到太阳了。

陌生。第一次离开父母,离开熟悉而厌倦的地方。从车厢里下来,感觉大地还在摇晃。攒动的人头,四处抢眼的广告牌,车站上的广播找人的喇叭声,一切都是陌生。

他随着人流穿过地下过道,来到出站口。验了票之后,他就在大门外向左张望。他看见他了。他一眼就看见他了。果真是戴着白色棒球帽,手里拿了一张《计算机世界报》。而红鼻子狗也看见了他。红鼻子狗一瞬之间就知道他是谁了。他们的目光相遇,马小丁忽然显得很羞涩。红鼻子狗有一米七五的样子,比个头矮小的马小丁高出大半个头。红鼻子狗也比马小丁显得大多了。马小丁觉得奇怪,他为什么取个这样的网名?他的鼻子一点都不红。他的模样长得很酷,有点像马小丁喜欢的周杰伦。

　　"嗨,瘸子马!"他朝马小丁走过来,"你是瘸子马吗?"

　　马小丁也想喊一声:"嗨,红鼻子狗!"但他没有这么喊。他真的有点羞涩。

　　红鼻子狗捶了他一下。"跟我来。"

　　他跟着红鼻子狗,走进了这个城市的陌生的阳光里。

　　"弄到票啦!"红鼻子狗回过头来说,"跟我并排走,别走在我屁股后头。是晚上的票。"

　　马小丁就靠上前去,与红鼻子狗并排走着。

　　"是第一回出远门吧?"

　　"我在聊天室跟你说过了。"马小丁说。

　　"哦,是的。你说过了。是的。喜欢这城市吗?"

　　"我暂时还没有感觉。"

　　"哦,是的。"红鼻子狗说,"白天你是想休息还是想跟我去逛世界之窗?"

　　"随便。"

　　"没有随便。你选择吧。"

　　"那就去世界之窗。"

"也可以去打游戏。想吗?"

"想。"

他们上了一辆公交车。马小丁看到车窗外许多高楼的玻璃幕墙在阳光下闪闪发亮。他于是慢慢兴奋起来。

陈虹

中午的时候,马明亮真的来了。他自己开车来的。陈虹的年轻同事们没见过马明亮,她们觉得他虽不属于魁梧健壮那一类,但也还是在眉宇之间显得英气勃勃,一看就是稳沉持重有控制局面能力的男人。她们觉得陈虹真有眼光,而且陈虹也很幸运。她们看到她上了这个男人的白色的本田雅阁。

"当着同事的面,我不好怎么说。"在车上,陈虹侧过脸来看着马明亮,"你怎么来了?我没有同意你来。我说了我中午还要上班。"

"你说的都是生气的话,"马明亮说,"我很了解你。"

"你了解我?你了解我什么?"

"我了解你其实很想看见我。"

"放屁。"陈虹忍不住笑起来。

"想吃什么菜?"马明亮微笑着问。

"你讨厌,你就那么看人看到骨子里了?"

"我问你,想吃什么菜?"

"想吃马明亮。"

"巴不得给你吃了,一点骨头都不要剩。"

"放屁。你有骨头吗?"

"你呵,"马明亮笑着望了她一眼,"骂人怎么这么狠?"

"对你太温柔了,你还不晓得狠是什么滋味。宠坏你啦。"

两人打情骂俏着,车停在城南的一家不错的餐馆前。

马明亮点了陈虹喜欢吃的菜,让陈虹觉得马明亮对自己还是很细致体贴的。但她还是要使使小性子,故意跟马明亮斗斗气。

"怎么没穿制服来?"她忽然问。

马明亮莫名其妙:"什么制服?呵?什么制服?"

陈虹忍住笑:"消防制服嘛。昨天晚上你不是回去救火了吗?"

马明亮说:"你真调皮。"

马明亮轻轻叹了一口气,又说:"你应该是理解我的。你要是不理解我,这个世界真是没人能理解我了。"

"我是能理解你,可是谁又能理解我呢?"

马明亮看她一眼:"我呵,我马明亮呵。"

陈虹摇了摇头,不说话了。两个人的气氛于是有点尴尬起来。

"菜凉了,吃吧。"过了一会,马明亮说。

吃过中饭,陈虹的心里好受多了。她感觉到自己在马明亮心中也还是特别重要的。马明亮很在乎她。这让她记起有一回马明亮和她一起陪几位外地客户唱卡拉OK,马明亮在点歌器上点完歌,回到她身旁,轻声对她耳语:"你晓得我要为你唱一首什么歌?"她说:"我怎么猜得着,说给我听吧。"马明亮说:"是邓丽君的《我只在乎你》。"陈虹想起来,那一时,自己真是感动得不得了。那一时,陈虹心里说,她的前夫就从来没有在乎过她。现在有一个马明亮在乎她了,而且是"我只在乎你",她感到了前所未有的幸福。

下午，陈虹上班的时候显得非常轻松。她的那些刚从护士学校毕业不久的小同事们对她说："虹姐，你今天特别漂亮。"

"是吗？谢谢。"

"虹姐，是不是女人一恋爱就显得特别漂亮？"

她说："你们是打趣我是吧？我都人老珠黄啦，还什么恋爱不恋爱的。"

"虹姐，中午那个开车来接你的男的，好不错哦。"

"只是一个朋友。你们不要乱说话呵，小心我铰了你们的舌头呵。"

小护士们笑起来。那笑声让陈虹感到世界有了变化。从前人们都是同情她的，现在有人羡慕她了。

老沈

清晨，他们又交欢了。积聚了一夜的激情能量再度爆发，于是他们再度烧成了灰烬。

忘我。心理上彻底地清除一切障碍，彻底地解放，彻底地自由，彻底地回归到人之初的动物本性，彻底地放弃一切文明的面具，彻底的在一个人身上释放对于全部异性的性幻想和性能量，于是他们沉浸其中的境界就是忘我。

为什么人们要寻求艳遇？老沈似乎明白了一点什么。在学校，他是校长，因此也就是一个循规蹈矩的人，一个符号化的人；在家里，他是丈夫和父亲，因此也就是一个举止庄重的人，一个角色化的人；在社会，他是知识分子，因此也就是价值的捍卫者，良心的表达者，道德的标本。只有在艳遇中，在肉体的忘我交欢中，他才有了蛾子从茧里飞出来的无限轻松，才有生命的升华感和透心透肺的快乐感。

就这么下去多好。生命的蜡烛被偶然点燃，就让它烧下去好啦，让它真正地成为灰烬。人生的美丽在短暂里获得永恒吧。

"我还想要，"龙小梅咬着他的耳垂说，"我觉得我快要死了。"

"我也一样，"老沈说，"但是我不行了。从来没有这样过。我觉得我一下子把自己掏空了。"

"你真行。你是了不起的男人。"

从来没有人这么评价过他。他是了不起的男人。他了不起吗？

如果单从性的角度说，是这么回事——龙小梅让他成了一位了不起的男人。他和他老婆张素月在最近这五六年里几乎很少有性生活。张素月没有太大的兴致，他也没有太大的兴致。他们互相丧失了性的吸引力，丧失了生命的激情。他们每个月虽然有那么一两回，但伴随着的是完成某项家庭义务的感觉。匆匆忙忙，潦潦草草，淡而无味，全然没有新婚燕尔时耳鬓厮磨阴阳混沌的那种大快乐。后来，他甚至怀疑自己患上了阳痿症，因为他发现自己好些回都成了银样镴枪头。张素月一点都没有表现出惊奇来。她也没有什么怨艾。她好像觉得这很正常。男人到了四十多岁，似乎只有这几板斧了。反而她觉得这样很好，对女人来说这样仿佛还有安全感一些。

而他却感到了悲哀，感到了生命力的枯萎，自信力的凋谢。他竟遇上了一个龙小梅。她让他重新燃起了生命的火焰，让他振奋了自信，让他感到了自己仍然算得上是一条蛟龙。

这种感觉多么好呵。

她陪了他一整天。他们就在宾馆里吃饭，吃了饭又回到房间里。

他们哪里都不去。他们的活动空间就在床上。他们如胶似漆,如痴似醉。房间的门铃清脆地响了。

"谁?"老沈坐起来问,声音里透着不安。

"不要怕,"龙小梅说,"是服务员。"

果然门外一个女孩的声音说她是服务员,打扫房间的。

"跟她说,不用打扫。"龙小梅吩咐道。

老沈照她的话回答了。之后就听到门外传来了推车在走廊上哐啷哐啷移动的声音。

"不会……查房吧?"老沈有点担心地问。

"我不怕,你怕什么?"

"那倒也是。"

龙小梅伸出手掰住老沈的肩,老沈就乖乖地躺下来了。他完全服从龙小梅。这种感觉怪怪的,让老沈事后想起来觉得有点滑稽,但现在他根本就没有思量这样的问题。他和龙小梅在一起,服从就成了他的本能。他是因为感激而服从的吗?服从是对她唯一能做的报答吗?老沈不知道。

他们在这一整天的时间里又做了好几回爱。老沈早已力不从心了。但是龙小梅总有办法让他短暂地亢奋起来。老沈惊异地想:一个人到底有多大的性能量呀?他觉得他经历了一生中最大的也是最持久的一次性考验。他不知道要怎样给自己打分。他想这个权利应当属于龙小梅。不过,他对自己是相当满意的。

晚餐是龙小梅犒劳老沈。她点了两盅虫草蒸水鱼。

"补补身子吧。"她坏坏地笑着说,"亏大啦。"

老沈也笑起来:"下半辈子的事情都给一天透支完了。"

老沈和龙小梅在餐厅的一张小桌上面对而坐,老沈得以认真地观察了一下龙小梅。经过了这场艳遇，他才敢直面地看着龙小梅。他觉得她是那种经得看的女人。她的样子很平常，不过越看越觉得有味。主要的是生动。她那说话时的表情非常生动，让一张平常的脸顿时就不同凡响了。

"笑什么？"龙小梅喝着汤，一抬头就问他。

"我没笑。"他说。

"还没笑。看见你脸上就挂着那种不怀好意的笑。"

"不怀好意？我敢对你不怀好意？"

"那你解释，那是什么意思的笑？"

"我没笑呵。"

快吃完的时候，老沈说，他想明天就回去算了。

"你舍得？"龙小梅望着他的眼睛说。

"舍不得。"老沈说，"真的舍不得。"

龙小梅说："要是我不让你走，怎么办？"

"你不让我走，我就不走。"

"真话？"

"真话。"

"那你就不走。我让你不走。"

"好吧，"老沈说，"不走吧。"

"开玩笑呢！"龙小梅笑起来，"考验你呢！你走吧。反正后会有期。你不是常来北京吗？"

"是，常来。有你在北京，我会常来。"

"下回来，你就不会找我了。"

"谁说的？"老沈有点着急的样子，"保证找你。一定一定来找你！"

"你找我,还不知道我会不会让你找呢。"

马明亮

马明亮陪一位客户吃完晚饭就开车去了陈虹的家。他给小田田买了一个布袋熊和一盒巧克力。爱屋及乌,他也非常喜欢这个长得很像她妈的小女孩。当然,小女孩也喜欢他这个马伯伯。她总是缠着他,让他说故事,或者要他用手绢做布老鼠。

"马伯伯,我想认识丁丁哥哥。"田田坐在马明亮的膝上说。

"呵,丁丁哥哥学习忙得很。下回吧。下回我带你和丁丁哥哥一起玩。"

"你总是下回下回,从来就不带丁丁哥哥来。我还不晓得他长得什么样子呢。"

马明亮尴尬地笑笑:"田田真有意思。"

"丁丁哥哥爱学习,"陈虹从厨房里出来,"哪像你,成天只晓得玩。"

"我也爱学习呵,"田田翻嘴道,"我在我们幼儿园是三好学生呵。"

"好好好,你不止三好,你八好十好,行么?快下来,别老坐在马伯伯身上,马伯伯会累坏的。"

"马伯伯,丁丁哥哥为什么不上我们家来玩?"田田还是缠着这个令她百思不得其解的问题。

"会来的。"马明亮说,"会来的。"

马明亮和陈虹坐在客厅的沙发上看电视。马明亮把一只手搭在陈虹的腰肢上。陈虹说,小心一点,让田田看着不好。她站起来,到田田的小房间里看了一下,女儿在写字,跪在凳子上,一笔一画,很认真的样子。她退出来,把门轻轻带关,坐到马明亮身边,把头朝他肩上倚过去。

很多的时光,他们就是这么度过的。她的头倚在他的肩上。他呢,把一只手伸过来,搭在她的腰肢上。甜蜜安宁像水一样漶漫,沉浸其间,漾漾的就是幸福。他们总是通过细小的动作感受肌肤之亲。比方,有时候他们在饭桌下勾勾手之类。细节越多,幸福越多。

"陈虹就是好。生生气就没事了。"他扳过她的脸来说。

"谁说生生气就没事了?我的气还没消呢。"

"看你的样子就晓得你的气早就消了。"

"你的眼睛有毒呵。"

"你呵,生气也是假生气。你这样的女人,要真是恨一个人,很难。"

"为什么?"

"你太善了。"

"马善被人骑,人善被人欺。有什么好。"

"你看,人是经不起表扬的吧。一表扬就翘尾巴了是不是?"

田田从屋里冲出来:"妈妈,检查。"把写字本伸到陈虹的面前。

检查完作业,陈虹帮田田洗完脸和脚,就让她睡觉了。

她又坐回到沙发上,仍是把头倚在马明亮的肩上。电视里是一台文艺晚会。歌星们唱着虚伪的生活颂歌,让人腻味。马明亮换了一个频道。正好,有他喜欢看的F1赛车。他最崇拜的英雄就是大舒马赫。但他今晚上没看见。他多少有点遗憾。

"跟你说话呢,没长耳朵呵。"陈虹推了推他的身子。

"什么？你刚才说了什么？"

陈虹说："你没听见就算啦。"

"哎，我的女王，请你重新说一遍好吧。我看赛车看得入了迷，没听见，请你原谅还不行嗳。"

"不说，就不说。"

"求求你。求求你还不行？"

"我是说，我们就这么下去吗？"

马明亮沉默了一下。然后，他问："你是不是觉得这样下去不好？"

"你不要多心。我没别的意思。"陈虹说，"只要和你在一起我就很满足。我只是害怕你离开我。"

"离开？不会。永远不会。"

陈虹摇了摇头："我好担心。"

"不要担心。有我。我保证永远不离开你。"

陈虹的眼泪流出来了。

"就这样，我很满足。我不敢再奢望什么。多一点我都不敢。"她说。

"怎么流泪啦？嗯？怎么回事？别这么多愁善感的。"马明亮一边说一边在陈虹的脸上吻着，心里涌出了深挚的感情。

就在这个时候，电话响了。

陈虹家里的电话很少，因为她的交际很少。她在妇幼保健院上班，下了班就回家，很少出去应酬。电话还是马明亮给她装的。卫校毕业之后她分到了这座城市，没有亲戚，也几乎没有朋友。她的生活面非常仄狭。

铃声响起来时，她有一种不祥之感，马上联想起了刘娟的那个电话。没有来电显示，所以不知道是谁打来的。"接吧。"响了五六遍之后，马明亮跟她说。

"你接吧。说不定是找你的。"她说。

"扯淡，找我的不会打我的手机吗？"

陈虹犹豫着拿起话筒来，听到那边真是传来了刘娟的声音：

"我晓得马明亮在你这里，请你让他接电话，我有急事。"

她没有吭声，把话筒递给马明亮。

"真是找我的？"马明亮伸过手来。

"马明亮，你好逍遥。"刘娟在电话里说。

"你找我为什么不打我的手机，为什么要把电话打到这里，你什么意思？"

"马明亮，你听着，你的儿子还没回家。到现在还没回家。"

马明亮抬头看了看墙上的钟，十点半了。"是不是在同学家里？"

"马明亮，我们的小丁失踪了。他们同学都说从下午开始就没见着他了。他也没去外婆家吃中饭。他最要好的同学张小小也不晓得他到哪里去了。马明亮，我们的小丁，我们的小丁他……"刘娟突然放声哭了起来。

马明亮冲着话筒喊道："我就来，马上就来！"

他站起，从沙发上扯过便西装就朝门外走。

"出了什么事？"陈虹追着他问。

"马小丁不见了！"他头也不回地答了一句，就朝坪里的白色的本田雅阁疾走过去，一边走一边在口袋里掏车钥匙。

陈虹看着车尾的红灯消失在宿舍区的大门外，回到沙发上坐下。她把电视关了，就那么呆呆地坐着。似乎憋了好长一口气，隔了好半天，她才深深地把这口气吐了出来。

马小丁

红鼻子狗真是个有意思的家伙。他太会玩了。从世界之窗出来,他们在马路旁的一家小店里吃了一份快餐,要了两杯纸杯可乐。都是红鼻子狗付的钱。红鼻子狗一个接一个地说笑话,逗得马小丁喷饭不已。马小丁现在一点拘束都没有了。他开始感到快活了。接着他们就进了电游室。他们打联机游戏,《黑暗破坏神-毁灭之王》,过关斩将,一路涛涛。红鼻子狗不断地发出尖叫,毫不顾忌旁人的眼色。马小丁很佩服地望了望他那种玩得非常投入的样子。

"你就经常这么逃学吗?"他大声问红鼻子狗。

红鼻子狗把白色棒球帽摘下来,戴到马小丁的头上。帽子大了,遮住了马小丁的眼睛。

"那样的课有什么上头?还不如自己看看书。反正考试能过关就行。那还不是小菜?"

红鼻子狗脸上总是挂着一副自信的微笑。马小丁想,怎么他们学校从来就没见过这样好玩的角色?张小小算是好玩的,但是同红鼻子狗相比,张小小的心事太重了,远没有这份轻松和潇洒。何况红鼻子狗一肚子的笑话,好像要多少有多少,永远说不完似的。出太阳,深圳的气温比马小丁生活的城市高多了。马小丁买了两支冰激凌,两个人边吃边打游戏。马小丁感到爽极了。

从电游室出来,两个人坐在街头的石级上,看来来往往的车和人。

"女孩子开始穿裙子啦。"红鼻子狗兴奋地说,"满街都是白白的腿。免费供欣赏呵。"

马小丁不好意思说什么，只是羞羞地笑着。

"看，那边那个，"红鼻子狗指着马路对面走着的一个穿有短裙的职业套装的公司白领模样的小姐，"当模特都够资格了吧。"

马小丁轻声地嗯了一下。

"深圳到处都是美女。你们那里呢？"

"我们……我们那里……没、好像没看见有这么多。"

"兄弟，我的瘸子马兄弟，"红鼻子狗拍拍马小丁的肩膀，"别那么害羞。你已经是男人啦！懂吗？男人。"

"我……我还是中学生。"马小丁脸红了起来。

"什么中学生？你遗不遗精？你要是遗精，你就是男人。这还不懂！"

"我是不懂。"马小丁声音很低地说。

"哈，玫瑰！"红鼻子狗突然大叫一声。马路对面的那个公司白领模样的小姐回过头来朝这边张望。红鼻子狗就笑起来，伸出手朝她扬了扬，然后敬了一个党卫军一样的礼。

马小丁说："你这样，人家会认为你有神经病。"

红鼻子狗说："你说对啦，我有爱情神经病。我爱全世界一切美媚。"

然后，红鼻子狗站起身来，尖叫了一声："美媚万岁！"

他这么尖叫就像大呼"救命"一样，让马小丁忍不住笑了出来。太有味了，这个红鼻子狗。

"走吧，我们找地方吃晚饭，然后就去看演唱会。"红鼻子狗说。

"我先跟你说，红鼻子狗，晚饭我来请客。你不要买单呵。"

"要你买什么单，小朋友，我是主人你是客人，我来买单。小意思。"

"不行，我先说好了。不然我不好意思。"

"那就是这样，AA 制。谁也不欠谁的人情。好吗？"

"也行。"马小丁说。

他们在麦当劳吃了汉堡包、菠萝派，还有薯条和可乐。他们各自分担了一半的费用。

"这样很好，"红鼻子狗说，"彼此都轻松。我们吃简单一点，把钱花在别的地方。"

"什么地方？"马小丁问。

"比方今晚上看演唱会啦，还有买 CD 碟、和网友通电话啦。这都是大大的要银子的呢。"

马小丁点点头："是的，是的。"

"明天我带你到一个地方去，专门买打口碟。全是正宗的原装进口货。不是熟人不卖的。"

"那好那好。我要多买一点，送些给张小小。"

"你说谁？张小小？"

"呵，我一个朋友，非常好的朋友。"

"你是好样的，瘸子马，一个人就是要学会爱朋友，有好事的时候都要记得朋友。"

"是的，是的。"

南子的演唱会是在体育馆举行的。人很多，看上去座无虚席。马小丁注意到来看演唱会的基本上都是些年轻人；三十岁以上的都很少见。他用肘捅捅红鼻子狗，把自己的发现跟他说了。红鼻子狗说："这就叫做青春出动，或者叫青春 Party。"马小丁在喧嚣的人声中用力地点着头。

"有五分之一的人是美女,至少。"红鼻子狗在马小丁耳边说。

马小丁就把头转过来转过去,像一只雷达。

"过瘾吧。台上台下都好看呢。"红鼻子狗又说。

音乐响了,演唱会开始了。

狂热的音乐中,响起来啸声一片。

一个上身穿着白背心,着牛仔裤的姑娘站到舞台中央。所有的灯光和目光都聚向她,青春猎猎,像旗帜飘扬。马小丁知道,她就是南子。

老沈

火车启动了。北京西客站月台的一片灯火朝后退去。老沈的目光一直望着窗子外头。他似乎期望龙小梅的身影在最后的时刻闪现,哪怕仅仅只是一瞬。

卧铺厢里的广播在放着"鲍家街43号乐队"的一首摇滚《晚安北京》:

> 我将在今晚的雨中睡去,
> 伴着国产压路机的声音,
> 伴着伤口迸裂的巨响,
> 在今夜的雨中睡去。
> ……

伟大的北京退入到一片深重的夜色中了。老沈觉得心里忽然很空旷。他不明白为什么龙小梅不来送送他。她和他在一起的时光那么火热，当他要离开时，却显得一点离情别绪都没有，甚至电话道别也没有。她真是洒脱。她是那种行于所当行，止于所当止的女人吗？像迷一样，这个女人。老沈在心里琢磨她不透。

他以后仍然还会到北京来的。但是北京会有另外的内涵了。要不然它会变得很丰富，要不然它会变得更单调。谁知道呢？一切决定于一个名叫龙小梅的女人，决定于这个无法说清的人生之谜。

老沈把额头贴在窗玻璃上，望着黑暗中的北方大地，心里还在回味着这几天的奇特经历。非常奇怪的是，他越是用力地回想龙小梅，她的面影就越是模糊。就像伟大的北京城一样，沉入到了晦冥的夜色之中。那些经历中的细节也像鱼群一样，在眼前鳞光闪闪地飘游，但是任何一条都打捞不上来，当他努力捕捉时，它们就从他的掌心里溜走了。仿佛这都不是昨天的事，而是几个世纪之前的事。是影子，是虹，无从兜捕。老沈惊异地摇摇头，觉得自己经历的是一场短暂的梦。因为想来想去，所有的一切都具有梦的性质。

车轮空铿空铿地响着，碾向夜的最深处。老沈睡不着，站到两节车厢之间的过道上抽烟。窗玻璃上映着自己的穿白衬衣的身影。他感到了陌生。有两个老沈，一个在梦里，一个在现实中。

　　晚安，北京。
　　晚安，所有未眠的人们。
　　晚安，北京。
　　晚安，所有孤独的人们……

老沈想起了广播里播放的那首有点苍凉的摇滚。

快天亮的时候老沈才睡了一会儿。中午,他醒来了。看看表,还有半小时就要到了。他打开手机,给家里拨了个电话。他想听到小聪的声音。

"是爸爸吗?爸爸,什么时候回来?想你啦!"女儿的声音仿佛像一道明净的溪水哗哗地淌了过来。

他于是跟她说,他马上要到家了,她就要吃到他带回来的果脯了。

"爸爸,好多电话找你。你怎么不开手机?"

"是哪些人找爸爸?"

"让妈妈跟你说吧。"

老沈听到话筒里女儿在叫她妈妈接电话。"是爸爸来的!"估计老婆是在厨房里做午饭。

"老沈呵,"张素月拿起话筒就说,"学校张校长刘主任他们昨天打了你一天的电话,你怎么关了手机?"

"有什么急事吗?"老沈问。

"他们也没跟我多说,只问你回来没有。还好吧?什么时候回来?你怎么关了手机呢?你从不关机的。"

老沈拨了张副校长的手机。张副校长说,高二四班的马小丁失踪两天了。他的父母报了案,还找到学校来要人,说学校对此事要负责任。马小丁的妈妈还说你们的一把手呢?他怎么躲起来了?他躲得了初一,躲得了十五吗?怎么跟她解释都是空的。她并且说,要把这件事捅到媒体上去,给我们这所重点中学好好曝一曝光。

"行,我晓得了。我马上就要到家了。我下了火车直接到学校来。"

这种麻烦事在他当校长的任期里越来越多了。如今的学生怎么了?

男生也好，女生也好，社会上存在的一切问题都在他们身上有明显的折射。学校和书本的影响力已越来越低于社会的影响力。学校不再是只埋头读书的真空之地，反而越来越像只马蜂窝了。上个学期，他甚至还处理过一个初二的女生怀孕的事。新中国成立以来，中学哪里出过这样的丑闻？难当呵，现在的校长！

火车进站了。老沈从车厢里跨下来，一脚踏回到现实当中。这一刻，他把龙小梅忘记了。

刘娟

刘娟连续两个通宵失眠。她的脸忽然瘦得走了形。她也根本没有心思收拾打扮自己。只有两天的时间，她就明显地老了，丑了。口里神经质地念着儿子的名字。目光呆滞，神情凄然。

"我想小丁不会出什么大事的。他都这么大了。他应当有应付各种事情的能力了。"马明亮坐在她身旁安慰她。

刘娟像没听见似的，眼睛直勾勾地望着天花板上的顶灯。

"我在他这么大的时候都参加工作两年了。那时候我父母下放在农村里，我就是一个人面对社会和生活的。你不要过分忧虑，小丁会回来的。"马明亮不管刘娟听不听，还是继续这么说。或许他既是安慰刘娟，也是安慰自己。

刘娟的眼睛里全是血丝，形成了一张红色的蛛网。她的呆滞的目光就是从那蛛网中泄出来的。

"小丁，你回来！小丁！儿子，回来！"她又开始神经质地这么叨念着，就像一个瞌睡的尼姑在迷迷糊糊诵经。

刚才派出所的人打来了电话，问他们是否有新的情况提供。马明亮说，没有。派出所的人又问，是否你们家庭关系很紧张，给孩子造成了心理压抑？马明亮说，没有。派出所的人哦了一声，说对不起，打扰了，就挂了话筒。

家庭关系很紧张，马明亮对自己说，我为什么不敢承认？但他不认为这与马小丁失踪有什么必然关系。他回想起马小丁问他要八百块钱的事，他同意反映情况时警方的判断，马小丁拿这么多的钱一定是离开这座城市了。这个孩子，他会到哪里去呢？

他问自己，对儿子了解多少。末了他摇了摇头。他承认，从小丁上高中起，他们父子之间就没有好好地坐下来谈过心。在他眼里，似乎小丁永远是孩子，永远没有长大。他就是用看七岁的单纯的小丁的眼光来看十七岁的已发生了变化的小丁的。所以，他从来不觉得儿子会发生什么问题。而真正发生问题了，他这才觉得自己对儿子原来了解得这么少，还停留在十年前的认识上。他有些后悔，还有些自责。但他不能说这些后悔和自责的话，因为他要稳定刘娟的情绪。他要装出泰山崩于前而色不变的样子。他要成为此时此刻可怜兮兮的老婆的精神支柱。她要是再垮下去，就会彻底崩溃。她差不多到了临界点了。

他昨天和刘娟一起去过小丁的学校。他还比较冷静，可是刘娟有些歇斯底里。她冲到办公楼里大吵大闹，而且要校长亲自回答她的问题。"一个好端端的孩子，怎么可能一下子在学校里消失呢？叫校长出来！躲，躲到哪里去！"张副校长一再解释，说沈校长到北京出差去了，还没回来。"你撒谎，叫他出来，我问他要我的儿子！"刘娟眼球通红地叫吼着，引得很多人出来远远地观看。马小丁的班主任被叫来了。教语文的王老师和教数学的屈老师也被叫来了。他们纷纷解释马小丁是中午放学之后失踪的。因为有许多同学证明他们在放学的路上看到过他。他们解释的意思就是马小丁并不是在学校消失的,因此,学校并不担负他失踪的责任。

"他是你们的学生呵,"刘娟喊道,"难道你们的学生失踪与你们学校无关吗,呵?你们拿人民的工资,却教不好自己的学生,管不好自己的学生,这是什么学校呵,呵?"

马明亮扯扯她的衣袖:"莫这样激动,有话好好讲。"

"好好讲,"刘娟仍是喊道,"还是全市的重点学校,我要叫报社的记者来采访!倒看看这是什么重点学校!"

刘娟吼到后头完全是语无伦次了。张副校长急得满头大汗,看上去一副可怜模样。

"我们会配合派出所调查,我们一定会寻到马小丁同学。请你不要急。千万千万不要急。我们相信马小丁同学不会出事的。"

张副校长说得一点底气都没有。他越是劝刘娟不要急,他自己就越是急。鼻头上冒出的热气把眼镜都弄得模糊一片,就好像一下子失掉了人生的方向一样。

马明亮说,不管怎样,学校是有责任的,因为马小丁是学校的学生。他希望学校在马小丁同班同学中展开问询,也许可以寻到线索。

"会的会的,我们正在这样做。"张副校长说,"派出所的民警也在这样做。我们相信很快就会水落石出的。"

晚饭是马明亮亲自做的。他快有十年的时间没有下过厨了,拿起锅瓢盆勺来都有些手生。他不停地大声问:酱油在哪里?味精在哪里?辣椒在哪里?可是刘娟在客厅里懒得回答他。她坐在沙发上,一个人默默地流泪。

"吃吧，先吃吧。"马明亮端上来一道菜就这么说。

刘娟纹丝不动。

"吃吧，饭都给你装好啦。"

搞完了最后一道番茄炒鸡蛋马明亮回到餐桌前。他帮刘娟把饭装好，送到她手上。刘娟嘤嘤地哭起来。

"我要是能帮你吃饭我一定帮你吃。可惜这个忙不大好帮。"他试图弄点轻松的气氛。他不能愁眉苦脸，那样刘娟会崩溃得更快。

他看着刘娟泪流满面的样子，心里有一种难受。他认识刘娟的时候，刘娟是那么青春、娇艳。他和她旅行结婚，去秦皇岛她姑妈家，然后去哈尔滨她姨妈家，一路还玩了沈阳、长春，甚至还上了一趟长白山，在山上吃猴头菌和野味，还有一种他不晓得名字的味道特别鲜美的来自小丰满的鱼。那时候他还是政府机关的一名小车司机。他找了一个这么漂亮的老婆，同事们都非常羡慕，他自己也感到很骄傲。那趟旅行结婚是相当愉快的。他初初尝到了爱情生活的浪漫和甜蜜。那时的刘娟留着短发，一脸的朝气。那时的刘娟让他心生爱意。从什么时候起他们彼此之间就变得那么淡漠，那么无关痛痒了？是时间漂白了他们的情感，还是日常的琐细磨钝了生命的触觉？他们之间甚至丧失了性的吸引，丧失了交谈的渴望，于是丧失了从精神到肉体的一切愉悦。这种变化始于何时？现在，因为这个家庭出现了意外的事件，马明亮突然觉得有些对不起刘娟，看到刘娟那么明显地憔悴，那么明显地身心疲惫，他涌出了强烈的心酸。这都是他造下的孽吗？一个平常的家庭成了如此零落的样子，这笔账应当算到他的头上来吗？在这种时候，马明亮还涌出了一种要与刘娟同舟共济的悲壮情怀。他要把刘娟从崩溃的边缘拉回来。不是出于同情，而是出于责任。在责任之外，还有某种无法说清的复杂心理，包括深深的内疚。

"吃一点吧,哪怕一点点。"他说,"人是铁,饭是钢。你不要把自己的身体搞垮了。"

刘娟缓慢地转过头来,目光滞滞地望了他小半天,然后说:

"马明亮,你不是人!"

陈虹

她坐立不安。她的同事们都看出她有心事了。

一个小护士问:"虹姐,不舒服?"

她笑了一下:"我很好,没什么不舒服的。"

"你眼睛里有好多血丝,虹姐。"那个小护士还说。

她讨厌别人老是那么观察她。她不是动物园里的猴子。她是有自己的生活隐私权的人。她同时叮嘱自己,要正常一点,别那么情绪化,把什么事情都写在脸上。她以前似乎并非如此。

但她脑子里马明亮的影子总是挥之不去。他那么快地放下电话就出了门,不是她追着问,他甚至都没想着要跟她说明一点什么,上了车就跑了,回到他的家去了。还是他的家重要,他家里的人重要,他家里的事重要。她算什么?她就是他的情人而已。他把感情存放在她这里,但也可以随时取走。她不就是他的感情银行吗?

"我对他太抱幻想了。"她对自己说,"我什么时候起成了一个不切实际的女人了?"

她惨然一笑,站起来,走出值班室,到病房里巡查。

"我不能老是坐在那里想他。我会出毛病的。"在走廊上,她又对自己说。

实际上,她盼着他来电话。她一直没关手机,而且耳朵始终保持了对手机铃声的警觉。一个产妇的陪护家属腰间的手机响起来,她不由自主迅即把自己的手机拿出来看,结果换来了好一阵的怅惘。

她还是太在乎他了。不管她对他的情感如何复杂,但是有一点是可以肯定的,她在乎他。由于有了他,任何别的男人是根本无法进入她的心扉的。他代表了她的一切热望和梦想。她从内心深处渴望拥有他。

她一直在等待。她注视着事物朝她心中的彩虹处慢慢移动。她沉住了气。很长时间以来她都沉住了气。她有时沉浸在对未来的冥想之中。更多的时候则根本不敢多想。她一直嘱咐自己要现实一点。实际上,她心里已经做好了他不离婚,而她只是永远做他的情人的打算。

但是打算是一回事,面对事实又是一回事。马明亮只要一回到他的那个家,她就难受,非常非常地难受。就好像他这一去,就再也见不到他了似的。当马明亮又回到她身边,哪怕没有任何甜言蜜语,只是躺在床上看他的汽车杂志,她也觉得有一种舒心的幸福。她在厨房里忙着,口里会时不时地哼哼着什么小调。

下了班,她接了田田回到家里,心中怅然,因为马明亮今天一天都没来电话。这是极少有的事情。马明亮平时一天至少要打七八上十个电话,问这问那,或长或短。他这是为什么呢?难道他家里真是出了大事吗?如果是这样,她应不应当打个电话去问一问,就打他的手机,表示对他家里的事情的关心?但是,他既然回到了家,那他的老婆也许就同他在一起,他不方便打电话来,肯定也不方便接她的电话。怎么办呢?

自从她的前夫死于车祸，她的生活反而有了一种前所未有的宁静。她没有急于再找个人成个家。她打算先好好享受一下这难得的宁静。她的身心太疲惫了，她要好好休息休息。她带着女儿田田，生活得很有规律。虽然经济上窘迫一点，但比起一个家庭老是鸡飞狗跳，她宁愿要这份窘迫。生活是有弹性的，紧也紧得，松也松得。重要的是宁静。后来她就认识马明亮了。鬼使神差，她爱上了他。当然，她相信，他也爱上了她。她和他在一起很自然。他们彼此适合。只有马明亮回到他的那个家，她的宁静就丧失了。她就有一种本能的焦虑。她会想得很多很多，很复杂很复杂。她告诫自己不要如此。但是做不到。很多事情来到心里头，都是不由自主的，而且是下意识的。

吃过饭，她让田田在里面的房间里做作业。她自己坐在客厅沙发上看电视。她眼睛望着屏幕，但是什么都没看进去。

"陈虹，你要想得通，"她对自己说，"你就做他的情人。安安分分做他的情人。你不要想得太多。你不要拿自己的胡思乱想折磨自己。"

她心里轻松了一点。一会儿，阴云又笼了上来。

"他为什么电话都不打一个来呢？好歹也跟我通个气呵。我就那么不重要吗？"

她又想，假如是田田出了什么意外，他会这样地赴汤蹈火吗？

她又想，要不要到他家门口看看，也许可以碰见他。他家里要是真出了什么大事，她也可以在碰见他的时候安慰几句。就几句。她要在他最危难的时候给他精神上的支持。

"我去干吗呢？我算他什么人呢？假如万一碰上了他的老婆又怎么办呢？"

她把手在自己愁眉苦脸前挥了挥，就好像有讨厌的苍蝇飞了过来。

"不想了,不想了,再也不想了!我这是怎么啦?来毛病啦?"

马明亮

刘娟目光滞滞地盯着他的脸,一连说了三声:"马明亮,你不是人!"

她的神情就好像她在说梦话一样。小丁失踪了,这是压倒骆驼的最后一根稻草。刘娟就此迅即地崩溃下来。马明亮知道,她已承受了太多来自家庭的痛苦和烦恼。看到老婆这副可怜样子,他心里头又酸又痛。他想最大的打击还没有到来。万一他真的要和她离婚,她还能承受得了吗?她会彻底毁灭。肯定如此。不会有第二种结果。他想象了一下这样的结果,甚至想到她有可能走上人生的绝路,于是不寒而栗。

他吃完了夜饭,可是刘娟粒米未进。他收拾桌上的碗筷,走到厨房里的时候,他想起应当给陈虹打个电话。他已经一天一晚没给她打电话了。不是没想起,而是他不晓得要跟她说什么才好。他估计陈虹一定在埋怨他了。唉,没办法,她要埋怨就让她埋怨好了。以后再去给她解释。人在这样的焦急时刻,真的是无心去谈情说爱。他看了一下客厅,刘娟还是那么失神地呆坐着。他偷偷摸出手机,按了陈虹家的号码,响了两声,那边就传来了陈虹的声音:"喂,马明亮吗?喂!"他把手机关上了,什么话也没说。

他把该收拾的事情都收拾好,在刘娟的旁边坐了下来。

"你不想吃饭,我跟你冲一杯脱脂牛奶好吗?"

刘娟仍是不理他。

他把一只手搭在刘娟的膝盖上,叹一口气,说:"何必要这样。"

刘娟把他的手愤然拂开:"滚,这里不是你的家!"

马明亮说:"怎么不是我的家呢?我还是这一家之主呢。"

"不要脸!"

"刘娟,刘娟……"

"滚到那个婊子那里去!恶心!"

马明亮噎住了。他觉得刘娟这么说话的时候脸上的表情十分丑陋。他立即想起了陈虹,他想陈虹可以肯定,一辈子都不会说这么伤人的话。

他们就这么坐着。电视也没打开。就这么坐着。谁也不再说任何一句话。楼下传来了各种各样的声音,其中还有小孩子的声音,刺激着这两个人的神经。房间里的空气很郁闷,也很滞重。

马明亮受不了这样的压抑,站起来,推开了马小丁的房门。他在墙上摸到了开关,把灯摁亮。他进去之后把门带上,一个人坐在儿子的床上。抬起脸来,他环顾了四周,墙上四处都贴了招贴画,是一个女孩子的,正面,侧面,头像,半身像,全身像,牛仔服,性感,青春,自信,叛逆。她是谁?是儿子崇拜的偶像吗?她是歌星还是影星?怎么没在电视里见过?儿子的房间凌乱无比。他妈妈帮他整理,前天整理好,第二天就依然故我。没有办法。凌乱就是他天生的生活秩序。你让他整洁,他反而失了序。他其实能从混乱中清楚地知道哪张碟片放在了哪个格子里,哪本书插在了枕头的下面。一个孩子的秩序是和大人不一样的,你得尊重。他突然想起要看看儿子的日记。也许能从他的字里行间看出什么问题来。他翻了半天,书包里,床上,桌子上,全都翻了，可是找不见日记本。他记得有一回刘娟开完家长座谈会之后发脾气，说教语文的王老师说了，马小丁总是不交日记。那是老师布置的家庭作业之一，怎么能够不交呢？

难道马小丁是带着日记本一起失踪的？

儿子的房间里有一股陌生的气息。那是成长的气息，变化的气息，不再单纯的气息。马明亮坐着坐着感慨起来。他太忽略儿子了。他从没想过要与他平等地交谈。他也从没听过马小丁的任何一句心里话。他甚至不知道儿子喜欢什么，厌恶什么，追求什么，摒弃什么。他不知道他想些什么问题，他受什么事物的影响。

是代沟吗？也许是，也许根本就不是。

他开始回忆儿子，可是儿子在他脑子里是模糊的，不确定的。怎么会是这样呢？

电话响了。是客厅里的电话。他以为刘娟会去接。可是响了好几声，刘娟还是没有理会。他于是冲出门去，拿起了话筒。他心里乱跳着，期望传来马小丁的声音。

"马伯伯吗？我是张小小，马小丁的同学。我晓得马小丁在哪里。"

"你晓得小丁在哪里？"马明亮叫起来。

刘娟一弹就起来了："小丁在哪里？小丁在哪里？"

她抢过了话筒，对着对方喊："快告诉我，小丁在哪里？你是谁？快告诉我！"

"马伯母，我是张小小。我本来不想告诉你们。我答应了替小丁保密，还发了誓。可是我看到你们急成了那样子，就，就……"

放下电话之后，刘娟忽然转过身，一把抱住马明亮，嘀嘀地哭起来。哭过了，她擦一把脸，说：

"马明亮，走，我们马上搭火车到深圳去！马明亮，儿子找到了，我们一家要好好生活呀，要好好生活呀！我爱你们呀！"

"是的，要好好生活，要好好生活。"马明亮喃喃地说。

他看到刘娟打开抽屉，在那里拿钱了。

2002 年 5 月 22 日

南方落雪　北方落雪

王东

王东困在这个北方的机场时他的老婆在干什么？这是王东想晓得的，也是你想晓得的。王东在候机大楼的咖啡吧里已不耐烦地喝了四听百事可乐，抽了半包中华牌香烟了，这期间他摸出三星牌的韩国手机给一千六百多公里外的家里打了好几个电话，一直无人接听。他打老婆的手机，可是老婆关了机，打到她的办公室里，接电话的人说她今天没到公司里来。他有点后悔，昨天晚上跟老婆通话的时候到底没有给她说上一声，他今天要回来。他原来的想法是给老婆一个出其不意的惊喜。昨天，他参加一个意大利服装公司的新款皮草发布会，用六折的优惠给老婆买了一件红色的意大利皮风衣。他在电话里忍着没有告诉张璇。真是好看，那件羊皮的风衣，他可以保证在他们生活的那座南方城市里绝对独一无二。当然，价钱不菲，即使打了那么大的折扣，仍然要八千多人民币。这个惊喜小吗？

他开始坐在候机大厅里翻着一本时尚杂志，他慢慢地看，一张图片也看上小半天，为的是消磨不知所终的等待的时光。后来他实在是忍不住烟瘾了，就到咖啡吧里去，因为那个飘着咖啡和快餐的混合怪味的地方允许像他这样的瘾君子随意地吞云吐雾。

广播里仍在播出一半国语一半英文的航班延误通知。王东吃惊地听出来，起码有十班飞机都被这个突然降雪的天气耽搁了。他耳畔是周遭越来越大的人声，无奈的人声，愤怒的人声，以及拖着旅行箱穿来穿去不知所以的人声。

王东又拨了一个电话给老婆，但是对方仍未开机。这情形是很少的。一般来说，如果老婆不开手机，那她一定就在家里或公司里。他有点莫名地焦躁，但他不想深入这焦躁的原委。他不想自己除了焦躁之外还有别的不愉快。本来，这趟飞行从一开始就应当是愉快的。他爱张璇，从认识她的一刻就爱她，直到现在。为了她，他离了婚，而且，为了她，他甚至辞去在省政府里有很好前景的仕途，下海办公司，他要挣很多很多的钱，要把生意做得很大很大，这一切都是为了她。她是他的爱人，生活的小小甜心和巨大引擎。

他看了一下窗外，飞雪连天，大团大团的雪花把整个世界都涂成了一片刺眼的白。他心里想，今天恐怕是飞不成了。他本来是可以搭火车的。但他急于要回家，他想看见新婚才三个月的张璇。他想给她惊喜，想热烈地拥抱她，想同她澎湃地做爱。他想起了一句老话：欲速则不达。真是这样，真是这样。

广播又一遍响起，毫无工作激情与毫无人性怜悯的女人的声音回荡在沉闷的空气里，告诉像王东这样的羁旅之人，航班正等待下一步的通知，旅客们请耐心等待。但是王东心里清楚，今天肯定是不能起飞了。

陌生女人

那个穿黑色羊绒大衣的女人一直在打手机。她低着头，乌黑的长发披在肩上。但是在一片温柔的黑色里，有一点红色非常醒目，那是她的质地柔软的毛衣的高高的领子。这说明她有非常好看的细长的颈子，就像《罗马假日》里的赫本。她的侧面的轮廓有一种伦勃朗油画笔下的美感。是古典的，也是摩登的；是明晰的，也是含糊的。她一直在打手机，她跟谁有那么多的话要说？她的丈夫？她的情人？抑或是她的闺中密友？要紧的不是她在不停地说话，而是她用说话的方式打发最最无聊的时光。这同王东用拼命抽烟和喝可乐的方式排解羁旅之忧有什么区别吗？相反，同那些发出大家都听得见的愤怒的声音并且焦躁地拖着旅行箱走来走去的人比，她更显出一份沉着与安静。仿佛她要感谢上帝给了她这么好的机会，这么多的时间，让她从从容容地跟她想说话的人淙淙不息地流淌那来自自己心底的泉水。雪在她身后的大玻璃窗外纷纷飘落，就好像她身后飞舞了无数白色的蝴蝶。这情景构成了一幅画图，但分明已经超越伦勃朗那个时代所能呈现的美感了。

假如张璇也是坐在这里，也是在等待的时光里给自己打电话，穿着他跟她买的红色的意大利羊皮风衣，那种姿态多么迷人！她也会吸引陌生男人的目光，就像这个打手机的女人吸引了王东的目光一样。优美的女人的形象，远远地，超过了一本时尚杂志所能提供的给人的镇定和给人的异样的心跳。

在这间哄闹之声越来越大的咖啡吧里,王东的目光四处流连,但最后的落点总是那一片瀑布样的黑色和那一点醒目的红色,仿佛那里有看不见的磁场,有若隐若显的音乐。

终于那女人打完了手机,拿起面前已经凉了的热咖啡来啜了一口。她的动作幅度很大,有着恍若是毫不经意的夸张,说明这个女人虽然衣着华贵,虽然静止的轮廓富于绘画的美感,但实际上她的举止却有某种程度的粗俗。这是一个人的反差,这个反差让王东小半天都没有适应得过来。在适应的过程中,王东好不容易才调整了一个男人对另一个陌生女人的无凭的想象。对,是无凭的想象。这种候机的无聊等待,这种四处都是声音的环境,还有窗外的白色蝶群般的漫天大雪,都刺激了一个男人对于另一个陌生女人的想象,他把他一生所有的对女人的美的理解都掺和进了这种想象的塑造。实际上,在这个女人喝咖啡的粗俗动作完成之前她已经成了女人的标本,女人的经典,和女人的美学符号。

适应的结果就是轻松,就是如释重负。雕塑不存在了,他现在看到的是砖头,是可以弯腰拣拾的坚硬的真实。这样好得多,既可远观,又可近亵。在这不知终点的无聊时间里,王东有事可干了。

也许还有一点要补充:促使王东产生"有事可干"的感觉,还因为他在一瞬之间瞥到了那个女人的眼神。那是一种什么眼神?苍白、空洞、无聊透顶,甚至,招蜂惹蝶。你可以想象你遇见过的世上最空虚的女人,她们就有这种在做爱之后和呵欠之后的眼神。这是刺激男人的野心的眼神,等待进入而不是等待航班起飞的眼神。

"请问这个位子没有人吧?"他一手提着装了意大利羊皮风衣的旅行箱,一手端了半杯可乐,走了过去,像一个刚刚进来要了杯饮料然后找位子的疲倦的旅人。

"没有呵!"她像被人惊醒了似的,声音很响地回答。

"哦,那我不客气了。"

他在她对面的位子上坐下来,四目相对的一瞬,他感到了某种振奋。

正在这时,广播又响了,广播里提到他的航班号,说因为跑道无法清除积雪,飞机只能无限延时,请旅客们到3号候机口凭登机卡上一辆接他们到机场宾馆去休息的大巴。

他看到对面的女人站起身来,提了一个非常精美的华伦天奴牌的桶式旅行小包朝咖啡吧楼下的候机口走去。

哦,她和我是同一班飞机,王东想。与此同时,他看到这二十八九岁的女人走了几步之后回眸一瞥。又是一场四目相对。仿佛是毫不经意,又仿佛是别有深味,谁知道呢?

女编辑

我记得我那一整天情绪都非常糟糕。那一天,我们这个南方的城市下起了第一场冬雪。我听到了窗子外头小孩子欢叫的声音。我意识到这个世界发生了某种变化。但直到中午我到楼下一个老太婆开的小卖店里买酒的时候才发现了一幅银白的图画。小孩子的雪团飞到了我的脚下。其中一个雪团甚至打到我身旁的一棵树上,树叶一阵颤抖之后我颈子里忽然有了刺激的冰凉。即使如此,我也没有什么振奋。童年的欢乐永远地离开了我们,眠熟在记忆的最深处,仿佛是僵死的虫子。我在雪地上走的时候就打开酒瓶开始喝酒。如此迫不及待是为了什么？为什么童年的欢声不能召感我们？甚至在南方的城市里难得一见的美丽雪景也不能打动我们？从什么时候起我们的心灵长满了老茧，需要酒精来软化同融解，或者需要酒精来调和与混淆现实同梦境？

起因来自于前一天的晚上。一篇很短的文章让我卡了壳。那天城市晚报的一位漂亮的副刊女编辑找我约一篇书评，她说出了那本书的书名，然后说现在这部小说在我们的城市里非常畅销，居然连不读小说的市民也在争相传阅。

"如果是你说的这种情况，"我说，"那我觉得书评是多余的。"

"不是叫你推荐，"女编辑的声音很悦耳，"是叫你评介。我觉得这部小说有很多值得挖掘的思想和社会价值。我们的目的是帮助读者更深入地阅读。你的评介其实就是导读。"

放下电话之后我就去书店里买了一本她说的小说。花了一个白天的时间我把它读完了。老实说我很不喜欢这样的小说。它完全是一堆生活的素材，没有提炼，没有长篇小说应当讲究的结构，没有语言的感觉，没有深度没有想象没有智慧更没有诗意，但它说了一堆生活中真实的事。这样的事如果不是写成小说而是写成新闻报道也同样会引人关注，就是从一个七十岁的老太婆口中结结巴巴说出来也会有人倾听。文学是什么？文学是生活的事实呈现吗？文学的精神性在哪里？诗意在哪里？发生在阅读中的愉快在哪里？

这就是我卡壳的原因。如你所知，我不能说出这部书的好来，但也如你所知，那么多的人在阅读它，我能够说他们的阅读需要是玩笑吗？我能够说市场是狗屎吗？

但我的确想把书评写出来。我想把它写得很波俏，写得犀利又写得乖巧。这是因为我想讨好那位女编辑。我想我的读者仅仅就是一个人，这个人就是她。曾经她对我的一位朋友夸赞过我的文章，我很在意一位漂亮的女子对我的评价。我想象我把文章写完了，打电话给她，约她在我知道的一个最有小布尔乔亚情调的酒吧里见面，然后看着她当着我的面把电脑打印稿读完，她的稍稍有点消瘦的漂亮的脸上浮出了会意和称许的微笑，接下来她就同我讨论文学，一席奢侈的精神小宴，一缕久违的罗曼蒂克。就像一支情调蜡烛燃烧在我同她之间，某种不期而遇的默契也发生在我们的对谈之中。暗示产生了，隐喻产生了，在外人看来和在我们自己看来，我们都像是一对情侣。不需要挑明这一点，我们已分明地感觉到了彼此的需要……如你所知，我是一个富于浪漫主义想象的人。我的本质是诗人。我希望遭遇男女间的情事，从而在内心深处发酵出一片生活的月光，让丑陋的日子因为洒下了这月光而显得不同寻常，显得美，并且温情。

实际上，女编辑除了有一张略显消瘦的漂亮的脸，其他的一切我都一无所知。我和在机场候机的无聊时光中见到一位打手机的女子就想入非非的王东有什么区别呢？男人和男人之间有什么区别呢？在生活中，男人都有一种猎人的心态。狩猎这种古老的传统一直延伸到了今天。嗅到猎物时的心跳和兴奋古人同今人有什么区别呢？那个女编辑只是出于工作的需要不断地跟我联系，除了谈约稿内容别的从未涉及。我也只是在一次座谈会上见过她一面，在许多面孔中，我发现了消瘦的美。细致的线条，轮廓分明的线条，柔和而有弹性的线条。从那一瞬间起，我就有了时断时续的想入非非。在两个约稿电话之间，这种想入非非处于沉睡状态。这时候，我当然是一个正常之人，每天坐在电脑前，冥思苦想，妄图写一部书，一部超越生活真实的伟大的书。如你所知，这只是妄念。所以我又不能称之为正常之人。关于这一点，只有我老婆看出来了。

张璇

假如你读过《红字》，那你就了解什么叫做原罪，什么叫做赎罪的努力，而且什么叫做永远的耻辱。但张璇没有读过这部霍桑写得最好的书。她是一个几乎从不阅读文学的女子。这个世界有越来越多的她这样的女子，时尚，新潮，追逐最好的化妆品和最名牌的衣裙，看好莱坞片子，吃西式快餐，打网球听摇滚参加健美俱乐部，知道几千英文单词和几百歌星影星名字，知道汤姆·克鲁斯和妮可·基德曼的婚变，知道贝克汉姆和辣妹的故事，谈论张艺谋但不了解电影语言，谈论美国大选但不懂美国的政治，谈论以色列和巴勒斯坦但不明白中东冲突的起因，谈论玛丽莲·梦露但六十年代她妈妈还刚刚结婚……她们比她们的母亲更懂得女人的魅力，懂得生活的追求，懂得钱的重要和性的重要，懂得游戏的乐趣和游戏的规则。她们是一群有趣的女人，惹人爱怜和追逐的女人，难道不是吗？假如不是，那么王东为什么要为了张璇而离婚呢？为了讨她一个意外的惊喜给她买那么昂贵的意大利羊皮风衣呢？为什么因为跟她联系不上就那么心神不宁呢？

张璇，二十九岁，青春尚未完结，风韵刚刚展开，流光溢彩，满目生辉，此刻正坐在爱丽舍西餐厅靠窗的一张有不锈钢把手的椅子上，看着窗外的雪花，听着蓝调的音乐，稍稍有点走神。

"你有心事吗？"她对面的男人轻声问她。

这男人和王东相比要多一份潇洒，也更显得细腻，更懂得女人，仄仄的眼睛里浮着波澜不惊的柔情。这男人从加州伯克利大学回国后在上海办了一家软件公司,他是张璇的公司的重要客户。

"哦,你觉得我有心事吗?"她反问道,目光从窗外收了回来。

男人温文尔雅地微笑着,拿洁白的餐巾拭了拭嘴角。

"注意力是一种资源,但我没有能力占有这种宝贵的资源。"他说话的时候保持着那种微笑。

"我喜欢听你说话,我一直注意地听着,每一句话都听进去了。"她解释,同时也微笑。

"我喜欢听你谈美国,谈上海,"她又说,"那都是让我心动的地方。"

"你的这个城市,唔,怎么说呢?"他说,"仅仅因为有你我才觉得可爱。其实你应当离开这里,到更广阔的世界去,你应当有更加精彩的舞台。"

"你这是第三十次这么说了。"

他们都笑出声来。接着,笑声停住了,他们沉默地对视着。窗外雪花飘舞,街人行色匆匆,每一行雪地上的足印都是归途。

张璇忽然低下了眼睑,脸上泛起了显然的红晕。与此同时,她还有一种显然的逃跑的狼狈。

男人,那从美国回来的猎者,非常适时地伸出了他的手,勇敢地、却又是温柔地握住了对方的手。那只白皙而冰凉的小手像一只麋鹿,本能地要逃跑——比目光和思想都要快捷。但是,猎者的手是不会松开的。

那只麋鹿不动了,也不想动了。

老婆

一个作家写不出一部超越生活真实的伟大的书,甚至也写不出一篇用在报纸副刊上的千字书评,他的脾气变得非常糟糕是情有可原的。他没有如海明威那样把双筒猎枪的枪管像一块带血的牛排送入口中不是因为畏惧死亡,而是因为他不曾有过《丧钟为谁而鸣》和《白象似的群山》。一个作家没有伟大的作品就不可能有伟大的死亡。那么,他还能干什么呢?生气,莫名其妙地生自己或不知是什么人的气。这是一种平庸的选择,无奈的选择,同时也是愚蠢的选择。

幸亏现在是电脑时代,不然我的椅子下面会像窗外的雪花一样飘满撕碎的稿纸。电脑显示屏上的字被我悉数删去后变得像是一片雪地,也变得像是我的空空荡荡的脑子。半个小时之内我喝完了那瓶酒。接着我就开始在我的书房里唱歌。其实我知道那不是唱歌,那只是发出一阵野兽般的叫吼。我感到我的胸腔里有一些带利爪的动物跑了出来。而且伴随着这种貌似歌唱的乱七八糟的声音,书桌上的一大堆书被我掀翻在地上。一盏蓝花瓷瓶底座的台灯与此同时也在书桌脚下瓦解成了一堆碎片。

书房的门被推开,老婆的身影像一道黑色的惊叹号直直地刷了过来。

"你疯了,你!"老婆背着光,面目模糊,平静里深藏着愤怒。

我被打断了一瞬,之后仍是接着唱歌。声音像一群蝙蝠在书房里四处乱窜。

"你把你的不痛快转嫁给我们,你吵得你儿子根本不能安心学习。"老婆的声音不大,但是有一种穿透力,箭一样射中了我。

我沉默下来,与她对视。然而我的虚弱已暴露无遗。

"你不是一个正常的人。你给我们带来的是不正常的生活!"她还是那么样一种语调说话,愤怒和抗议也同样暴露无遗。

这时我看见门口的光亮里多了一条身影,那是我念小学五年级的儿子。他的脸也是模糊的,但是他的不安却非常清晰。

"我不想和你吵,特别是不想当着儿子的面和你吵,"我老婆又说,"我只想过正常的生活。我的要求不算奢侈吧?"

我慢慢走向抗议者,他们的脸也慢慢清晰可辨。

"听我说,我也不想吵。最根本的一条是我不知道我们要为什么而吵。我不正常,我哪点不正常?我们的生活不正常,我们的生活哪点不正常?"

我的反诘是我的盾牌,但这盾牌也许是纸扎的。

"走,儿子,"老婆对眼瞳里满含着惶恐的儿子说,"回你的房间去做作业,然后练一小时钢琴。"

"我要他向你道歉。"儿子仰头对他妈妈说,同时一只手伸出来指向我。

"走吧儿子,"他妈妈说,"走吧,听话,你不能让妈妈伤心,呵?"

儿子怨嗔地瞥我一眼,转过了背。这目光让我难受。我知道我在什么地方有点不对劲。这潭浅浅的生活之水被我搅混了。

"我们坐下来好好谈一谈。"我的老婆走进书房,随手把门关上。

王东

一场艳遇意味着什么？是生命的奇迹吗？是上帝掷中了骰子吗？是人生旅途除了车祸之外的另一种意外吗？是迎接吗？是背叛吗？是两个狭路相逢的陌生人的节日吗？……可以肯定，王东没有考虑这么多。当猎者发现猎物的时候，是什么发动了他的攻击？是思想还是本能？当然是后者。

艳遇是一场心跳，百无聊赖的王东需要心跳。他把烟头扔进烟灰缸里，提着箱子跟在那黑衣女子身后下了楼。

3号候机口的大门外一片白雪，刺得所有的人都把眼睛眯缝起来。大巴还没有过来。人们站在雪地上跺脚，口中呼出一股股白烟。雪仍是大团大团地下着，显得不慌不忙。

"今天是走不成了，肯定走不成了。"王东站在黑衣女子的身旁，与她并肩而立。

"是吗？"她转过头，朝王东飞快地一瞥。后者冲她笑了一下。

"好大的雪呵！"她仰起脸来说。

"北方都是这样。"

她又飞快地一瞥。后者又冲她一笑。她也抿嘴一笑。他们都从对方的声音里听出了乡音。

"是出差？"他问她。

"你呢？"她反问道。

"我是来开会的。一个看样订货会。"

"生意场上的。"她说，嘴角挂着古怪的微笑。

"你对生意场上的人有看法？"

"那倒不是，我老公就是生意场上的。"

"你老公在哪里发财？"

她看他一眼："香港。"

王东在心里问：老公？你为什么向我提到老公？又为什么告诉我你老公在香港？

大巴终于开过来了，勉为其难地吼叫着，一点点迫近。人们混乱无序地挤了上去，仿佛这是一辆开往天堂的车。

他和她对面而立，各各伸出一只手抓住吊环。人太多了，仿佛他们处在各种力量的中心，或者说他们被各种力量所包围。他们几乎是贴在一起站立。他们感觉到了对方的心跳。他们的脸上停泊着对方呼出的暖气。

"人太多了。"他说，憋了好大一口气。

她点点头。他又一次看到了那种空虚的眼神。这时他想起了张璇。张璇，那双眸子多么动人，那湖水一样的眸子总是波光涟涟，生动，机敏，迷离而又聚敛。那样的眸子射出的光芒让人产生爱，产生柔情。而这位黑衣女子的眼神却只能让人产生征服、追逐和攻击的野性。

他故意靠得她更近，她无法躲闪也不想躲闪。

"人在旅途总是有许多料想不到的事。"他说，同样憋了好大一口气。

她又点点头。她似乎找不出什么语言来回应。她的不断点头表明她赞同他说的一切。就好像她把身体交出去之前先把思想交出去一样。

"小心站好。"他抓住她的胳膊，因为大巴转弯的时候车子倾斜起来。

"你先下。"他对她说,因为大巴在机场宾馆门前停住了。

他跟她说话有一种支配者的语调。她仍是点头。

是猎者支配猎物吗?

点头是被俘获的柔顺吗?

一个穿红衣的服务员走过来,她把房卡或钥匙交到每一个人手中。

"四个人一间房,休息,待命。"她冷冰冰地交代道。

她朝他望了一眼,仿佛忽然无助似的,是暗示什么呢?

张璇

"别,"张璇说,"别这样。"

但她却没有任何反抗。于是她的声音仿佛不是坚意的拒绝,而是盛情的邀约。

窗子外头仍在白絮飘舞。一场突如其来的大雪使这个南方的城市一下子显得如此干净如此美丽,一切都被某个洁白的意念净化了似的。从酒店十楼的这个窗口看下去这城市完全像一个纯洁无疵的少女。爱丽舍西餐厅就在街对面,但红色的屋顶不见了。灯光射到雪地上,仿佛铺上了一床马蒂斯风格的淡黄布毯。才十点来钟,街上几乎没有行人了。

这家四星级的酒店就在爱丽舍西餐厅对面,有人在大堂里弹钢琴,弹克莱德曼的小品。电梯空无一人,却照样上上下下,递送着某种无可言说的空虚。

他每次从上海过来,都是住这家酒店。吃完漫长的两个人的晚餐,她跟他进了他的房间。她有一种预感,知道这一脚跨进去,会跨入一个蓝色的故事。但她不由自主地迈出了这一步。她的心一直不安地跳动。有一种期待,又有一种恐惧;有一种兴奋,又有一种紧张。

起初她坐在窗边的沙发上。她忽然觉得今天缺少了一点什么。缺少了什么呢?哦,电话,王东的电话。她记起来自己把手机关上了,从下午开始。她为什么要关手机?从下午开始她就和他在一起。当她和他在一起的时候,她怎么可以和丈夫通那么长的电话?那么多缠缠绵绵的废话,那么多重三倒四的爱情表白,那么明显的另一个人的存在。她不愿意他听到、看到、感觉到。她为什么不愿意?

这时候她倒是真的想把手机打开,她知道丈夫肯定在寻找她,她只要打开手机铃声就会响起来。接下来,他就会知道,她有一个多么爱她的男人,她其实一直处在幸福之中。她的幸福已经足够。这时,他的野心会收藏起来,就像猎人把枪筒收藏起来一样。而她隐藏的秘密渴望却是:倒要看看他的野心有多大。或者说,她有一种历险的亢奋,她想遭遇意外之事。

他,这个从美国回来的IT业的骄子,这个充满了雅皮趣味的男人,按捺不住,激情迸发,向她发动了攻击。这是她渴望的,又是她害怕的;是她需要的,又是她排斥的。

"别这样,"她被他紧紧地搂住,几乎透不过气来,"我想我们是好朋友,我们应当保持一点距离。"

"为什么?"他喘着气,问,"为什么要保持距离?"

"……"

"你真迷人,"他又说,"你是我见过的最迷人的女人。"

"我哪一点迷住了你,你说。"

"一切。还要我说吗?一切!"

她的目光异样地亮起来。她伸出一只手,在他的发烫的脸颊上摸着。他的下颏和嘴唇被吉列刀片刮得干干净净。他整个的人都显得干干净净。而她,最喜欢干净的男人,无论是外表还是精神气质。他们互相凝视,互相欣赏,互相淹没。这是令人迷醉的时刻。

"不行,我不能这样,"她的手突然从他的脸颊上滑落下来,"不能这样!"

"为什么?"他又那么问,"为什么不能这样?"

她想起了王东,那个爱她、而她也爱他的人,那个又远又近的人。她忽然涌出一阵羞愧。这一回她真的是挣扎着反抗着了。

"放开我,"她说,"让我坐起来好好说话。"

他松开了手,看着她坐起,并且整理弄得很糟的衣裙。

"请原谅我的……冒犯。"他喃喃地说道。

"不,你没有错,"她说,"是我错了。我知道会如此,可是我……"她叹了一口气。

"张璇,张璇,"他叫着她的名字,"你真美,张璇,真的,你——"

"别说了,"她温柔地注视着他的紧张和惶乱,"让我安静一会儿,我们都安静一会儿,好吗?"

"好吧,听你的,"他像个大孩子似的,把头低下来,"我听你的。"

她禁不住又把那只手伸出来,轻轻地,无限柔情地在他的脸颊上摸着。她的眼眶里盈出了泪珠。

他一把捉住她的手,捂在自己的发烫的脸上。

"我爱你,张璇,真的爱你,相信我。"

她含着泪点点头。

"相信你也是爱我的。"他又说。

她仍是含着泪点头。

"但是,"她说,"我不能够。我不能够背叛。"

她第一次觉得自己的声音好陌生。

老婆

其实我和我老婆之间没有什么好谈的,这是因为她要谈的内容我都知道,无非就是我的脾气很糟糕,朝她们母子俩经常无端地发无名火,我的不正常使我们的家庭生活也不正常,这样下去无论是夫妻之间还是父子之间都会有越来越大的裂缝,我必须面对它,正视它,并且努力改变它。

果然不出我所料,我老婆说的就是这么一些话。

"如果再是这样下去,那我和你儿子就搬到我母亲家里去住,让你一个人在这里,随便你自己怎么折腾!"最后她是这么说道。她而且声明这绝对不是威胁。

"我觉得我很冤枉,"我喃喃地说,"我根本没打算让你们不愉快。如果我生气,那我是生自己的气,请你们见谅。"

"你越来越不像一个丈夫,也越来越不像一个父亲。你生自己的气和生这个家庭的气,界限在哪里?你自己不愉快和这个家庭不愉快,区别在哪里?"

这时桌上的电话响起来了。

"你自己再好好想一想吧。"老婆说完就走出了书房。

我拿起电话,是那个女编辑打来的。她问我书评写得怎么样了。

"正在——写。"我回答说。

"我喜欢你的文字。我喜欢一个作家对事物有自己的见解。"

"没有自己的见解能当作家吗?"

她停了一秒,说:"那倒也是。什么时候交稿?我等着发排呵。"

放下电话之后我坐在电脑跟前发呆。我不明白我要做什么。一个作家可以为许多人写作,也可以为一个人写作。如你所知,写作是有不同的动力源的。我的动力源就是这个我仅仅谋过一面的有着消瘦的美感的女编辑吗?是。至少写书评这样的事情上是。但我写不出她要的书评。她推崇的那本书我根本就不喜欢,它不符合我心目中的写作范式。我怎么导读?我引导什么人在文字的垃圾场中迷失自己的心智?我怎样才能赢得她的好感?也许只有一个取巧的办法:我由这本书引申开去,谈我喜欢的文学是怎么回事。我把这本书仅仅作为一个话头。

我开始在键盘上敲下第一行字。

一个小时之后我给女编辑打电话,我说晚上把稿子交给你,我请你喝咖啡好吗?

她稍稍迟疑了一下,说:"这个鬼天气,好吧,几点钟?在什么地方?"

王东

他把箱子放到房间后洗了一把脸,然后就走到宾馆大堂旁的咖啡吧里,拣一张空桌子坐下抽烟。不一会儿,他就看到她了。果然如他所料,她过来了。

他朝她打了个手势:"请坐,喝点什么?"

"矿泉水。"

他们对面而坐。

"真没意思,四个人住一间房。我从没同这么多的人住到一起过。"她说。

"我十八岁的时候在知青点,十个人住一间土砖房。洗澡要跑到水库里。"

"那是什么年代?现在是什么年代?"她稍许有点鄙夷地说。

"算啦,"她的手在鼻子跟前扇了扇,仿佛有什么怪味飘了过来,"反正我也不会坐在那样的房间里,跟陌生的旅伴聊天。"

王东露出整洁的牙齿笑了:"我们不也是陌生的旅伴吗?"

"那不一样,不一样!"她说得又快又肯定。

"为什么不一样?"他问。

"……"

"说不出来吧?"王东笑意盎然,"我告诉你,这叫同性相斥,异性相吸。就是这么简单。"

"真是这么简单。"她赞同地笑了起来。可能也是洗了脸以后重新涂了口红,她的嘴唇显得格外鲜艳。

"实际上,这个世界有许多事情都是简单的,只是人们把它弄复杂了而已。"

她盯着他的眼睛,鼓励他继续说话。

"特别是男人和女人之间的事,"他接下来说道,"很简单,又很复杂。简单是因为人们的本能需要很简单,复杂是因为社会的道德要求很复杂。"

"你是一个哲学家,是吗?哲学家?"

她的眼瞳里有崇拜的光芒。

他又露出整洁的牙齿微笑:"这和哲学无关。"

她的眼瞳里于是又有迷惘的光芒。

"是这么说吧,假如我,"他单刀直入道,"一个你刚刚认识的陌生男人,你在瞬间的接触之后凭女人的直觉对他怀有好感甚至某种程度的喜欢,而他提出要和你一起去酒店开房,你会同意吗?你会把这样简单的事想得很复杂吗?"

"我……我不知道。"

"所以我说,简单的事从来都不简单。"

"假如我同意呢?假如我不复杂呢?"

他反而停顿下来,迟疑地望着她,判断着这里面是不是有玩笑的陷阱。猎人有时候也害怕自己下的套子套住了自己。

"你真的、真的敢于简单?"他问道,声音忽然小了许多。

"我本来就简单,本来就不复杂。"她仍然说得又快又肯定。

"那好,"他终于声音又大起来,"那我们可以做一场游戏,也可以说是一场实验:我们马上去前台登记一间房。——你敢吗?"

她孩子一般调皮地望着他:"你以为我不敢是吧?"

他站起来,从西装内口袋里摸出身份证,朝前台走去。

这时大门外的雪下得更大了。

李霞

红灯笼夜总会是我们这个城市娱乐场中生意最火爆的,它的包厢一般都要提前预定。你也许料到,它的节目庸俗,充满市井趣味,然而这并不妨碍它生意红火，更不妨碍坐在里头的男男女女一边嗑瓜子一边喜笑颜开。浅薄的快乐像胡椒粉一样总是撒在某些人的生活的面汤里。在一个朋友的生日聚会上，有人介绍我认识了夜总会的杜老板，一个三十多岁的胖子，颈根粗得要松开两粒衬衣扣子。他热情邀请我去看节目。"赏脸赏脸。"他呵呵笑着在我肩上拍了拍，手指上一颗很大的钻戒。

虽然夜总会的节目庸俗搞笑，但我仍然觉得有一位歌手的歌和她的演唱的台风非常出色。这位歌手我记住了，名叫李霞。无论怎么看，她都长得像我初恋的情人。我听她唱许美静的《挽歌》，一下子竟被忧伤袭倒。我想起了许许多多逝去的好时光，一些云母一样闪亮的回忆的碎片刹那间堆起了一座往事的墓碑。那一夜，我竟然失眠了。

后来杜老板又邀我到红灯笼夜总会去看节目，我拒绝了。我不想再看见李霞，因为我不想再触动往事，不想再有无眠之夜。

但我却永远记住了李霞。她有一张青春生动的脸。

我也不想再看见杜老板，他的俗不可耐和志得意满以及不断掏鼻孔以显示手指上的钻戒的那种市井暴发户嘴脸让人恶心透顶。

红灯笼夜总会当然一如既往地生意兴隆、夜进斗金。李霞的歌名也越来越大。

但是在这个忽然飘雪的夜晚，李霞出事了。

她的演唱穿插在整个节目三分之二的地方。她唱完了，在后台褪下拖地的纱裙，小心而熟练地把它折叠好，放进一个红色的旅行包里，妆都未卸，就匆匆拎着包走出了夜总会。每天晚上都是如此。只要唱完了歌，她就匆匆离开，从不羁留半分钟。仿佛这夜总会被人安放了险恶的炸药，如果不赶快离开，就会爆炸一样。她要回到家里才会安心。她的父母离异了，她和母亲住在一起，但即使是残缺的家也能给她一份完整的安全感。

她匆匆穿过夜总会的装点着霓虹灯的拱门，朝一位把手反在身后走来走去的保安礼貌地笑了一下。那保安漠然地朝她看了一眼，又转过身去。她走到门外，哦，这么大的雪，这么美丽安静的雪夜。她驻足几秒钟，让自己领略一种广大而罕见的美。然后，又匆匆走到了离有霓虹灯的拱门不到二十米远的街角。她站下来，两头看了看，居然一辆出租车的影子都没有。街上又冷又静。除了雪花的精灵，仿佛一切死过去了。

她把热气呼在手背上，跺着脚，等着出租车的萤火虫一样的红灯出现在她那并不怎么焦灼的期待里。

忽然，她的背后有个又粗又低沉的声音在说话：

"莫动，莫叫，你要是叫就要你的命！"

她回过头来，看见了不知从哪里冒出来的一个四十来岁的男人，脸上和身上都很脏，像是在城里打工的乡下民工。他手里拿了一把滑动着一粒雪光的水果刀，离她近在咫尺。

"把钱交出来，还有项链、戒指，快！都交出来！"

她站着不动，不是拒绝，也不是犹豫，而是根本不相信。在报纸上和电影上看到过的情景，居然，活活地出现在眼前，她觉得简直像是一场噩梦。

那人低沉地骂了一句外地口音的粗话，一把夺过她手里的红色旅行包："快，还有钱包，还有项链、戒指，快，他妈的，快！"

她从梦中惊醒过来，张皇失措，哑口无言。她的粉嫩的颈子像被刀子划了一下，是那人粗鲁地扯下了她的其实并不值多少钱的装饰性项链。接着，她胁下的一个鳄鱼皮的长方形的钱包也被那人呼地扯走。她张开嘴巴，刚想叫喊，那人磨盘一样厚重的手掌打在了她的脸上，痛得她的眼泪一下子溅了出来。

"婊子,你敢叫?"那人把刀了顶在了她的下颊上,"你敢叫?"

她不能动,除了她的眸子。她的眸子里是哀怜,是乞求,是恐惧和无助。

女编辑

也许就是李霞出事的时候我和女编辑正坐在温暖的玫瑰酒吧里聊天。稿子虽然是敷衍的,但仍然得到了她的意料中的好评。这是个迷人的夜晚,窗外飘着南方少见的大雪。酒吧里人不多,一缕新奥尔良风格的爵士钢琴和我指间的香烟一起飘荡在最里面的一角。酒吧的灯光黯淡,而我们的语言闪亮。我知道今天晚上我成了词语的侵略者。我兴致勃勃,侃侃而谈,旁征博引,口若悬河,充分表现我对各种事物的知晓和理解。目的是什么呢?就是用词语的暴力征服她吗?是的。这是个见识不多,历练也不多的女人:好奇、肤浅,单纯而又虚荣。在我看来,她就是雪地上的一只跑不动的可爱的野兔。她的略显消瘦的脸上有一双古典的凤眼,这凤眼里盈盈着惊奇、钦佩甚至崇拜,昭示着自己的被征服。

"你真是渊博、风趣,"她叹了一口气,用小学生才有的口吻说,"和你相比,我的同事太无聊了,太苍白了。"

"那是你没有深入了解他们吧?"我一副故作谦逊的样子。

"认识你我不知道是幸还是不幸。但我知道认识你是一件不好的事。"她自顾自地说道。

"哦，为什么？"

"因为从此我会瞧不起很多人。"

我大笑起来。好长时间来我都没有这么开怀大笑过。

笑过之后，我莫名地沉默下来。我想找话说，却一时找不着话头。

"文章后天见报。"过了片刻，她打破沉默，又谈起了她的工作。虽然那工作十分无趣，她却照样热爱。

高潮刹那间就过去了，我忽然失去了再度攻击的能力。

今天见好就收吧，来日方长，我在心里安慰自己。

她已经在我的把握之中了，我还这么对自己说。

"雪落得真大。"她瞥了一眼窗外。但她说话的意思并不是马上想走。

"我知道一首咏雪的词，写得真好，"我卖弄地念道，"'山南山北雪晴，千里万里月明'。"

"可是今天晚上没有明月呵。"她不无遗憾。

"有，"我说，"在某两人的心间。"

她朝我看了一眼，当然明白了我的意思。她羞赧地低下了头。我感到周身的血顿时热了起来。

半个小时后我们在酒吧的门口拦了一辆出租车。我们紧紧相挨着坐在后座上，车子吃力地犁向她住的报社宿舍。

在离红灯笼夜总会很近的街角上，我从车窗里看见有一辆红灯闪闪的警车停在那里，有几个人围着，好像有什么人躺在地上。

"他妈的又出了什么事。"出租车司机嘟嘟哝哝道。

当那辆警车和那几个人丢在身后，我转过脸来又和她说话。我说我要写一部书，一部伟大的书，这本书我要献给一个人，当然这个人不一定伟大。

"谁?"她问。

"你。"

张璇

其实，背叛已经发生。当她第一眼见到他那与众不同的风度就产生了异样的呼吸；当她不由自主地把他和王东在心里作对比因而产生了显然的遗憾；当他单独约她到爱丽舍西餐厅吃饭，她故意装得很平静地接受然后关在办公室里化了半个小时的妆；当她不管是不是犹豫终于还是跨入了他的房间；当她轻轻地、无限柔情地在他的脸上抚摸；当动情的热泪涌出了眼眶……背叛就已经发生。一点都不奇怪，背叛是忠实爱情篱笆外的一朵淡蓝色的野花，悄然地却又是真实地绽放了。背叛必须要付出肉体的努力吗？背叛必须要有性的证明吗？

一朵淡蓝色的野花，一首淡蓝色的小诗，在这南方的雪夜，在上帝的手指间——绽放。

她把衣裙整理好，把芭蕾舞女般的高高的发髻整理好，但她的纷乱的情绪却无法整理。

"我要安静一刻，"她说，"请给我一杯水。"

他起身给她倒水。这个体面的男人，始终有一种尴尬，有一种惶乱。他的勇气在忽然之间消失殆尽。当他听到"背叛"一词的时候，他感到自己在对方的眼中成了一个可耻的坏蛋，一个专事勾引女人的好色之徒。

"我是真心地喜欢你，爱你。"他说，不仅仅是说给她听，也是说给自己听。他要心安理得，必须心安理得。

她伸出一只手来，不是要摸他的脸，而是在有点狼狈的空气中摇了摇，表示对一切解释的拒绝。

"Sorry。"他低下头，手和手绞在一起。

她喝干了杯子里的水，还是觉得口渴。

她看了一眼窗外，轻声地说："我要走了，谢谢你的晚餐，和你在一起我很愉快。"

"张璇，张璇，"他说，抬起眼来，"真对不起，让你受惊了。我——"

她又伸出手来摇了摇："别说了。我很愉快，真的很愉快。你是一个很好的人，很优秀的男人。我很欣赏你，你也知道，我不止是欣赏。但是我要走了，我不能再在这里待下去了，否则，我无法自制。"

她觉得眼泪又要涌出来。她心里特别乱，特别特别地乱。

离开他的房间的时候她也并没有觉得轻松，相反，怅然若失。仿佛她的手指在把握和放弃之间做了一个错误的动作，良辰美景就这样像一只黑猫一样溜走了。她叹了一口气，拭掉流到嘴角的一滴眼泪。

"王东，呵，王东。"她轻声呼喊着丈夫的名字。她为什么而呼喊？

她站在一个人的电梯上沉下去。大堂的钢琴声没有了。浪漫没有了。又期待又畏惧的故事没有了。

她走到门外的雪地上，第一件事就是从包里拿出手机把它打开来。她相信蟋蟀般的铃声会马上振响在这个又单纯又复杂的夜晚。

出租车朝回家的路上走了一刻钟，手机还没有动静。这不可能，绝对不可能。但这是事实。事实是对可能的讽刺。她拨了全世界最熟悉的号码，可是对方关机了。

是生气？是抗议？还是一点小小的惩罚？

她的心里又乱起来，但那是另外的一种乱。

王东

这是一个空虚的女人，也是一个疯狂的女人，而只有疯狂才能填补莫大的空虚。

他站在浴室的水龙头下不断地让热水冲刷自己的身体。做完爱以后他就有点后悔，他想起了张璇，他的娇妻，他的天使。但是热水再怎么冲也冲不掉他的后悔。

那女人躺在床上，余兴尚浓。她摸了一根王东搁在床头柜上的烟，点燃，悠然地吸了一口。又拿起遥控器，把电视机打开，按到一个正在播演爱情肥皂剧的频道上。这时手机响了。香港来的电话，他老公的电话。她慵懒地跟他说了几句话，告诉他她此刻还困在北方，飞机还不知道什么时候才能起飞。

"还有什么事吗？"她问，口气里透着冷淡。

对方说他最近特别忙，恐怕这个月都过不来。

"你忙你的吧，我会照顾自己的，就这样，拜拜。"

她刚刚挂断，接着，另一个电话就打进了她的手机。

她的神色变了，她说话的声音变得柔和起来，也变得兴奋起来。她滔滔不绝地说话，要不就是无声地听着对方的滔滔不绝。

当王东从浴室里出来的时候，她伸出一只手朝他扬了扬，并用食指在唇边做了个"别作声"的手势。

王东坐下来抽烟,眼里望着电视,心里想着张璇。看到她在打手机,他想自己要不要给张璇也打个电话。犹豫了好久,他还是决定放弃这个念头。他害怕他一说话就会暴露自己的心虚、内疚,还有说过谎言之后的结结巴巴的张皇。

她打手机的样子让他想起白天在候机室咖啡吧里的情形。那时她多么吸引他呵。那时她是一幅陌生而迷人的图画,是一曲富于诱惑和感召的音乐。那时,她是一个男人的野心的发动机。而那时他又是多么无聊。现在他打到了他要打到的猎物,兴奋过后也仍是无聊。这无聊让他颓丧,也让他悲哀。

他又想起张璇,他想她现在一定在家里,在温暖的台灯下躺着,一边听她喜欢的玛莉亚·凯丽,一边在脸蛋上涂一层乳状的白色进口护肤膏,这是她每晚必做的美容功课。

"你不要和我说话,"这时候她会这么盼咐他,"更不要逗我笑。"

她的模样非常滑稽,像马戏团里的白脸小丑。但即使如此,他也觉得她美、动人,而且风情无限。

可是现在,眼前的这个躺在床上的女人,她打手机的姿势再也不迷人了,再也不是女人的标本、女人的经典和女人的美学符号了。

幻觉、想象和野心的完成,之后便是生活的真实。这真实呈现的是丑陋,是平庸,是非常非常地乏味。他等待这乏味的结束,就像等待大雪终于停止,跑道清除干净,飞机冲上蓝天。

"怎么,说完啦?"他见她总算收起了手机。

她笑嘻嘻地跳下床,赤身裸体,跑过来抱住他。

"手机都打爆了吧?"他说,坐着一动不动,"是你那位香港的老公?"

"是——"她调皮地应道。

"不会吧,你那种神气不像是跟自己的老公说话。"

"哎哟你的眼力真好。我坦白,的确不是我老公。知道了吧,知道了就不要再问啰。"

"我再也没有好奇了。"

"再来一次怎么样,好汉!"她嬉皮笑脸地骑坐在他的腿上,搂着他的脖子。

他看着她的脸,他想找回在候机厅咖啡吧的感觉,可是找不着了。

"好汉,喜欢我这么叫你吧,好汉。你真是一级棒哎!"

"我现在想的是什么时候飞机能起飞。"他说。

儿子

当我坐在书房的台灯下抽烟,我还沉浸在一种混合着兴奋与怅惘的情绪之中。一杯有很多泡沫的卡布奇诺咖啡和一场漫长的更多泡沫的文学谈话,使我夹烟的手指微微颤动。我在回味那张略显消瘦的脸在黯淡灯光下的美丽。征服,但征服得不彻底,这就是兴奋与怅惘的缘由。但我有把握,有希望,于是我有明天对吧?我跟她说,我要写一部伟大的书,其实是我对自己说的。许多年来我都对自己这么说。在我心目中,伟大的书要穿透现实,但也要超越现实。不管是写到爱情,写到性,或者生与死,都要浸透精神的诗学。然而我能够吗?中国的作家有谁能够吗?

我注定只能有坏脾气,只能有不正常的生活。因为我知道,实际上我不能写出任何伟大的作品来。如你所知,那是妄念。

我打开电脑，在野心的驱策下每天写作，又每天删除，最后只能应付报屁股文章，赢得女编辑的喝彩，让小小的虚荣抚慰巨大的失落。明天，我即使彻底征服了她，那又如何？

我感觉到身后有动静，回头一望，是我儿子站在门口，也许是他上厕所之后推开了书房的门。

我转过椅子来对着他，他也望着我，但是一言不发。三秒钟，大约三秒钟，他转身走了。棉拖鞋的声音轻轻响在这个万籁俱寂的夜。

他为什么要看我？为什么默然不语？为什么有一种女人般的幽怨的眼神？这个小学五年级的少年，是什么给了他敏感、忧郁和沉闷的气质？

我推开窗子，夜半的雪渐渐小了。冷冷的风像只野猫从远远近近的白屋顶上蹑足走过。这时候有瓶酒多好呵。这时候楼下有小孩子在打雪仗多好呵。打雪仗的小孩子中有我儿子的跳来跳去的身影多好呵。

罪犯

那个脸上身上都很肮脏的四十来岁的男人，此刻还在没命地疾奔。纷纷的大雪掩盖了他的仓皇的足迹，也掩盖了罪恶本身。现在雪渐渐小了，因此他的足印开始显露。但这时他早已走过迷宫般的城市，到了很远的郊外。他穿过被很厚的雪被覆盖着的开阔的菜地，转入了一个山坳。他站住，朝后头望了望，确信不可能有人跟踪而来，终于出了好长的一口粗气，从裤口袋中摸出皱巴巴的烟来，手颤颤地，点燃了一根劣质香烟，吞下一大口灰色的云，空白的脑海里开始回放一场惊心动魄的暴力电影。

"婊子,你敢叫?"

那时他用水果刀顶着那年轻女子的下颏,抢走了她身上一切值钱的东西。那时他想赶快逃走。他前后左右一望,根本看不见鬼影子。他把刀子从那年轻女子的下颏收回来时朝她瞥了一眼。天呵,她多么漂亮,她那可怜的眼神多么撩人!这可是送到黄鼠狼嘴边的一块香艳的肉呵!他周身血脉偾张,一把抓住她的头发就朝身后的一个门洞里拖。

她浑身发抖,声音战栗,请他饶了她。在一把五块钱的水果刀面前她丧失了一切抵抗的意志。她哭着,泪水淌满了苍白的脸颊。

她越是柔弱,越是可怜,他就越是大胆,越是兽性。他掀起她的毛线裙,撕烂她的纸一样薄的内裤,从后面疯狂地长驱直入。之后,他丢掉水果刀撒腿就跑。

他开始找不着方向,纷飞的大雪遮挡了视线,他跑了半天,不知逃到了什么地方。到处是一片错错落落的白,这城市成了一个巨大的白色的迷宫。

最后,他像一条狗一样嗅到了归途的气息,终于穿越了迷宫。

他,这个每天步行三十里进城来打工的外地乡下的民工,在惊惶的回忆里看过了一场暴力的电影,露出了肮脏而满足的微笑。

"他妈的,老子一辈子没搞过这么漂亮时髦的女人,老子就是被抓起来,就是坐牢,就是吃枪子,都值!"

他几乎是醉意深深地这么喊着。

雪野如此辽阔,雪野上一点回声都没有。

2001 年 3 月 17 日